KB162040

피터 팬

초판 인쇄 2021년 2월 11일
초판 발행 2021년 2월 15일

지은이　　제임스 매튜 배리
펴낸이　　진수진
펴낸곳　　혜민북스

주소　　　경기도 고양시 일산서구 대산로 53
출판등록 2013년 5월 30일 제2013-000078호
전화　　　031-911-3416
팩스　　　031-911-3417
전자우편 meko7@paran.com

PETER PAN

제임스 매튜 베리 지음

"난 어른이 되기 싫어.
언제나 어린아이인 채 신나게 놀고 싶어."

– 본문 중에서

Contents

피터 팬,
모습을 드러내다

모든 아이들은 자라나 어른이 되게 마련이다. 다만 한 아이는 그렇지 않지만.

아이들은 일찌감치 자신들이 곧 어른이 된다는 사실을 알아차린다. 웬디도 우연한 기회에 그것을 깨달았다. 두 살 무렵, 웬디는 정원에서 놀다가 꽃 한 송이를 꺾어 엄마에게 가져갔다. 그 모습을 본 달링 부인은 사랑스러운 눈길로 딸아이를 응시하며 혼잣말을 중얼거렸다.

"아, 네가 지금 모습 이대로 영원히 변치 않는다면 얼마나 좋을까!"

엄마는 더 이상 다른 말을 하지 않았다. 그럼에도 웬디는 그 날 처음 자신도 자라나 어른이 된다는 사실을 어렴풋이 느끼게 되었다. 그렇다, 두 살이 되면 누구나 알게 된다. 두 살은 새로운 시작을 의미하는 법이니까.

웬디의 가족은 14번지에 살았다. 웬디가 태어나기 전에는 달링 부인이 모두의 이목을 끌며 사랑을 받는 주인공이었다. 달링 부인은 처녀 때와 다름없이 공상을 즐기는 듯한 매혹적인 표정을 내비쳤는데, 입가에는 순진하고도 아름다운 미소가 가득했다. 그녀의 머릿속에는 마치 신비로운 동양에서 가져온 보물상자가 들어 있는 것 같았다. 그것을 열면 안에는 또 다른 상자가 들어 있었다. 이제 더는 없겠지 하고 상자를 열어보면 또 다른 상자가 계속 나와 그녀의 공상은 좀처럼 날갯짓을 멈추는 법이 없었다. 어디 그뿐인가. 달링 부인의 어여쁜 입술 오른편에는 아직 누구에게도 해준 적 없는 특별한 키스의 기운이 어려 있었다. 언젠가부터 그 자리에 분명 빤히 보이는데, 아직 웬디조차 그 키스를 받아본 적이 없었다.

달링 씨가 그녀와 아내의 인연을 맺게 된 사연은 이렇다. 달링 부인이 아가씨였던 시절, 여러 청년들이 동시에 그녀를 사랑했다. 청년들은 결혼을 허락받기 위해 너나없이 그녀의 집으로 한달음에 달려갔다. 그런데 달링 씨는 조금 다르게 행동했다. 그는 두 다리로 뛰는 대신 마차를 타고 가장 먼저 그녀의 집에 다다랐다. 덕분에 달링 씨는 사랑을 쟁취할 수 있었다. 그는 아내의 모든 것을 갖고 싶었다. 그러나 달링 씨는 아내가 소중히 간직하고 있는 신비의 상자에 대해 알지 못했고, 특별한 키스의 기운도 자신의 것으로 만들지 못했다. 결국 달링 씨는 특별한 키스를 얻으려는 노력조차 포기하고 말았다. 웬디는 나폴레옹이라면 그 키스를 받아낼 수 있을 것이라고 생각했다. 하지만 그런 일은 일어나지 않을 것이다. 아무리 나폴레옹이라도 그녀에게 키스를 구걸하다가 뜻을 이루지 못한 채 치밀어 오르는 화를 폭발시키며 문을 쾅 닫고 밖으로 나가버렸을 것이 틀림없었다.

달링 씨는 웬디에게 엄마가 자신을 사랑할 뿐만 아니라 존경하고 있다며 큰소리를 치고는 했다. 그는 주식을 비롯해 기업 투자에 대해 아는 것이 많았다. 누구라도 그런 지식을 완벽하게 갖출 수는 없지만, 그는 분명 상당히 유식한 사람처럼 보였다. 그가 종종 주가의 상승과 하락, 배당 따위에 대해 막힘없이 떠들어대는 것을 보고 있으면 어떤 여자라도 존경심을 가질 것 같기는 했다.

달링 부인의 결혼식 의상은 하얀 드레스였다. 그녀는 신혼 초에 재미있는 놀이라도 되는 양 즐거운 마음으로 빈틈없이 가계부를 써나갔다. 푸성귀 한 줌조차 빼놓는 법이 없었다. 하지만 그런 일은 오래 가지 않았다. 어느 날부터 양배추며 오이 따위가 하나둘 빠지기 시작하더니, 그 자리에 얼굴 없는 아기들의 그림이 들어섰다. 특히 지출 내역을 합산할 때에 이르면 그와 같은 그림이 더욱 또렷해졌는데, 그것이 그녀의 계산법이나 다름없었다.

먼저 웬디가 태어났다. 그리고 뒤이어 존과 마이클이 세상
의 빛을 봤다.

웬디가 태어나고 나서 1~2주 동안 달링 부부는 고민에 휩
싸였다. 자신들이 정말 아이를 잘 키울 수 있는지 확신하지
못했기 때문이다. 그렇지 않아도 팍팍한 살림에 먹여 살릴 입
이 하나 더 늘어난 터였다. 달링 씨는 딸이 태어나 한없이 기
뻤지만, 무엇보다 체면을 중요시하는 성격은 달라지지 않았
다. 그는 침대에 걸터앉아 아내의 손을 잡았다. 그리고 곰곰
이 이런저런 비용을 따져보았다. 그 모습을 달링 부인이 애처
롭게 바라보았다. 그녀는 앞으로 어떤 일이 닥치든 되는 대로
꿋꿋이 부딪쳐볼 작정이었으나 달링 씨는 달랐다. 그의 방식
은 펜과 종이를 마련해 꼼꼼히 계산해보는 것이었다. 달링 씨
는 아내의 참견 탓에 생각이 흐트러지면 처음부터 다시 계산
을 해야 직성이 풀렸다.

"잠시 내가 하는 일을 방해하지 마시오."

달링 씨가 망설이다 아내에게 부탁했다. 그가 말을 이었다.

"나한테 1파운드 17실링이 있소. 사무실에 2실링 6펜스가
더 있지. 사무실에서 마시는 커피를 줄이면 10실링 남짓 아
낄 수 있으니까, 다 해서 2파운드 9실링 6펜스가 되는 셈이
오. 그리고 당신이 18실링 3펜스를 갖고 있잖소. 그것까지 다
합치면 3파운드 9실링 7펜스, 거기다 수표책에 있는 5파운드

를 더하면 8파운드 9실링 7펜스……. 맞나? 이런! 지금 누가 움직이는 거야? 아…… 8파운드 9실링 7펜스에다가, 점을 찍고 7을 옮기면……. 아니, 말 걸지 말라니까! 여기에 얼마 전 우리 집으로 찾아온 남자에게 당신이 빌려준 1파운드를 합치면……. 제발 조용히 해라, 아가야. 이것 봐, 또 틀렸잖아. 애좀 저리로 데려갈 수 없어? 아이고, 정신이 하나도 없잖아! 9파운드 9실링 7펜스였나? 그래, 그랬지. 모두 9파운드 9실링 7펜스야. 그럼 이제 중요한 문제가 남았군. 우리가 9파운드 9실링 7펜스로 1년을 버틸 수 있을까?"

"그럼요. 충분히 버틸 수 있고말고요."

달링 부인이 단호하게 말했다. 그러나 달링 씨는 아내보다 훨씬 신중한 사람이었다. 그는 달링 부인처럼 아이 키우는 일을 무조건 자신만만해할 수 없었다.

"아기에게 볼거리 예방주사를 접종하는 것도 생각해둬야 하오."

달링 씨는 짐짓 심각한 표정으로 경고하듯 말했다. 그리고는 다시 계산을 시작했다.

"볼거리 예방주사는 1파운드쯤 할 거요. 내 짐작이기는 하지만, 자칫 10실링은 더 내야 할지도 모르지. 조용! 잠시 말 걸지 말아 봐요. 홍역 예방주사는 1파운드 5실링, 독일홍역 예방주사는 10실링 6펜스니까…… 다 더하면 2파운드 15실링 6펜스로군. 아, 손가락은 왜 흔드는 거요? 거기에 백일해 예방주사를 15실링으로 치면⋯⋯."

달링 씨는 좀처럼 계산을 멈추지 않았다. 몇 번이나 거듭 계산을 할 적마다 합계가 달라졌다. 볼거리 예방주사 가격이 12실링 6펜스로 줄어들고, 두 가지 종류의 홍역 예방주사 비용을 하나로 합쳐 처리하기로 결정한 뒤에야 그의 계산은 마무리되었다. 그제야 비로소 달링 씨는 웬디를 키울 수 있겠다고 생각했다.

그와 같은 소동은 나중에 존이 태어났을 때도 똑같이 반복되었다. 그리고 막내 마이클 때는 한결 더 시끌벅적해졌다. 어쨌거나 달링 부부는 두 아이도 웬디처럼 최선을 다해 잘 키우기로 마음먹었다. 그 후 얼마 지나지 않아 세 아이는 보모의 간섭을 받으며 미스 풀섬의 유치원에 다니게 되었다.

달링 부부의 성격은 여러모로 달랐다. 아내는 이웃의 시선을 거의 신경쓰지 않고 자신의 의지대로 모든 일을 처리하려고 했으나, 남편은 무엇이든 다른 사람들과 똑같이 해야 마음이 놓였다. 그런 까닭에 그들 역시 보모를 들이기로 결정했다. 하지만 우윳값을 대기도 벅찰 만큼 살림살이가 넉넉지 않다는 점이 문제였다. 따라서 달링 부부는 고민 끝에 사람이 아닌 뉴펀들랜드 종 개를 보모로 들였다. 원래 주인 없이 떠돌던 그 개는 '나나'라는 이름으로 불리게 되었고, 달링 부부의 바람대로 아이들을 소중히 보살피는 보모 역할을 훌륭히 해냈다. 달링 부부와 아이들은 켄싱턴 공원으로 자주 산책을 나갔다. 나나는 그곳에서 유모차에 앉아 노는 아이들을 바라보며 시간을 보내고는 했다. 실은 달링 씨와 아내가 처음 나나를 만난 장소도 켄싱턴 공원이었다. 나나는 원체 아이들에게 관심이 많았는데, 다른 집 보모들은 그것을 마땅치 않게 여기며 눈살을 찌푸리기 일쑤였다. 왜냐하면 보모들이 게으름을 피우거나 아이들을 부주의하게 보살필 적마다 나나가 그들이 일하는 집까지 따라가 그 사실을 일러바쳤기 때문이다.

아무리 봐도 나나는 더없이 탁월한 보모였다. 아이들의 목욕 시간에는 필요한 준비를 척척 해주었고, 한밤중이든 새벽녘이든 아이들이 칭얼대는 소리가 들리기라도 하면 잠에서 깨어 벌떡 일어섰다. 그러니 나나의 집은 아이들 방에 놓아두는 것이 당연했다. 나나는 아이들의 기침소리만 듣고도 병원으로 달려가야 하는 증상인지, 그냥 수건으로 목만 감싸면 되는 상태인지 알아채는 놀라운 능력도 보여주었다. 아울러 나나는 자주 오래된 민간요법을 고집했으며, 세균이 어쩌고저쩌고 하는 신식 의사들의 말은 귓등으로 흘려들었다. 나나가 아이들을 데리고 유치원으로 향하는 모습은 또 어떤가. 그것은 마치 엄숙한 예절 교육 시간처럼 보였다. 아이들이 얌전하게 길을 갈 경우에는 조용히 그 옆에서 따라갔지만, 어쩌다 샛길로 새려는 눈치라도 보일라치면 머리로 힘껏 아이들의 엉덩이를 밀어 주의를 줬던 것이다. 그뿐 아니었다. 나나는 존이 축구를 하는 날이면 어김없이 체육복을 챙겼고, 날씨가 흐려 비가 올 것 같으면 입에 우산을 물고 뒤를 따랐다. 미스 풀섬의 유치원 지하에는 보모들을 위해 마련해놓은 대기실이 있었다. 여느 보모들은 그곳의 긴 의자에 앉아 아이들을 기다렸지만, 나나는 항상 바닥에 엎드려 있었다. 오직 그것이 나나와 다른 보모들의 차이점이었다. 보모들은 바닥에 엎드린 나나를 하층민 대하듯 바라보며 무시하기 일쑤였다. 하지만 나나는 오히려 보모들의 그렇고 그런 수준 낮은 대화를 들으며 한심하기 짝이 없었다.

나나는 집에서 달링 부인의 친구들이 함부로 아이들의 방에 들어오는 것을 싫어했다. 그럼에도 막상 누군가 아이들의 방을 구경하려고 하면 후다닥 마이클의 더러워진 턱받이를 새것으로 갈아주었다. 또한 웬디의 옷매무새를 단정히 바로잡아 주었고, 존의 헝클어진 머리카락을 가지런하게 매만졌다. 이 세상 어떤 보모도 나나처럼 아이들을 반듯하게 돌보기는 어려웠다.

달링 씨는 나나가 얼마나 훌륭하게 보모 역할을 해내는지 잘 알고 있었다. 그렇지만 가끔은 이웃 사람들이 뭐라고 수군대지는 않을지 걱정스러웠다. 앞서 이야기했듯 그는 무엇보다 체면을 중요하게 여겼기 때문이다. 달링 씨가 나나를 바라보며 신경이 쓰이는 것은 그것만이 아니었다. 그는 나나가 자신을 존경하지 않는다고 생각했다.

"아니에요. 나나는 당신을 정말 존경하고 있어요."

달링 부인이 남편을 안심시켰다. 그리고 그녀는 아이들에게 아빠의 기분을 좋게 만들어드리라는 의미로 신호를 보냈다. 아이들이 당장 애교 만점의 춤을 추기 시작했다. 이 집의 하나뿐인 하녀 리자도 춤판에 끼어들었다. 리자는 하녀로 고용되면서 자기 나이가 열 살이 넘었다고 떠벌였지만, 헐렁한 치마를 걸치고 모자를 푹 뒤집어쓴 모습은 누가 봐도 그보다 어린아이인 것이 틀림없었다. 아이들은 깔깔대며 흥겹게 춤을 췄다. 그 광경을 바라보며 가장 즐거워한 사람은 달링 부인이었다. 그녀는 얼굴 가득 함박웃음을 짓더니 자리에서 일어나 한쪽 발끝을 세우고 발레리나처럼 빙그르 춤을 췄다. 그 속도가 어찌나 빠르던지 겨우 보이는 것이라고는 특별한 키스의 기운뿐이었다. 그 때 누군가 그녀에게 덥석 달려든다면 그 키스를 받아낼 수 있을 것 같았다. 한마디로, 달링 부부와 아이들은 더없이 행복한 시간을 보냈다. 그처럼 화목한 가정이 어디 또 있을까? 단, 피터 팬이 나타나기 전까지만 그랬다. 딱 그 시각까지만 가정의 평화로운 분위기가 이어졌다.

달링 부인이 처음 피터 팬의 이름을 알게 된 것은 아이들의 머릿속을 정리할 때였다. 여느 훌륭한 엄마들이 그렇듯, 그녀도 밤이면 곤히 잠든 아이들의 머릿속을 뒤적거려 낮 동안 어질러진 생각들을 정리해놓았다. 그렇게 해야 아이들이 이튿날 상쾌한 아침을 맞이할 수 있다고 믿었기 때문이다. 만약 이 글을 읽는 여러분이 밤새 깨어 있다면(물론 그럴 가능성은 없겠으나) 그 광경을 목격할 수 있다. 그처럼 재미있고 신기한 일은 별로 없을 것이다. 그것은 마치 온갖 물건들로 뒤죽박죽되어 있는 서랍 안을 정리하는 것과 비슷하다.

여러분의 엄마가 무릎을 꿇고 앉아 그와 같은 일을 벌이는 모습을 상상해보라. 아마도 엄마는 먼저 여러분의 머릿속을 찬찬히 살펴볼 것이다. 그리고는 '이런 생각을 도대체 어디서 주워 왔지?' 하며 고개를 갸우뚱거리거나, 긍정적인 생각과 부정적인 생각을 구별하느라 분주해지기 십상이다. 어떤 생각은 부드러운 털을 가진 귀여운 새끼고양이라도 되는 양 뺨에 문질러볼 테고, 어떤 생각은 혐오스러운 듯 냉큼 멀찍이 치워버릴 것이다. 그러므로 여러분이 아침에 잠에서 깨어났을 때는 머릿속 맨 윗부분에 어여쁘고 향기로운 생각들만 차곡차곡 놓여 있게 된다. 여러분은 그것을 꺼내 마음껏 사용하면 그만이다. 행여나 남아 있을지 모를 못되고 심술궂은 생각들은 작게 접혀 머릿속 맨 밑바닥에 놓여 있을 테니 염려하지 않아도 된다.

혹시 여러분은 머릿속을 그린 지도를 본 적이 있는가? 의사들은 흔히 인체의 일부를 지도로 그려보고는 한다. 그것은 짐작하는 것보다 훨씬 흥미로운 일이다. 그런데 의사들이 가장 집중하는 순간은 쉴 새 없이 움직이는 아이들의 머릿속을 지도로 그릴 때이다. 그 지도에 그려진 아이들의 머릿속은 온통 뒤죽박죽인데다 좀처럼 가만히 머물러 있는 법이 없다. 또한 진료카드에 등장하는 체온의 변화를 나타내는 그래프마냥 오르락내리락 하는 선들이 지도를 가득 메우고 있을 것이다. 아마도 그 선들은 섬에 나 있는 길일지 모른다. 왜냐고? 네버랜드는 섬이니까.

네버랜드 앞바다에는 다채로운 빛깔의 물보라가 여기저기 튀어오른다. 저 멀리 바다 속에는 산호초들이 흔들거리고, 그 옆을 지나가는 날렵한 배도 보인다. 그뿐 아니라 야만인과 외딴 토굴들, 주로 재단 일을 하는 땅속의 요정들, 강물이 흐르는 동굴들, 여섯 명의 형을 둔 왕자와 금방이라도 허물어져버릴 듯한 오두막, 허리가 굽은 매부리코 노파도 한 사람 살고 있다. 그런데 이게 전부라면 아이들의 머릿속을 그리는 일은 그다지 어렵지 않을 것이다. 아이들의 머릿속에는 그 밖에도 너무나 많은 것들이 들어 있다. 처음 등교하던 날, 신앙, 아버지, 둥근 연못, 바느질, 살인, 교수형, 2개의 목적어를 거느리는 동사, 초콜릿 푸딩을 먹은 날, 멜빵바지 입기, 스스로 이를 뽑으면 받게 되는 3펜스의 용돈 등이 바로 그런 것이다. 이 모든 것이 아이들의 머릿속을 그린 지도의 일부분이며, 어쩌면 지도 뒤에 감춰진 또 다른 지도일지도 모른다. 어쨌거나 아이들의 머릿속이 뒤죽박죽 끊임없이 요동을 치는 것만은 분명한 사실이다. 그러니 항상 복잡하고 오리무중일밖에.

더구나 네버랜드의 풍경은 아이들마다 다르다. 예를 들어 존의 네버랜드에는 호수가 있으며, 그 위로 홍학들이 날아다닌다. 존이 그 홍학들을 향해 총을 쏜다. 반면에 더 어린 마이클의 네버랜드에는 단 한 마리의 홍학만이 호수 위를 날고 있다. 서로 다른 풍경은 그뿐 아니다. 존은 모래밭에 거꾸로 처박혀 있는 작은 배 안에서 살고, 마이클은 둥그렇게 천막을 두른 오두막에서 지낸다. 웬디는 나뭇잎을 줄줄이 엮어 만든 멋진 집을 지어 놓았다. 존은 친구가 한 명도 없다. 마이클에게는 밤에만 친구가 있고, 웬디는 어미한테 버림받은 새끼늑대 한 마리를 정성껏 보살피고 있다. 그렇듯 세 아이의 네버랜드는 저마다 다르지만, 멀리 떨어져서 바라보면 한 가족처럼 비슷한 면이 많았다. 만약 아이들의 섬들을 일렬로 세워놓는다면 코를 비롯해 여러 곳이 닮았다는 사실을 단박에 알아차릴 수 있을 것이다. 그와 같은 마법의 해안에서 아이들은 조각배를 만들어 뭍으로 밀어올리는 놀이를 하며 즐거워한다. 물론 어른들도 한때는 그곳에 있었다. 하지만 지금은 더이상 그곳에 가지 못한다. 이따금 여전히 파도소리를 들을 수있을 뿐이다.

세상에 환상적인 섬들은 많다. 그렇지만 가장 아늑하고 구석구석 실속 있는 섬은 다름 아닌 네버랜드이다. 네버랜드는 모험과 모험 사이에서 긴장감을 잃을 걱정을 하지 않아도 될 만큼 알찬 섬이다. 너무 크거나 작지 않으며, 곳곳에 다채로운 재미가 가득하다. 낮에는 네버랜드에 간단히 의자와 테이블만 가져와 놀아도 전혀 두려움을 느낄 일이 없다. 하지만 밤이 되면, 특히 잠들기 2분 전쯤에는 네버랜드가 기어이 본색을 드러내고 만다. 그런 까닭에 밤이 찾아오면 아이들의 침실 머리맡에 등불을 밝혀놓는 것이다.

달링 부인은 아이들의 머릿속을 이리저리 살펴보다 가끔이해할 수 없는 것들을 목격했다. 그 중에서 무엇보다 신경을 곤두세우게 하는 것은 '피터'라는 이름이었다. 그녀의 지인들 가운데는 피터라는 이름을 가진 사람이 없었다. 그럼에도 그 이름은 존과 마이클의 머릿속 곳곳에서 발견되었다. 웬디는 한 술 더 떠 피터라는 이름이 머릿속에 가득 들어차 있다고 해도 지나친 말이 아니었다. 게다가 어떤 생각보다도 굵은 글씨로 선명하게 쓰여 있어 한눈에 확 알아볼 수밖에 없었다. 달링 부인은 곰곰이 그것을 바라보다가, 왠지 피터라는 이름이 건방을 떨며 뻐기고 있다는 느낌을 받았다.

"그건 그래요. 걔가 좀 건방지기는 해요."

달링 부인이 피터에 대해 자꾸 캐묻자, 웬디가 얕은 한숨을 내쉬며 그 사실을 인정했다.

"한데 그 아이가 대체 누구니?"

"걔는 피터 팬이에요. 엄마도 아시잖아요?"

달링 부인은 딸의 말을 듣고 잠시 어리둥절했다. 하지만 어린 시절을 떠올려보니, 요정들과 함께 산다는 피터 팬이 생각 났다. 그 때도 피터 팬에 대해서는 알쏭달쏭한 얘기들이 떠돌 았다. 이를테면 아이들이 죽을 경우 혼자 하늘나라로 가는 길 이 무서울까봐 피터 팬이 따라가 준다는 식이었다. 달링 부인 도 당시에는 피터 팬의 존재를 믿었다. 그러나 그것은 옛날이 야기일 뿐, 지금은 어른이 되어 결혼까지 한 마당에 피터 팬 이 진짜 있다고 믿기는 어려웠다.

"피터 팬이 정말 있을까? 설령 그렇다고 해도 이젠 어른이 되었을 텐데."

달링 부인이 웬디에게 말했다.

"아니에요, 엄마. 걔는 전혀 자라지 않았어요. 지금도 키가 딱 나만한 걸요."

웬디가 자신만만하게 대꾸했다.

웬디의 말은 피터 팬의 체격이나 생각하는 수준이 자신과 비슷하다는 의미였다. 그것을 어떻게 알고 있는지는 몰라도, 아무튼 웬디의 표정은 확신에 차 있었다.

달링 부인은 그 일에 대해 남편과 상의했다. 달링 씨가 미소를 내비치며 말문을 열었다.

"뭐, 그깟 문제로 신경을 쓰는 거요? 그것은 나나가 아이들 머릿속에 집어넣은 우스꽝스런 생각일 뿐이오. 나나 같은 개 수준에 딱 어울릴 만한 것이지. 그러니 가만 놔두면 머지않아 저절로 그런 생각을 잊을 거요."

그러나 달링 씨의 예상은 빗나갔다. 얼마 지나지 않아 영 찜찜했던 그 소년이 달링 부인을 화들짝 놀라게 하는 사건이 벌어졌다.

흔히 아이들은 이상야릇한 일을 겪어도 별로 대수롭지 않게 받아들인다. 예를 들어, 어쩌다 숲속에서 죽은 아버지를 만나 재미있게 논 아이가 그 놀라운 사실을 일주일쯤 지난 뒤에야 불쑥 꺼내놓기도 하는 것이다. 어느 날 아침에 웬디가 깜짝 놀랄 만한 말을 한 것도 그런 식이었다. 그 날 달링 부인이 아이들 방에 들어갔을 때, 지난밤에는 볼 수 없었던 나뭇잎 몇 개가 눈에 띄었다. 웬디가 고개를 갸우뚱하며 궁금해하는 엄마에게 환한 표정으로 얘기했다.

"또 피터가 한 짓이 틀림없어요!"

달링 부인은 딸의 말에 어처구니가 없었다.

"그게 무슨 소리니, 웬디? 응?"

"하여튼 못 말리는 애야. 바닥을 좀 치우고 가지."

웬디는 짐짓 한숨까지 내쉬며 답답해했다. 아이는 원체 깔끔한 것을 좋아하는 성격이었다. 웬디는 이따금 피터가 자신의 방으로 찾아와 침대 발치에서 피리를 불어주는 것 같다고 말했다. 밤새 잠에서 깬 적이 없다면서 그것을 어떻게 아는지 아리송했지만, 아이는 마치 두 눈으로 그 광경을 본 것처럼 이야기했다.

"그게 무슨 황당한 소리야! 아무도 노크하지 않았는데, 누가 집 안으로 들어올 수 있다는 거니?"

"아마도 걔는 창문으로 들어올 거예요, 엄마."

웬디가 심드렁하게 대꾸했다.

"여기는 3층이란다, 웬디."

"엄마, 창문 밑을 살펴봐요. 거기에도 나뭇잎이 떨어져 있지 않나요?"

과연 웬디의 예감은 적중했다. 창문 바로 아래쪽에 몇 장의 나뭇잎이 떨어져 있었다.

달링 부인은 이 사태를 어떻게 이해해야 좋을지 선뜻 생각의 갈피가 잡히지 않았다. 그냥 꿈을 꾸었을 뿐이라고 딸을 설득하기도 쉽지 않았다. 왜냐하면 웬디의 말이 그럴듯했고, 실제로 나뭇잎까지 떨어져 있었기 때문이다.

"얘야, 그런데 왜 진작 엄마한테 그런 일에 대해 말하지 않았니?"

달링 부인이 목소리를 높여 물었다.

"깜빡 잊어버렸어요, 엄마."

웬디는 별 문제 아니라는 듯 덤덤히 대꾸했다. 그리고는 아침식사를 하러 잰걸음으로 방에서 나갔다.

아무리 따져 봐도 꿈이라고 해야 옳았다. 그렇지만 방 안에 떨어져 있는 나뭇잎들은 어떻게 설명한단 말인가. 달링 부인은 나뭇잎을 하나 주워 자세히 들여다보았다. 잎맥이 매우 선명했는데, 분명 영국에서 볼 수 있는 품종의 나뭇잎은 아니었다. 그녀는 촛불까지 켜들고 바닥을 기어 다니면서 수상한 발자국을 찾아 이곳저곳 샅샅이 살펴보았다. 부지깽이를 집어 들어 굴뚝 안을 들쑤셔보는가 싶더니 벽을 콩콩 두드려보기도 했다. 또한 줄자를 찾아와 창문 밖으로 늘어뜨려 보기도 했는데, 그 높이가 무려 9미터나 되었다. 게다가 담벼락은 이렇다 할 시설물 하나 없이 매끈해 아래쪽에서 타고 오르는 것은 거의 불가능에 가까웠다.

역시, 웬디는 꿈을 꾼 것이 틀림없어!

하지만 달링 부인의 판단은 잘못됐다. 웬디는 꿈을 꾼 것이 아니었다. 바로 이튿날 밤, 아이들의 놀라운 모험이 시작되었다.

그 날 아이들은 여느 때와 다름없이 잠자리에 들었다. 나나가 외출을 하는 바람에 달링 부인이 직접 아이들을 씻기고 잠자리를 살펴주었다. 엄마의 자장가를 들으며 아이들은 하나둘 꿈나라로 빠져들어 갔다. 그제야 달링 부인은 마음이 놓여 얼굴에 미소가 번졌다. 세 아이가 평화롭게 잠든 모습을 바라보며 자기가 괜한 걱정을 했다는 생각이 들었다. 그녀는 바느질감을 챙겨 벽난로 옆에 가서 앉았다.

달링 부인이 손에 든 바느질감은 마이클이 생일날 입을 셔츠였다. 벽난로 주위는 따뜻했고, 아이들이 잠든 방에는 3개의 취침등이 은은한 불빛을 비추고 있었다. 얼마쯤 시간이 흘렀을까? 달링 부인이 들고 있던 바느질감을 스르르 무릎 위로 떨어뜨렸다. 그리고는 이내 고개를 꾸벅거렸다. 그녀는 금세 우아한 모습으로 잠이 들었다. 엄마와 아이들이 평온하게 잠든 모습이라니. 웬디와 존과 마이클은 침대에 누운 채, 달링 부인은 벽난로 옆에 앉아 조용히 낮은 숨소리를 냈다. 취침등이 4개였더라면 더 좋았을 뻔했다.

달링 부인은 잠든 사이에 꿈을 꾸었다. 꿈속에서 네버랜드가 바짝 다가오는 장면이 떠오르더니 거기서 이상한 소년이 나타났다. 하지만 그녀는 놀라지 않았다. 아직 아이를 낳지 않은 여자들의 얼굴에서 그 모습을 언젠가 본 듯했기 때문이다. 어쩌면 아이가 있는 엄마들의 얼굴에서 보았는지도 모를 일이었다. 잠시 뒤, 꿈속의 소년은 네버랜드를 감싸고 있는 얇은 막을 찢었다. 그 틈새로 웬디와 존, 마이클이 안을 들여다보았다.

사실 꿈 자체는 이렇다 할 특별한 것이 없었다. 다만 달링 부인이 꿈을 꾸는 동안 바람이 불어 창문이 활짝 열리는가 싶더니 한 소년이 방 안으로 사뿐히 들어섰다. 그 때 소년 옆에 주먹만한 빛이 보였는데, 마치 생명체이기라도 한 양 방 안 이곳저곳을 빠르게 날아다녔다. 아마도 달링 부인이 잠에서 깨어난 것은 그 빛 때문이었을 것이다.

달링 부인은 화들짝 놀라 외마디 비명을 지르며 눈을 뜨고 나서 소년을 발견했다. 그녀는 아이가 피터 팬인 것을 단박에 알아차렸다. 아마도 여러분이나 내가, 또는 웬디가 그 광경을 목격했더라면 달링 부인의 특별한 키스의 기운이 소년과 쏙 빼닮았다는 사실을 느꼈을 것이 틀림없다. 피터 팬은 수액과 나뭇잎으로 만든 옷을 입고 있었다. 그 모습이 무척 사랑스럽게 보였다. 더구나 피터 팬은 여태껏 어여쁘게 반들거리는 젖니를 고이 간직하고 있었다. 피터 팬은 달링 부인이 어른인 것을 알고 뽀드득 이를 갈았다. 순간 작은 진주알 같은 젖니가 반짝였다.

수상한 그림자

　달링 부인이 소스라치게 비명을 질렀다. 그러자 그것이 초 인종 소리라도 되는 양 문이 활짝 열리더니 외출 나갔던 나나 가 뛰어 들어왔다. 나나는 으르렁거리며 소년을 향해 달려들 었다. 소년은 나나의 공격을 피하며 가볍게 뛰어오르더니 창 문 너머로 몸을 날렸다.

　"어머나! 어떡해?"

　달링 부인은 또다시 비명을 내질렀다. 이번에는 두려움을 느껴서가 아니라, 소년이 창문 밖으로 떨어져 죽었다고 믿은 탓이었다. 그녀는 부리나케 계단을 내려가 건물 밖으로 나가 보았다. 그리고 이리저리 두리번거렸지만 소년의 시신은 보 이지 않았다. 혹시나 하는 마음에 밤하늘을 올려다보아도 별 똥별 같은 빛이 반짝일 뿐이었다.

　잠시 뒤, 달링 부인이 아이들 방으로 돌아와 보니 나나가 뭔가를 입에 물고 있었다. 그것은 다름 아닌 소년의 그림자였다. 방금 전 소년이 창문 밖으로 몸을 날리던 순간, 나나는 재빨리 창문을 닫았다. 그 바람에 소년은 창문 밖으로 나갔지만 그림자는 미처 방 안을 벗어나지 못했다. 창문이 '쾅!' 하고 닫히는 것과 동시에 소년의 그림자가 창틀에 꽉 끼어 오도 가도 못하는 신세가 되고 말았던 것이다.

달링 부인이 이리저리 그림자를 살펴보았다. 하지만 아무리 봐도 여느 그림자들과 다를 것이 없었다. 나나는 그것을 어떻게 처리해야 좋을지 잘 알고 있다는 듯, 한 치의 머뭇거림도 없이 입에 문 그림자를 창 밖에 걸어두었다. '녀석이 그림자를 찾으러 다시 올 게 틀림없어. 괜히 아이들 가까이 와서 소란을 피우면 안 되니까 가져가기 쉬운 곳에 놓아둬야지.' 나나는 이렇게 생각해 그와 같은 행동을 했던 것이다.

그러나 달링 부인은 생각이 달랐다. 그녀는 창 밖에 걸어둔 그림자를 그대로 두고 볼 수 없었다. 그것이 마치 빨래를 널어놓은 것처럼 보여 자기 집의 품위를 해친다고 여겼기 때문이다. 달링 부인은 그림자를 가져가 남편에게 보여주면 어떨까 생각해보았다. 하지만 그 시각 달링 씨는 머리에 수건까지 둘러 정신 집중에 애쓰면서 존과 마이클에게 사줄 겨울 외투 비용을 계산하고 있었다. 아내는 차마 그런 남편에게 훼방꾼 노릇을 할 수는 없었다. 설령 용케 틈을 보아 남편에게 그림자에 관한 이야기를 꺼낸다고 해도 돌아올 대답은 뻔했다.

"모든 일이 개를 보모로 둔 탓에 일어나는 거요."

그래서 달링 부인은 여유를 갖고 나중에 남편과 그림자를 어떻게 처리할지 상의하기로 마음먹었다. 그 때까지는 그림자를 둘둘 말아 서랍 안에 숨겨두기로 했다. 그녀는 자신의 판단을 스스로 만족스러워했다. 어쩜, 슬기롭기도 하지!

훗날을 기약한 기회는 일주일 만에 찾아왔다. 평생 잊지 못할 그 금요일, 모름지기 운명적인 날은 금요일에 찾아오는 법이다.

"금요일에는 좀 더 조심했어야 했는데……."

그 날 이후 달링 부인은 남편에게 이런 말을 자주 했다. 그 때마다 나나가 맞은편에 쭈그리고 앉아 달링 부인의 손을 잡아주었다.

"아니, 그렇지 않소."

아내의 후회에 달링 씨는 언제나 똑같은 반응을 보였다.

"모든 것이 내 탓이오. 이 사람 조지 달링에게 책임이 있단 말이오. 메아 쿨파! 메아 쿨파!"

달링 씨는 한때 라틴어 교육을 받았다. '메아 쿨파'는 라틴어로 '네 탓이오'라는 의미였다.

달링 부부는 밤마다 마주 앉아 다시는 돌이킬 수 없는 운명의 금요일을 떠올렸다. 그 날을 얼마나 자주 곱씹었는지, 그 때 일어난 사건은 사소한 부분 하나하나까지 남김없이 머릿속에 각인되어 있었다.

"27번지의 저녁식사 초대를 거절해야 했어요."

달링 부인이 말했다.

"내가 나나의 밥그릇에 약을 붓지 말았어야 했소."

달링 씨가 대꾸했다.

"제가 그 약을 좋아하는 척만 했어도……."

나나도 촉촉하게 젖은 눈으로 말문을 열었다.

"여보, 내가 파티를 좋아해서 그런 거예요."

"아니, 내가 쓸데없이 장난기를 발동했기 때문이오."

"그런 말 마세요, 주인님들. 제가 별것 아닌 일에 예민하게 굴었던 게 문제예요."

달링 부부와 나나는 누가 먼저라고 할 것도 없이 울음을 터뜨렸다. 나나가 다시 자신을 원망했다.

"맞아요, 애당초 저 같은 개를 보모로 들이시는 게 아니었어요."

그 때 손수건을 꺼내 나나의 눈물을 닦아준 사람은 달링 씨였다.

"에잇, 악마 같은 녀석!"

달링 씨는 새삼 화가 치미는 듯 크게 소리쳤다. 나나가 "컹! 컹!" 짖으며 맞장구를 쳤다. 그러나 달링 부인은 남편과 달랐다. 그녀는 피터를 저주하며 욕설을 퍼붓지는 않았다. 그녀의 오른쪽 입가에 있는 뭔가가 피터를 비난하는 것을 원하지 않았기 때문이다.

달링 부부와 나나는 텅 빈 아이들 방에 앉아 있었다. 그들은 지치지도 않는지 그 날 저녁에 일어났던 끔찍한 사건을 몇 번이나 반추했다. 실은 그 날 저녁 역시 여느 날과 다를 바 없이 평화롭게 시작되었다. 나나는 먼저 목욕물을 받아놓고 나서, 마이클을 등에 태워 욕실로 데려가려던 참이었다.

"나 안 잘래!"

마이클이 떼를 썼다. 아이는 잠자리에 들 시각을 결정할 권한이 자기에게 있다는 듯 좀처럼 고분고분 말을 듣지 않았다.

"싫어, 나나. 아직 6시도 안 됐단 말이야. 지금 안 잘 거야. 자꾸만 자라고 하면 널 미워할 거야. 목욕 안 할 거야, 나나. 싫어, 안 할 거라고!"

바로 그 때 하얀색 야회복을 입은 달링 부인이 다가왔다. 웬디가 그 옷을 입은 엄마의 모습을 좋아해 일찌감치 갈아입고 왔던 것이다. 달링 부인은 야회복뿐만 아니라 남편이 선물한 목걸이를 하고, 팔에는 웬디가 빌려준 팔찌까지 차고 있었다. 평소 웬디는 엄마에게 흔쾌히 자신의 팔찌를 빌려주고는 했다.

그 시각 웬디는 존과 함께 놀고 있었다. 두 아이는 아빠 놀이를 했는데, 웬디가 태어나던 날을 연기하느라 여념이 없었다.

"여보, 당신이 이제 엄마가 되오. 기쁜 소식을 전하니까 나도 행복하구려."

존이 짐짓 아빠 흉내를 냈다. 실제로 달링 씨도 그랬을 법한 말투였다. 웬디는 엄마 역할을 맡았다. 아이는 존의 말을 듣고 기쁨에 겨워 춤을 추는 시늉을 했다.

다음 장면에서는 존이 태어났다. 아빠 엄마 역할을 하던 두 아이는 아들이 태어났다면서 더욱 요란하게 기쁨을 표현했다. 그 때 겨우 목욕을 마친 마이클이 욕실에서 나와 자기도 얼른 태어나게 해달라고 칭얼댔다. 하지만 존은 더 이상 아이가 필요 없다며 싸늘하게 대꾸했다.

"날 원하는 사람은 아무도 없어."

마이클이 금방이라도 눈물을 쏟을 듯 삐죽거렸다. 하얀색 야회복을 입은 엄마가 그 모습을 그냥 지켜볼 리 없었다.

"난 셋째 아이를 원해. 꼭 필요하다고."

그럼에도 마이클의 표정이 별로 밝아지지 않았다. 아이가 시큰둥한 목소리로 물었다.

"아들이요, 딸이요?"

"두말하면 잔소리. 당연히 아들이지."

그제야 마이클은 엄마 품으로 달려가 안겼다.

달링 부부와 나나가 기억하는 것은 그처럼 별것 아닌 일이었다. 그러나 그것이 마이클의 마지막 모습이었다면 이야기는 달라진다. 그 때가 마이클과 함께 보낸 마지막 밤이 되어 버렸다는 말이다. 달링 부부는 계속 그 날의 일을 곱씹었다.

"그 때 내가 돌풍처럼 뛰어 들어왔지. 그렇지 않소?"

달링 씨의 목소리는 새삼 자신을 자책하는 듯했다. 그랬다, 달링 씨는 그야말로 거센 돌풍처럼 들이닥쳤다.

물론 달링 씨에게도 그럴 만한 사정이 있었을지 모른다. 그는 파티에 가려고 옷을 차려입는 중이었다. 어떤 옷이든 몸에 걸치는 대로 척척 어울렸다. 넥타이를 매기 전까지는 모든 것이 순조로웠다. 그런데, 넥타이가 문제였다. 정말 어처구니없는 노릇이지만, 주식과 기업 투자에 능통한 달링 씨가 넥타이를 매는 일에는 매우 서툴렀다. 어쩌다 별 어려움 없이 넥타이를 매게 되는 날도 있었으나 그렇지 못한 날이 훨씬 많았다. 그런 경우에는 차라리 편하게 목만 집어넣으면 되도록 미리 매듭을 만들어놓은 넥타이를 이용하는 편이 집 안의 평화를 유지하는 데 도움이 됐다.

그 날 저녁에도 바로 그 문제가 발생했다. 달링 씨는 한쪽 손에 넥타이를 구겨 쥔 채 아이들의 방으로 뛰어 들어왔다.

"아니, 무슨 일이에요?"

달링 부인이 물었다.

"이게 골칫거리요!"

달링 씨가 고함을 치며 큰 소리로 말을 이었다.

"이 넥타이가 말이오. 왜 넥타이가 항상 문제를 일으키는지 모르겠소!"

그는 엄청나게 짜증을 냈다. 누가 봐도 너무 과하다 싶은 상태였다. 그의 푸념은 계속됐다.

"이 넥타이가 얼마나 웃기는지 아시오? 내 목은 한사코 거부하면서 침대 기둥에는 척척 잘도 매진다니까. 거참, 어처구니가 없어서! 글쎄, 침대 기둥에 스무 번이나 매봤는데 언제나 성공이었다고. 그런데 내 목에는 한 번도 맬 수 없다니 화가 안 나겠소? 맙소사! 이 넥타이는 정말 내 말을 듣지 않아. 이제 더 이상 못 참겠소!"

달링 부인은 남편의 이야기를 들으며 무덤덤한 표정을 지어 보였다. 그러자 달링 씨의 말투가 더욱 단호해졌다.

"여보, 내 말 잘 들어요. 단언컨대, 이 넥타이를 목에 맬 수 없다면 나는 오늘 밤 파티에 절대 가지 않을 거요. 어디 그뿐인가. 그렇게 되면 내일부터는 사무실에도 안 나가겠소. 그럼 당신과 나는 곧 빈털터리가 되어 끼니를 잇기조차 어려워질 테고, 우리 자식들은 길거리로 나앉게 될 거요."

하지만 달링 부인의 표정은 여전히 이렇다 할 변화를 보이지 않았다. 그녀가 남편을 향해 침착하게 말했다.

"이리 가까이 와요. 내가 한번 해볼게요."

그것은 달링 씨가 내심 아내로부터 듣고 싶던 말이었다. 달링 부인은 능숙한 솜씨로 물 흐르듯 자연스럽게 남편의 목에 넥타이를 매주었다. 아이들은 달링 부부의 주위에 빙 둘러서서 자신들의 운명이 결정되는 것을 지켜보았다. 이따금 남자들은 자기가 쩔쩔매던 일을 아내가 수월하게 해내면 벌컥 화를 내고는 한다. 하지만 달링 씨는 그 정도로 속이 좁은 사람은 아니었다. 그는 언제 고함을 치며 짜증을 냈느냐는 듯, 진심으로 아내에게 고마워했다. 어찌나 기분이 좋아졌는지 마이클을 등에 업고 이리저리 방 안을 돌아다니기까지 했다. 그 모습이 꼭 춤을 추는 것 같았다.

"그 땐 정말 신바람이 났는데……."

달링 부인이 그 날 그 순간의 감정을 떠올렸다.

"그래, 그게 마지막이었지!"

달링 씨는 이렇게 대꾸하며 괴로워했다.

"아, 당신도 기억해요? 갑자기 마이클이 내게 '엄마는 저를 어떻게 알게 됐어요?'라고 물었지요."

"그럼, 기억나고말고."

"우리 아들, 정말 사랑스러웠는데……. 그렇지요?"

"물론이지. 한데 지금은 귀여운 우리의 아이들이 모두 사라져버렸다니!"

그 날 꼭 춤을 추는 것 같았던 흥겨움은 나나의 등장으로 막을 내렸다. 달링 씨가 나나와 부딪히는 바람에 잘 차려입은 바지가 개털로 엉망이 되어버렸기 때문이다. 그것은 얼마 전에 새로 산데다, 태어나서 처음 장만한 화려한 매듭 장식의 바지였다. 달링 씨는 순간 눈물이 나오려는 것을 입술까지 깨물어 간신히 참았다. 달링 부인이 솔을 가져와 정성껏 바지를 털어주었지만 그의 아쉬움은 좀처럼 사라지지 않았다. 그는 또다시 개를 보모로 들인 것이 실수였다며 투덜거렸다.

"여보, 나나는 보모 역할을 훌륭히 해내고 있어요."

"그건 나도 인정하오. 하지만 나나가 종종 우리 아이들을 강아지 보듯 하는 것 같아 기분이 영 개운치 않소."

"에이, 그럴 리가요. 나나는 아이들이 사람이라는 사실을 명심하고 있어요."

"음, 정말 그럴까? 난 아무래도 기분이 개운하지 않은걸."

달링 씨는 아내의 말을 듣고도 뭐가 찜찜한지 골똘히 생각에 잠겼다. 달링 부인은 그 순간 소년에 대한 이야기를 꺼낼 때가 됐다고 판단했다. 남편은 처음 아내의 이야기를 듣고 나서 어이없다는 듯 콧방귀를 뀌었다. 그러나 소년의 그림자를 보여주자 이내 얼굴빛이 달라졌다.

"나는 한 번도 본 적이 없는 아이로군. 어째 생긴 모습이 꼭 악당 같아."

달링 씨가 그림자를 꼼꼼히 살펴보고 말했다.

"그 때 우리는 계속 그림자에 대해 이야기를 나누었소. 그 사이 나나가 마이클의 약을 가져왔지. 아, 이제 다시는 나나가 그 약병을 물고 다닐 일도 없어졌구먼. 모두 내 탓이야!"

달링 씨가 그 날을 회상하며 중얼거렸다.

달링 씨는 사나이다운 성격이었다. 그러나 그런 면이 약 문제에 관해서만큼은 어리석은 행동을 하게 만들었다. 그는 자기가 평생 약 먹는 것을 두려워하지 않으며 살아왔다고 믿었다. 그런 까닭에 그 날 밤 마이클이 나나가 입에 물고 있는 약 숟가락을 자꾸 피하자 버럭 잔소리를 늘어놓기 시작했다.

"사내답게 행동해야지, 마이클!"

"싫어요! 약 먹기 싫다고요!"

아빠가 꾸짖는데도 마이클은 물러서지 않았다. 그것을 본 달링 부인이 초콜릿을 가져오려고 자리에서 일어났다. 그러자 달링 씨는 아내가 아이들을 버릇없게 만든다고 생각했다.

"그만둬요! 아이들의 응석을 그렇게 자꾸 받아주면 어떡해."

달링 씨의 말이 아내의 등 뒤에 울려 퍼졌다.

"마이클, 잘 들어. 아빠는 너만 했을 때 약을 척척 잘 받아먹었단다. '엄마 아빠, 제가 빨리 병이 낫도록 약을 주셔서 감사합니다.'라고 인사까지 했지. 알겠니?"

달링 씨는 자기가 어린 시절에 정말로 그랬다고 믿었다. 이미 잠옷으로 갈아입은 웬디도 아빠의 말을 한 치의 의심도 없이 받아들였다. 웬디는 마이클을 위해 아빠를 거들고 나서기까지 했다.

"아빠, 옛날에 아빠가 드신 약은 이것보다 훨씬 더 썼지요?"

"그럼, 비교할 수 없을 만큼 썼지. 그 약이 들어 있는 약병을 잃어버리지 않았다면 당장 마이클에게 시범을 보여줄 텐데 아쉽군."

달링 씨는 짐짓 뽐내는 듯한 표정까지 지으며 말했다.

그런데 사실 달링 씨는 그 약병을 잃어버리지 않았다. 한밤중에 몰래 옷장 위에 올라가 꼭꼭 숨겨두었던 것이다. 그는 아무도 약병을 발견하지 못할 것이라고 굳게 믿었지만, 그 집에는 부지런한 하녀 리자가 있었다. 어느 날 집 안 구석구석 청소를 하던 리자가 약병을 찾아내더니 주인을 위해 세면대에 다시 가져다놓았다.

"아빠, 그 약병이 어디 있는지 제가 알아요."

항상 아빠에게 도움을 주고 싶어 하는 웬디가 눈치 없이 소리쳤다.

"제가 당장 가져올게요!"

웬디는 아빠가 미처 말릴 새도 없이 순식간에 약병을 가지러 달려갔다. 달링 씨는 당황해 의기양양해하던 얼굴빛이 싹 달라졌다. 그가 곁에 있던 존에게 말했다.

"존, 그 약은 정말 지독하단다. 끈적끈적해 먹기 어렵고, 맛은 까무러치게 쓰지."

달링 씨는 몸서리까지 치는 시늉을 했다.

"그래요? 하지만 꿀꺽 삼키면 금방 끝날 거예요."

존은 유쾌한 목소리로 아빠를 위로하는 양 말했다. 그 때 웬디가 병에 든 약을 유리컵에 담아 가져왔다.

"아빠, 빨리 갔다 왔지요?"

웬디가 숨을 헐떡거리며 말했다.

"그래, 정말 빠르구나. 기가 막힐 지경이야."

달링 씨는 칭찬하는 척하며 딸을 원망했다.

"너 먼저 먹으렴, 마이클."

달링 씨가 엄숙하게 말했다.

"아빠 먼저 드세요."

마이클이 의심어린 눈길로 대꾸했다.

"아빠는 지금 아픈 데도 없는걸. 그러니까 너 먼저 먹어."

달링 씨는 일부러 화난 사람처럼 보이려고 했다.

"빨리요, 아빠."

존이 눈치 없이 재촉했다.

"넌 가만히 있지 못하겠니?"

달링 씨가 괜히 고함을 쳤다.

"전 아빠가 뜸들이지 않고 바로 약을 드실 줄 알았는데……."

웬디가 두 눈을 동그랗게 뜨고 말했다.

"그게 뭐 그렇게 중요해? 지금 중요한 것은 숟가락에 담긴 마이클의 약보다 유리컵에 든 아빠 약의 양이 훨씬 많다는 거야."

급기야 달링 씨는 자존심까지 상한 듯 보였다. 그는 자기 분에 못 이겨 숨소리가 거칠어졌다.

"이건 불공평해! 누가 뭐래도 공평하지 않다고 자신 있게 소리칠 수 있어."

"빨리 약을 드세요, 아빠. 제가 기다리고 있잖아요."

마이클은 아빠의 이야기를 듣는 둥 마는 둥 냉정하게 말했다.

"그래? 말 한번 잘했다, 마이클. 나도 네가 약 먹는 것을 기다리고 있거든."

"아빠는 겁쟁이!"

"너도 겁쟁이야!"

"전 겁쟁이가 아니에요!"

"나도 약 따위 무섭지 않아!"

"그럼 어디 한번 약을 드셔보세요."

"아니, 네가 먼저 먹으렴."

그 때 아빠와 마이클의 실랑이를 지켜보던 웬디에게 좋은 생각이 떠올랐다.

"둘이 동시에 약을 먹는 건 어때요?"

"좋아. 그렇게 하자."

달링 씨는 흔쾌히 딸의 제안을 받아들였다.

"마이클, 준비됐니?"

웬디는 마이클과 아빠를 번갈아 바라보다가 "하나, 둘, 셋!"을 큰 소리로 외쳤다. 누나의 신호에 따라 마이클은 그토록 먹기 싫어하던 약을 꿀꺽 삼켰다. 하지만 아빠는 약을 먹는 척하다가 등 뒤로 감췄다. 그것을 본 마이클이 분을 참지 못해 마구 소리를 질러댔다. 웬디도 "그러면 어떡해요, 아빠!" 하면서 실망감을 감추지 못했다.

"그러면 어떡하긴. 그리고 마이클, 조용히 하지 못하겠니? 아빠도 약을 먹으려고 했지. 그런데 그만 목구멍 앞에서 빗나가버렸지 뭐니."

달링 씨는 자신의 잘못을 뒤로 하고 아이들이 버릇없이 군다며 나무랐다. 그런 아빠를 아이들은 불만 섞인 눈길로 쳐다봤다. 굳이 말로 하지는 않았으나, "이제 더 이상 아빠를 존경하지 않아."라며 불평하는 것 같았다.

"애들아, 아빠 말 좀 들어보렴."

잠시 뒤, 나나가 욕실로 들어가는 것을 본 달링 씨가 다시 말문을 열었다. 그는 아이들의 울적해진 마음을 돌리기 위해 뜻밖의 제안을 했다.

"아빠한테 아주 기발한 장난거리가 생각났어. 아빠 약을 나나의 밥그릇에 부어놓으면 어떨까? 그러면 나나가 우유인 줄 알고 벌컥벌컥 먹을 거야."

아빠의 약은 우유와 색깔이 매우 비슷했다. 달링 씨는 다짜고짜 나나의 밥그릇에 약을 부었다. 아이들은 그와 같은 아빠의 장난기가 선뜻 이해되지 않아 불안한 시선으로 지켜볼 따름이었다.

"어때, 정말 재미있겠지?"

달링 씨가 아이들의 눈치를 살피며 물었다. 그 때 달링 부인과 나나가 돌아왔는데, 아이들은 감히 아빠의 음모를 고자질하지 못했다.

"나나, 이리 온. 착하기도 하지."

달링 씨는 시치미를 떼고 나나를 쓰다듬어주었다.

"네 밥그릇에 우유를 부어놓았으니 먹으렴, 나나."

그 말에 나나는 꼬리를 흔들며 밥그릇으로 달려가 벌컥벌컥 들이켜기 시작했다. 그러더니 이내 고개를 들어 달링 씨를 바라보았다. 그 표정이 묘했는데, 새빨개진 눈에서 굵은 눈물방울이 뚝뚝 흘러내리고 있었다. 누가 보더라도 그 모습은 안쓰럽기 짝이 없었다. 나나는 잠시 밥그릇 앞에 우뚝 멈춰 서 있는가 싶더니, 온 몸의 힘이 쭉 빠진 채 자기 집으로 기어 들어갔다.

미처 예상하지 못한 상황에 달링 씨는 부끄러움을 느꼈다. 그럼에도 그런 내색을 하고 싶지는 않았다. 잠시 싸늘한 기운이 감돈 뒤, 달링 부인이 나나의 밥그릇에 남은 액체의 냄새를 맡아보고 소리쳤다.

"어이쿠! 이건 당신 약이잖아요?"

"그냥 장난을 좀 쳤을 뿐인데 뭐."

달링 씨 역시 지지 않고 버럭 소리를 내질렀다. 달링 부인은 그 소란에 놀라 울먹이는 어린 두 아들을 달랬다. 웬디는 나나에게 다가가 가만히 껴안아주었다.

"거참, 이상한 노릇이군. 아이들에게 즐거운 웃음을 주려고 애쓴 사람이 누군데, 원!"

달링 씨가 빈정거리듯 중얼거렸다.

웬디는 여전히 나나를 안아주고 있었다. 갑자기 달링 씨가 목청껏 외쳤다.

"좋아, 나나나 실컷 안아줘! 난 어떻게 되든지 신경 쓰지 말고 말이야. 아, 허무해! 나는 돈이나 벌어오면 그만이겠지. 나를 위로하고 안아주는 사람은 아무도 없어!"

"여보, 목소리 좀 낮춰요. 하인들이 듣겠어요."

달링 부인은 화가 나 고래고래 소리를 질러대는 남편을 달랬다. 그 집에 하인이라고는 리자 한 사람뿐이었으나, 부부는 습관처럼 '하인들'이라는 표현을 썼다.

"들으면 뭐 어때서?"

달링 씨는 아내의 충고를 받아들이지 않았다.

"다른 사람들이 나에 대해 뭐라고 수군대든, 저 개가 우리 아이들 방에서 주인 행세를 하는 꼴은 더 이상 못 봐주겠어."

급기야 아이들은 눈물을 훌쩍거리기 시작했다. 나나는 주인의 기분을 풀어주기 위해 달링 씨에게 다가갔다. 하지만 달링 씨는 손을 내저으며 나나를 뿌리쳤다. 그는 그제야 내심 가장의 권위를 되찾은 것 같은 느낌이 들었다.

"소용없으니까, 저리 가! 앞으로 너는 마당에서 지내게 될 거야. 마당 한쪽에 너를 묶어놓을 거라고."

달링 씨는 나나를 향해 냉정하게 소리쳤다.

"여보, 그만해요. 아까 당신과 얘기했던 소년을 기억하지요?"

좀처럼 흥분을 가라앉히지 못하는 남편에게 달링 부인이 낮은 목소리로 속삭였다. 그러나 달링 씨는 아내의 이야기를 들으려고 하지 않았다. 그의 머릿속은 이 집의 가장이 누구인지 확실히 보여주겠다는 생각뿐이었다.

달링 씨는 당장 나나를 집 밖으로 내보내려고 했다. 나나가 꼼짝하지 않자 처음에는 이런저런 말로 구슬리더니, 그 방법이 잘 통하지 않으니까 억센 손아귀로 나나의 목덜미를 움켜쥐어 집 밖으로 질질 끌어냈다. 그는 마음속으로 부끄러움을 느꼈다. 하지만 결코 그 행동을 멈추고 싶지는 않았다. 그와 같은 상황은 가족으로부터 최고의 사랑과 존경을 받고 싶어 하는 달링 씨의 마음에서 비롯된 것이었다. 그는 결국 나나를 마당 한쪽에 묶어두고 말았다. 그런데 그 뒤 그의 마음은 더욱 비참함에 빠져들었다. 달링 씨는 복도에 주저앉아 금방이라도 눈물이 쏟아지려는 얼굴을 두 손으로 감쌌다.

그 시각 달링 부인은 아이들을 조용히 침대에 눕히고 취침등을 켰다. 그 때 마당에서 나나가 짖는 소리가 들려왔다. 존이 울먹이며 말했다.

"마당에 묶어놨기 때문에 저렇게 우는 거예요."

그러자 웬디가 의젓하게 동생을 달랬다.

"저건 나나가 슬플 때 내는 소리가 아니야."

웬디는 머지않아 어떤 일이 닥칠지 짐작조차 하지 못했다. 아이가 계속 말을 이었다.

"저건 나나가 어떤 위험을 느낄 때 내는 소리야."

아니, 위험이라니!

"그게 정말이니, 웬디?"

엄마가 물었다.

"네."

달링 부인의 몸이 자기도 모르게 떨렸다. 그녀는 창가로 다가가 잠가놓았던 창문을 열고 밖을 내다보았다. 밤하늘에 수많은 별들이 밝은 빛을 반짝거리고 있었다. 그 중에서도 집 가까이 떠 있는 별들은 달링 부부의 가정에 어떤 일이 일어날지 유심히 지켜보는 것 같았다. 하지만 달링 부인은 그런 느낌을 받지 못했다. 몇 개의 별들이 반짝반짝 윙크를 보낸 것도 알아차리지 못했다. 다만 이유 모를 두려움에 소름이 돋았다.

"아아, 오늘 밤 파티에 가지 않으면 좋으련만."

막 잠이 들려던 마이클이 눈을 채 뜨지도 못하고 엄마에게 물었다.

"엄마, 취침등을 켜놓으면 나쁜 사람들이 우리를 해칠 수 없지요?"

"그럼, 그렇고말고. 취침등은 엄마가 남겨두고 가는 눈 같은 것이란다. 밤새 너희들을 지키려고 말이야."

달링 부인은 아이들의 침대를 오가며 다정히 자장가를 불러주었다. 마이클이 스르르 팔을 뻗어 엄마를 안았다.

"엄마가 곁에 있어서 참 좋아요."

누가 알았을까? 이것은 아주 오랫동안 마이클이 남긴 마지막 말이 되었다.

27번지는 집에서 멀지 않았다. 거리에 눈이 약간 내린 터라 달링 부부는 신발이 더렵혀지지 않도록 조심조심 길을 걸었다. 거리에 다른 사람은 아무도 보이지 않았다. 별들이 일제히 그들을 지켜보았다. 그랬다, 별들은 아름답지만 어떤 일에도 참견하지 못해 그냥 지켜볼 수밖에 없었다. 왜냐하면 아주 먼 옛날, 지금은 어느 별도 기억조차 하지 못하는 까마득한 옛날에 큰 죄를 지었기 때문이다. 그래서 별들은 나이를 많이 먹으면 눈이 흐릿해지고 말수가 부쩍 줄어들게 마련이다(그것이 나이 든 별들이 반짝거리며 윙크를 하는 까닭이다). 단 어린 별들은 언제나 호기심으로 가득 차 있다. 별들은 피터를 별로 좋아하지 않는다. 잠깐이라도 방심하면 뒤에서 살금살금 다가와 입김을 훅 불어 별빛을 꺼뜨리려는 장난을 쳐대는 탓이었다. 하지만 별들도 다른 장난에는 관대해, 오늘 밤만큼은 피터의 편이 되어주기로 했다. 어른들이 영 마음이 들지 않아 골칫거리를 안겨주고 싶었기 때문이다. 잠시 뒤, 달링 부부가 들어간 27번지의 문이 닫혔다. 그러자 별무리의 가장 어린 꼬마별이 큰 소리로 외쳤다.

"바로 지금이야, 피터!"

떠나자 빨리

달링 부부가 외출한 뒤에도 취침등은 아이들의 침대 곁에서 한동안 불빛을 밝혔다. 작고 은은한 그 불빛이 피터가 올 때까지 계속 켜져 있었다면 얼마나 좋았을까. 취침등의 불빛은 오래 가지 못했다. 먼저 웬디의 취침등이 눈을 몇 번 깜빡이더니 늘어지게 하품을 했다. 두 동생의 취침등도 덩달아 하품을 해댔다. 그리고 벌어진 입을 미처 다물기도 전에 깜깜하게 잠들어버렸다.

그 때 방 안에 또 다른 불빛이 나타났다. 그것은 취침등보다 천 배는 더 밝았다. 그 빛은 방에 있는 서랍이란 서랍들을 전부 뒤지고 다녔다. 장롱에도 들어가 옷마다 호주머니들을 죄 뒤집어보았다. 그 빛은 피터의 그림자를 찾고 있었다. 그런데 유심히 보니 흔히 보는 불빛이 아니었다. 굉장히 빠르게 날아다녀 언뜻 불빛처럼 보였지만, 잠시 한 자리에 멈춰 섰을 때 살펴보니 그것의 정체는 소녀 요정이었다. 요정은 키가 손바닥만 해 무척 앙증맞아 보였다. 몸에는 얇은 나뭇잎을 잘라 만든 세련된 옷을 걸치고 있었는데, 그 솜씨가 아주 훌륭해 약간 통통한 편인 요정의 몸매가 한껏 맵시 있게 보일 정도였다. 소녀 요정의 이름은 팅커 벨이었다.

잠시 뒤, 작은 별들이 "후~" 하고 입김을 불었다. 그러자 창문이 열리더니 피터가 방 안으로 들어왔다. 피터의 손에는 요정 가루가 잔뜩 묻어 있었다. 아이들의 방으로 오는 길에 이따금 팅커 벨을 손에 들어 옮겨주었기 때문이다.

"팅커 벨."

피터가 아이들이 잠든 것을 확인하고 낮게 속삭였다.

"어디 있어, 팅크?"

그 때 팅커 벨은 단지 안에 들어가 있었다. 처음 들어가 본 단지 안의 분위기에 팅커 벨은 마음을 쏙 빼앗긴 상태였다.

"지금 거기서 뭐 하는 거야? 내 그림자를 찾기는 했어?"

피터의 물음에 황금 종이 울리는 듯 아름다운 소리가 들려왔다. 다름 아닌 요정들의 언어였다. 평범한 아이들의 경우 그와 같은 소리를 들은 기회는 거의 없다. 하지만 누군가 한 번이라도 듣게 된다면, 단박에 요정의 소리라는 것을 알아차릴 수 있을 것이다.

팅크, 그러니까 팅커 벨은 피터의 그림자가 큰 상자 안에 들어 있다고 말했다. 팅커 벨이 얘기한 큰 상자란 옷을 넣어 두는 서랍을 의미했다. 피터는 당장 그 서랍으로 달려가 안에 들어 있는 내용물들을 하나둘 마구 꺼내 내던졌다. 그 모습은 얼핏 국왕이 백성들을 향해 동전을 집어 던져주는 것 같았다. 피터가 자신의 그림자를 발견하는 데는 많은 시간이 필요하지 않았다. 피터는 그림자를 되찾은 기쁜 마음에 팅커 벨이 그 안에 들어가 있는 것도 모르고 냅다 서랍을 닫아버렸다.

평소 피터는 생각이란 것을 깊이 하는 법이 없었다. 피터는 자기 몸에 그림자를 갖다 대기만 하면 2개의 물방울이 자연스럽게 하나의 물방울로 뭉치듯 금세 합쳐질 것이라고 생각했다. 하지만 현실은 달랐다. 피터는 생각처럼 일이 풀리지 않자 당황했다. 얼른 욕실에서 비누를 가져와 그림자를 붙여보려고도 했지만 소용없는 노릇이었다. 피터가 부들부들 몸서리를 치더니 바닥에 털썩 주저앉아 울음을 터뜨렸다.

피터의 울음소리 탓에 웬디가 잠에서 깨어났다. 아이는 몸을 일으켜 침대에 앉더니 놀라는 기색도 없이 울고 있는 피터를 바라보았다. 아니, 깜짝 놀라 두려워하기는커녕 즐거운 일이라도 생긴 듯 설레는 표정이었다.

"왜 우는 거니?"

웬디가 다정하게 물었다.

피터는 요정들을 가까이 하며 예의범절을 배운 터라 올바른 에티켓에 대해 알고 있었다. 피터가 자리에서 일어나 멋지게 고개를 숙여 인사했다. 웬디도 가만있지 않고, 침대에서 고개를 꾸벅 숙여 답례했다.

"넌 이름이 뭐니?"

피터가 물었다.

"웬디 모이라 안젤라 달링."

웬디의 목소리에 자부심이 묻어났다.

"네 이름은 뭔데?"

"피터 팬."

웬디는 이미 소년이 피터일 것이라고 짐작하고 있었다. 그런데 문득 이름이 짧다는 생각이 들었다.

"이름이, 그게 다야?"

"응."

피터가 심드렁하게 대꾸했다. 그는 이전까지 자신의 이름이 짧다는 생각을 한 번도 해보지 않았다.

"미안."

웬디가 말했다.

"뭐, 괜찮아."

피터가 크게 심호흡을 하며 대답했다. 웬디는 다시 피터에게 어디에 사느냐고 물었다

"오른쪽 방향으로 돌아 두 번째, 아침이 밝아올 때까지 쭉

가면 돼."

"그게 주소니? 어째 좀 이상한걸."

그 말에 피터는 의기소침해졌다. 그리고 난생 처음 자기가 사는 곳을 설명하는 것에 문제가 있을지 모른다고 생각했다.

"아니야, 이상하지 않아."

피터의 목소리가 가라앉았다.

"그러니까 내 말은…… 그렇게 주소를 쓰면 편지가 배달되나 싶어서."

웬디는 피터가 손님이라는 것을 되새기며 가능한 한 친절하게 물었다. 피터는 편지 얘기를 꺼내는 것 자체가 마뜩지 않았다.

"난 편지 따위 받지 않아."

피터의 말투에 언짢은 기색이 엿보였다.

"그래도 너희 엄마는 편지를 주고받으실 거 아니야?"

"난 엄마 없어."

피터는 진짜 엄마가 없었다. 그는 엄마가 있었으면 좋겠다는 생각조차 해본 적이 없다고 덧붙였다. 피터는 많은 사람들이 엄마가 가장 소중하다고 이야기하는 것이 선뜻 이해되지 않았다. 그럼에도 웬디는 세상에 둘도 없는 비극의 주인공이 지금 자기 눈앞에 있다고 여겼다.

"아, 피터! 그래서 울고 있었구나."

웬디가 침대에서 나와 피터에게 다가갔다.

"아니, 난 엄마가 없어서 운 게 아니야."

피터가 불쾌하다는 듯 손사래를 쳤다.

"난 그림자가 붙지 않아서 속이 상했을 뿐이야. 울지도 않았고."

"그래? 그림자가 떨어졌니?"

"응."

그제야 방바닥에 널브러져 있는 그림자가 웬디의 눈에 들어왔다. 이래저래 시달린 탓인지 그림자는 초췌하기 짝이 없는 몰골이었다. 웬디는 피터가 몹시 측은했다.

"쯧쯧, 이럴 수가!"

하지만 웬디는 곧 삐죽삐죽 새어나오는 웃음을 참을 수 없었다. 피터가 비누로 그림자를 붙이려고 했다는 사실을 알았기 때문이다. 맙소사, 남자애들이란 못 말린다니까!

웬디가 골똘히 고민하는가 싶더니, 금세 기발한 방법을 떠올렸다.

"그래, 그림자를 꿰매면 되겠군."

웬디가 약간 뻐기듯 말했다.

"꿰매는 게 뭔데?"

피터가 고개를 갸웃거렸다.

"넌 정말 모르는 게 많구나."

"아냐, 그렇지 않아."

피터는 웬디의 평가를 인정하고 싶지 않았다. 그러거나 말 거나 웬디는 피터가 모르는 것이 많다는 사실이 내심 기뻤다.

"꼬마 도련님, 제가 그림자를 꿰매드리지요."

웬디는 자기와 키가 비슷한 피터를 짐짓 어린아이 다루듯 했다. 그리고 곧 반짇고리를 가져와 피터의 발에 그림자를 꿰 매기 시작했다.

"좀 아플 거야."

웬디가 으름장을 놓았다.

"난 절대 안 울어."

피터가 맹세했다. 그는 자신이 세상에 태어나서 한 번도 운 적이 없다고 믿었다. 피터는 고통이 느껴질 때마다 이를 악 물고 참았다. 얼마 지나지 않아 피터의 그림자가 다시 제대로 움직였다. 문제가 있다면, 여전히 쭈글쭈글 구겨져 있다는 점 이었다.

"다림질을 할 걸 그랬나?"

웬디가 찜찜해하며 중얼거렸다. 그러나 피터는 장난꾸러기 사내아이들이 그렇듯 모양새는 별로 개의치 않았다. 그저 신 이 나서 여기저기 폴짝폴짝 뛰어다니느라 분주했다. 더구나 피터는 자기 몸에 그림자를 붙여준 것이 누구인지조차 까먹 은 듯했다. 그는 심지어 자기가 그 일을 해냈다고 착각해 잘난 척을 해댔다.

"이것 봐, 난 정말 똑똑하다고!"

하지만 어쩌겠는가. 좀 어처구니없기는 해도 그와 같은 자만심이 피터의 손꼽히는 매력 중 하나인 것을. 세상에 피터만큼 잘난 척을 당당하게 해대는 아이도 없었다. 다만 예의바른 웬디에게 그것은 쉽게 받아들일 수 없는 황당한 행동으로 비쳤다.

"어쩜 그렇게 뻔뻔하니? 난 아무것도 한 게 없지?"

웬디가 비아냥거리듯 말했다.

"아니, 조금 있기는 해."

피터는 건성으로 대답하고 춤을 추듯 계속 뛰어다녔다.

"조금 있기는 하다고?"

웬디는 기가 막혀 눈이 동그래졌다.

"좋아, 그렇다면 난 아무짝에도 쓸모없는 몸이니 이만 사라져주지."

웬디의 낯빛에 찬바람이 쌩 감돌았다. 아이는 애써 차분함을 잃지 않으려고 애쓰며 침대로 돌아가 얼굴까지 이불을 푹 뒤집어썼다.

그 모습을 본 피터가 웬디의 눈길을 끌기 위해 방에서 나가는 시늉을 했다. 하지만 그 정도로 웬디의 마음을 돌릴 수는 없었다. 피터는 다시 침대 끝에 걸터앉더니, 웬디를 발로 툭

툭 건드렸다.

"웬디, 나랑 같이 놀자. 침대에서 좀 나와 보라고. 난 기분
이 좋으면 잘난 척을 하는 버릇이 있으니까 이해해줘."

웬디는 좀처럼 이불을 걷어치우지 않았다. 하지만 이불 속
에서 온 신경을 집중해 피터의 이야기에 귀를 기울이고 있었
다.

"웬디, 제발……."

피터는 목소리를 가다듬어 애원했다. 어떤 여자라도 쉽게
뿌리치기 어려울 만큼 매력적이었다. 피터의 말이 이어졌다.

"너 그거 알아? 남자아이 스무 명보다 여자아이 한 명이 훨
신 나아."

웬디는 아직 어린 소녀였다. 그러나 그 순간만큼은 웬디도
어엿한 숙녀나 다름없었다. 그제야 웬디가 이불 밖으로 고개
를 슬쩍 내밀었다.

"정말 그렇게 생각하니, 피터?"

"응."

"그렇게 말해줘서 고마워. 다시 일어날게."

웬디는 침대에서 몸을 일으켜 피터 곁에 앉았다. 그리고 피
터가 원한다면 키스를 해주겠다고 나직이 말했다. 피터는 키
스가 뭔지 몰라 한쪽 손을 내밀었다. 무슨 선물이라도 받게
되는 줄 알아 한껏 기대에 찬 표정이었다.

"너, 키스가 뭔지 알고 있지?"

웬디가 어이없어하며 물었다.

"네가 줘야 알지."

피터가 못마땅한 듯 말했다. 웬디는 그런 피터가 실망할까 봐 골무를 하나 내주었다.

"그럼 이제 내가 너한테 키스해줄까?"

피터가 물었다.

"응, 네가 그러기를 바란다면."

웬디는 새침하게 대꾸했다. 그러면서도 마치 기다렸다는 듯 피터 쪽으로 얼굴을 돌렸다. 피터의 행동은 어땠을까? 놀랍게도 피터는 달랑 도토리 모양의 단추 하나를 웬디의 손바닥에 쥐어줄 따름이었다. 웬디는 민망함을 숨기며 제자리로 슬며시 얼굴을 돌렸다. 그리고는 그 단추를 줄에 끼워 목걸이로 쓰겠다고 다정히 말했다. 그 결정은 그야말로 신의 한 수였다. 나중에 그 목걸이 덕분에 웬디가 목숨을 건질 수 있었으니까 말이다.

사람들은 누군가와 첫 인사를 나눌 때 서로 나이를 묻고는 한다. 더없이 예의바른 웬디도 피터에게 몇 살이냐고 물었다. 그러나 피터에게 그와 같은 질문은 결코 유쾌하지 않았다. 뭐랄까, 영국의 역대 왕에 대해 실컷 공부했더니 영문법에 관한 문제만 출제한 시험에 임하는 기분 같았던 것이다.

"나도 내 나이를 몰라."

피터가 시큰둥하게 말했다.

"다만 아직 어린 것은 틀림없어."

피터는 정말 자기 나이를 몰랐다. 대충 짐작만 할 뿐이었다. 따라서 나이를 묻는 질문에 그렇게 대답할 수밖에 없었다.

"나는 세상에 태어난 날 집에서 도망쳐 나왔어."

웬디는 그 말을 듣고 깜짝 놀랐다. 아울러 호기심이 발동해 자신의 잠옷을 살짝 매만지면서 피터에게 좀 더 가까이 다가와 앉아도 좋다는 신호를 보냈다. 그것은 응접실에서 손님을 맞이하는 어느 귀부인의 행동처럼 보였다.

"내가 집을 나온 이유는 아빠 엄마의 대화를 엿들었기 때문이야. 부모님은 앞으로 내가 어른이 되면 어떻게 변할지 이야기하고 있었어."

피터는 이렇게 말하며 점점 목소리가 높아졌다.

"난 어른이 되기 싫었어. 언제까지나 아이로 살면서 재미있게 놀고 싶었지. 그래서 켄싱턴 공원으로 도망쳤고, 요정들과 어울려 살았어."

웬디는 존경스러운 눈길로 피터를 바라보았다. 피터는 자기가 집을 뛰쳐나왔다는 사실에 웬디가 감동한 것이라고 생각했다. 하지만 착각이었다. 웬디는 피터가 말한 요정 친구들이야기에 마음을 빼앗겼던 것이다. 거의 집 안에서 가족들과 어울려 살아온 웬디에게 요정의 존재는 호기심을 끌기에 충분했다. 더구나 요정들의 친구가 된다는 것은 상상 속에서나 일어날 법한 일이었다. 웬디는 요정에 대한 이런저런 질문들을 쏟아냈다. 피터는 갑작스런 상황에 어리둥절했다. 그에게 요정들은 툭하면 자신의 일을 방해하는 성가신 훼방꾼이었다. 그런 까닭에 종종 꿀밤을 때려준 적도 있었다. 그래도 평소에는 피터 역시 요정들을 가까이 하며 사이좋게 지냈다. 피터는 웬디에게 요정들의 탄생에 얽힌 비밀 이야기를 들려주기로 마음먹었다.

"웬디, 갓난아기가 처음 웃을 때면 그 웃음이 천 개의 조각으로 부서져 깡충깡충 사방으로 뛰어다닌단다. 그러다가 그게 바로 요정이 되는 거야."

웬디는 이야기를 들으며 눈빛을 반짝였다. 피터에게는 그렇고 그런 지겨운 이야기였지만, 거의 집 안에만 처박혀 지내온 웬디는 귀가 솔깃할 수밖에 없었다. 웬디의 호응에 피터도 조금씩 신바람이 났다.

"그러니까 아이들 수만큼 요정들이 있어야 하는 거야."

"있어야 한다니? 그럼 그렇지 않다는 거야?"

"그래. 너도 알다시피 요즘 아이들은 너무 일찍 똑똑해져. 금방 요정을 믿지 않게 되지. 그 아이들이 '난 요정을 믿지 않아!'라고 말할 때마다 어딘가에서 요정이 하나씩 죽게 되는 거야."

이제 피터는 요정에 관한 이야기를 할 만큼 했다고 생각했다. 그 때 문득 피터는 팅커 벨이 너무 조용하다고 느꼈다.

"도대체 어디 있는 걸까?"

피터는 혼잣말을 하면서 침대에서 일어나 "팅크!" 하고 소리쳤다. 그 순간 웬디의 가슴이 마구 설레었다.

"설마 지금 이 방 안에 요정이 있는 거야?"

웬디가 피터를 붙잡으며 물었다.

"방금 전까지 여기 있었는데……. 혹시 그 아이의 소리가 들리지 않니?"

피터가 방 안 곳곳을 두리번거렸다. 웬디와 피터는 무슨 소리가 들리지 않나 싶어 귀를 쫑긋 세웠다.

"내 귀에 뭔가 딸랑거리는 종소리 같은 것이 들려."

웬디가 고개를 갸웃거리며 말했다.

"그래? 그게 바로 팅크가 내는 소리야. 요정들의 언어지. 아, 나도 들려."

피터는 곧 팅커 벨의 기척이 서랍장에서 새어나오는 것을 알아챘다. 순식간에 그는 얼굴빛이 환해지는가 싶더니 까르르 웃음을 터뜨렸다. 그 소리가 얼마나 아름다운지 마치 귀여운 아기의 웃음소리 같았다.

"어이쿠, 이런! 팅크가 들어가 있는 줄 모르고 내가 서랍을 닫았나 봐."

피터가 미소를 띠며 속삭였다.

잠시도 망설일 이유가 없었다. 피터가 서랍을 열어주자, 가여운 팅커 벨은 밖으로 나와 잔뜩 화가 난 얼굴로 방 안을 이리저리 날아다녔다. 그러면서 이러쿵저러쿵 불평을 늘어놓았다.

"그만 투덜거려. 물론 내가 실수하기는 했어. 하지만 네가 서랍 안에 있는 줄 까맣게 몰랐다고."

피터가 참다못해 짜증스럽게 말했다.

그런데 웬디는 아무 말도 귀에 들어오지 않았다. 아이의 관심은 다른 것에 있었다.

"피터, 쟤 좀 가만히 있게 못하니? 내가 자세히 살펴볼 수 있도록 말이야!"

"글쎄, 요정들은 좀처럼 얌전히 있는 법이 없거든."

그 때 웬디의 바람이 이루어졌다. 그 신비로운 존재가 잠깐 쉬기 위해 뻐꾸기시계 위에 내려앉았기 때문이다. 웬디의 시선이 한 곳에 고정되었다.

"아이, 예뻐! 정말 사랑스러워!"

웬디가 감탄했다. 그러나 팅커 벨은 여전히 화가 나서 뾰로통했다.

"팅크, 이 아가씨가 너를 자신의 요정으로 삼고 싶대."

피터가 아까와 달리 상냥한 목소리로 말을 건넸다. 그렇지만 팅커 벨은 무례하기 짝이 없는 얼굴로 어떤 이야기를 늘어놓았다.

"쟤가 방금 뭐라고 했니, 피터?"

피터는 궁금해 하는 웬디에게 요정의 말을 통역해주었다.

"너더러 못생긴 계집애래. 자기는 나의 요정이라면서 말이야. 하여튼 팅커 벨은 무례하다니까."

그러면서 피터는 팅커 벨과 말씨름을 벌였다.

"넌 결코 나의 요정이 될 수 없어, 팅크. 나는 신사고 너는 숙녀니까."

"쳇, 바보 멍청이!"

팅커 벨은 피터의 말을 듣고 이렇게 욕설을 내뱉었다. 그리고는 어디론가 휙 사라져버렸다. 피터는 웬디에게 미안한 마음이 들었다.

"쟤는 별로 대단한 요정이 아니야. 팅커 벨이라는 이름도 낡은 주전자 따위를 고치는 땜쟁이라는 의미로 붙여진 거지."

웬디는 피터와 함께 팔걸이가 있는 의자로 가서 나란히 앉았다. 웬디의 질문이 쉴 새 없이 이어졌다.

"네가 이제 켄싱턴 공원에 살지 않는다면……."

"아니, 지금도 가끔 거기서 살아."

"그럼 주로 사는 곳은 어디야?"

"대개는 '집을 잃어버린 소년들'과 함께 지내."

"그 아이들이 대체 누군데?"

"보모가 한눈을 파는 사이에 유모차에서 떨어진 아이들이 야. 일주일 동안 기다렸는데 아무도 찾아오지 않으면 모두 저 멀리 네버랜드로 보내지. 내가 걔들 우두머리인 셈이야."

"야, 정말 흥미로운 걸!"

"그럼, 그렇다마다. 한데 조금 외롭기는 해. 여자아이들이 한 명도 없거든."

"그 말이 사실이니?"

"응, 여자아이들은 영리하기 때문에 유모차에서 떨어지지 않는 것 같아."

웬디는 피터의 이야기에 괜히 으쓱해졌다.

"넌 여자애들을 아주 좋게 생각하는구나, 피터. 존은 툭하 면 여자아이를 얕잡아보는데 말이야."

웬디의 말을 들은 피터가 갑자기 의자에서 일어났다. 그리 고는 존의 곁으로 다가가더니 발로 걷어차 침대에서 떨어뜨 렸다. 이불이며 베개까지 침대 아래로 나뒹굴었다. 그 광경을 본 웬디는 첫 만남에 그처럼 무례한 행동을 할 수는 없다고 생각했다.

"피터, 여기서는 네가 대장이 아니야!"

웬디의 목소리가 방 안에 크게 울려 퍼졌다.

그와 같은 소동에도 침대 아래로 굴러 떨어진 존은 아무것도 모른 채 쿨쿨 잠을 잤다. 웬디는 동생을 그냥 두기로 했다.

웬디의 마음은 곧 누그러졌다.

"날 위해 그랬다는 거 알아, 피터. 그러니까 나한테 키스해 줘도 돼."

그 순간 웬디는 피터가 키스에 대해 전혀 모른다는 사실을 깜빡했다.

"아까 내게 줬던 것을 돌려달라는 거야? 그럴 줄 알았어."

피터는 서운해 하며 웬디가 주었던 골무를 내놓았다.

"아, 아니야! 키스가 아니라 골무를 달라는 거였어, 피터."

"무슨 말이야? 그게 뭔데?"

"바로 이거야!"

웬디가 돌연 피터에게 키스를 했다.

"기분이 괜찮은데. 이번에는 내가 너한테 골무를 줘도 될까?"

피터가 진지하게 물었다.

"네가 원한다면."

웬디는 고개를 꼿꼿이 세우고 대답했다. 그런데 피터가 웬디에게 골무를 주자마자, "악!" 하는 외마디 비명이 터져 나왔다.

"왜 그러니, 웬디?"

"누가 내 머리카락을 세게 잡아당긴 것 같아."

"음, 팅크가 한 짓이 틀림없어. 정말 짓궂은 애라니까."

피터의 예상은 금세 사실로 확인되었다. 팅커 벨이 아까처럼 험한 말을 내뱉으며 이리저리 방 안을 휘젓고 있었다.

"웬디. 피터가 지금 뭐라는 줄 알아? 내가 너한테 골무를 줄 때마다 방금 전처럼 머리카락을 홱 잡아당길 거래."

"왜?"

웬디의 물음을 피터가 팅커 벨에게 전했다.

"왜 그러는 거니, 팅크?"

"쳇, 바보 멍청이!"

팅커 벨은 다시 욕설을 내뱉었다. 피터는 도무지 그 이유를 짐작할 수 없었다. 다만 웬디는 팅커 벨이 왜 그러는지 눈치챘다. 그 때 피터가 웬디에게 이야기를 듣고 싶어 아이들의 방에 찾아온 것이라고 설명했다. 웬디는 자기가 꼭 보고 싶어 피터가 찾아온 것이 아니었기에 마음이 약간 상했다.

"나는 알고 있는 이야기가 하나도 없어. 나랑 함께 지내는 '집을 잃어버린 소년들'도 마찬가지고."

"어쩜! 정말 안됐구나, 피터."

웬디가 안타까워하며 말했다.

"어째서 제비들이 처마 밑에 둥지를 트는지 아니, 웬디? 걔들도 이야기를 듣고 싶어 그러는 거야. 참, 얼마 전에 너희 엄마가 굉장히 흥미로운 이야기를 들려주시더라. 나도 얼마나 재미있었는지 몰라."

"그래? 난 잘 기억이 안 나는데, 무슨 이야기였지?"

"왕자님이 유리 구두를 신은 아가씨를 찾아 헤매는 이야기였어."

그러자 웬디가 손뼉을 치며 소리쳤다.

"그건 신데렐라 이야기야! 왕자님은 결국 그 아가씨를 찾아 행복하게 오래오래 함께 살게 되지."

피터는 웬디의 말을 듣고 매우 기뻐했다. 그런데 그가 갑자기 자리에서 벌떡 일어나더니 창가로 다가갔다.

"어디 가니?"

웬디가 불안해하며 물었다.

"다른 애들한테도 얘기해줘야지."

"가지 마, 피터. 난 그것 말고도 많은 이야기를 알고 있어."

그랬다, 누가 보더라도 웬디가 애걸하는 모양새였다. 그러니 웬디가 먼저 피터를 꾀어냈다고 해도 부인하기는 어려웠다.

다시 웬디 곁으로 돌아온 피터의 눈빛에 어떤 열망 같은 것이 이글거렸다. 그럼에도 웬디는 놀라거나 당황하지 않았다.

"내가 아이들에게 그 이야기들을 들려줄 수도 있어!"

웬디가 큰 소리로 말했다. 피터가 그런 웬디의 팔을 덥석 붙잡더니 창가로 이끌었다.

"왜 이러니? 이거 놔!"

웬디가 명령조로 외쳤다.

"웬디, 나랑 같이 가자. 아이들한테 그 이야기들을 들려 줘."

함께 가자는 피터의 부탁에 웬디는 내심 기뻤다. 그런데 쉽게 길을 나설 수는 없었다.

"잠깐만! 내가 이렇게 떠나면 우리 엄마는 어떡해? 게다가 나는 하늘을 날지도 못 하는걸."

"그건 내가 가르쳐줄게."

"정말? 아, 하늘을 날면 가슴이 얼마나 벅찰까!"

"내가 바람의 등에 올라타는 법을 가르쳐줄게, 웬디. 그러면 나랑 멀리 날아갈 수 있어."

"와!"

"그래, 놀라울 거야. 참대에 누워 게으름을 피우며 뒹굴 시간에 나랑 같이 하늘을 날아다니면 별들에게도 재미난 이야기를 들려줄 수 있어."

"와!"

"그뿐 아니야. 인어도 볼 수 있는걸."

"뭐, 인어라고? 꼬리 달린 인어 말이야?"

"그럼, 인어의 꼬리가 얼마나 긴데."

"우와, 내가 인어를 볼 수 있다니!"

"웬디, 상상해봐. 모두 너를 부러워하며 우러러보게 될 거야. 우린 너한테 잘해줄 준비가 되어 있어."

피터의 유혹은 점점 강렬해졌다. 웬디는 어떻게 할까 고민하며 몸을 배배 꼬았다. 한마디로, 엄청난 꾐에 빠지지 않기 위해 안간힘을 쓰는 모양새였다.

그것을 본 피터가 더욱더 웬디를 다그쳤다.

"웬디, 네가 밤마다 우리에게 이불을 덮어주며 편안히 꿈나라에 빠져들게 해줄 수도 있어."

"와!"

"여태껏 누구도 우리를 재워준 적이 없지."

"아아!"

웬디는 자기도 모르게 피터를 바라보며 두 팔을 벌렸다.

"어디 그뿐이겠니. 넌 우리의 헤진 옷을 꿰매주고 호주머니를 달아줄 수도 있어. 우리 중에 호주머니가 있는 애는 아무도 없거든."

더 이상 웬디는 참지 못했다. 그런 말을 듣고도 어떻게 계속 머뭇거릴 수 있겠는가!

"와, 정말 기대돼! 생각만 해도 신바람이 나는걸. 피터, 존과 마이클에게도 하늘을 나는 법을 가르쳐줄 수 있니?"

"응, 네가 원한다면."

피터가 시큰둥하게 대꾸했다. 웬디는 얼른 침대로 가서 두 동생을 흔들어 깨웠다.

"애들아, 어서 일어나! 피터 팬이 왔어. 우리가 하늘을 날 수 있게 해준대."

존이 눈을 비비며 겨우 정신을 차렸다.

"그래? 그럼 일어나야지."

물론 존은 이미 침대를 벗어나 방바닥에서 자고 있었다.

"안녕! 나도 일어났어."

곧 마이클도 잠에서 깨어났다. 아이는 금세 말똥말똥 정신을 차렸는데, 그 모습이 꼭 날을 잘 벼린 칼날처럼 보였다. 그 순간 피터가 갑자기 검지를 입에 갖다 대며 조용히 하라는 신호를 보냈다. 아이들은 일제히 어른들의 세계에서 들리는 소리를 몰래 엿들을 때처럼 약은 표정을 지었다. 방 안이 쥐 죽은 듯 고요해졌다. 가만히 주위를 살폈지만 아무런 문제도 발견되지 않았다. 아니, 잠깐! 뭔가 잘못된 것이 틀림없다. 저녁 내내 귀에 거슬릴 만큼 짖어대던 나나의 소리가 들리지 않았던 것이다. 조용한 방 안에 오로지 나나의 침묵이 들려온다고 표현할 만했다.

"불 꺼! 숨어, 빨리!"

존이 명령했다. 그것은 앞으로 펼쳐질 다채로운 모험 길에 존이 처음이자 마지막으로 내린 명령이었다. 곧 리나가 나나를 붙잡고 방 안으로 들어섰다. 언뜻 보기에 아이들의 방은 평소와 다를 바가 없었다. 꿈나라에 빠져든 천사 같은 세 아이들의 숨소리도 들리는 듯했다. 어떻게 된 것일까? 아이들은 창문에 드리워진 커튼 뒤에 숨어 실제와 똑같이 잠자는 숨소리를 내고 있었다.

리자는 기분이 언짢았다. 방금 전 부엌에서 크리스마스 푸딩을 반죽하고 있었는데, 나나의 이해하지 못할 의심 탓에 일손을 멈추고 뺨에 붙은 건포도조차 떼지 못한 채 서둘러 아이들의 방으로 올라와야 했기 때문이다. 리자는 나나를 직접 아이들 방으로 데려가 아무 문제도 없다는 것을 보여줘야만 입을 다물게 할 수 있다고 판단했다. 그렇다고 나나를 혼자 들여보내는 것은 찜찜해 함께 와서 감시를 했던 것이다.

"잘 봐! 의심쟁이 개 같으니라고!"

리자는 마당에서 지내게 된 나나를 전혀 불쌍히 여기지 않았다.

"어때, 아무 일 없지? 꼬마 천사들은 모두 자기 침대에 누워 꿈나라에 가 있다고. 편안히 잠을 자고 있는 숨소리가 들리지 않니?"

그 때 마이클이 너무 크게 숨소리를 내는 바람에 하마터면 모든 연기가 탄로 날 뻔했다. 리자가 너무 쉽게 속아 넘어가자 마이클이 잠깐 방심한 탓이었다. 나나는 순식간에 숨소리가 다르다는 것을 알아챘다. 뭔가 심상치 않은 일이 일어났다는 생각에 리자의 손아귀에서 벗어나려고 버둥거렸다.

하지만 리자는 아무 낌새도 눈치채지 못했다.

"이제 그만! 더 이상은 안 돼, 나나!"

리자가 나나를 방에서 끌어내며 엄하게 꾸짖었다.

"명심해. 한 번만 더 짖어대면 당장 파티에 가신 주인님들을 모셔올 거야. 그럼 아마도 너는 흠씬 두들겨 맞을 게 틀림없어."

리자는 울적해하는 나나를 다시 마당에 묶어두었다. 하지만 리자가 엄포를 놓았다고 해서 나나가 짖는 것을 멈추었을까? 파티에 가느라 집을 비운 주인 내외를 모셔온다고? 실은 그것이야말로 나나가 원하는 바였다. 자기가 돌보는 세 아이가 무사할 수만 있다면 그깟 매질 따위 기꺼이 참아내겠다는 마음이었다. 그런데 안타깝게도 리자는 그냥 다시 푸딩을 만들러 부엌으로 돌아갔다. 이제 더는 리자에게 기대할 것이 없었다. 나나는 자신을 옭죄고 있는 줄을 있는 힘껏 잡아당겼다. 자꾸만 당기고 당겨 마침내 그 줄을 끊어버렸다. 나나는 그 길로 27번지 집의 식당을 향해 내달렸다. 그리고는 허공으로 앞발을 높이 치켜들었다. 그것은 나나가 뭔가 중요한 말을 하고 싶을 때 보이는 행동이었다. 달링 부부는 그 모습을 보고 아이들에게 심각한 문제가 일어났다는 것을 직감했다. 그래서 그 날 밤 자신들을 초대해준 27번지 집주인에게 작별 인사도 하지 못한 채 허겁지겁 거리로 뛰쳐나갔다.

그 때, 세 아이들이 창가 커튼 뒤에 숨어 잠자는 척 연기를 한 지 이미 10분이 지나 있었다. 겨우 10분이라고 말할지 모르겠지만, 피터라면 엄청나게 많은 일을 할 수 있는 시간이었다.

그러면 이쯤에서 10분 전 아이들의 방으로 돌아가 보자.

"휴, 이제 괜찮아."

존이 살그머니 커튼 뒤에서 나오며 말했다. 그리고는 피터에게 물었다.

"정말로 하늘을 날 수 있는 거야, 피터?"

그 질문에 피터는 굳이 대답을 하지 않았다. 대신 공중으로 날아오르더니 벽난로 앞을 지나 방 안을 훨훨 날아다녔다.

"와, 끝내준다!"

존과 마이클이 합창하듯 외쳤다.

"멋져!"

웬디도 감탄했다.

"뭘, 이 정도로. 하기야 내가 좀 멋지기는 하지."

피터가 또다시 거들먹거렸다.

그쯤 되자 세 아이는 하늘을 나는 것이 만만해 보였다. 아이들은 차례차례 방바닥에서, 다음에는 침대에서 힘껏 발돋움을 해 하늘로 날아오르려고 발버둥을 쳤다. 하지만 그게 맘대로 되겠는가. 아이들은 폴짝폴짝 시늉만 하다가 아래로 곤두박질쳤다.

"아, 힘들어. 도대체 어떻게 해야 되는 거야?"

존이 벌게진 무릎을 문지르며 물었다. 아이는 자존심 같은 것을 따지지 않았다.

"별 거 아니야. 머릿속으로 진지하게 근사한 생각만 떠올리면 돼. 그러면 몸이 공중으로 붕 떠오르지."

피터는 존의 물음에 친절히 답하며 다시 한 번 공중으로 날아올랐다.

"에이, 너무 빨라! 아주 천천히 시범을 보여줘."

피터는 이번에도 흔쾌히 존의 부탁을 들어주었다. 아까보다 천천히 날아올라 빠르게, 느리게, 다양하게 날아다니는 모습을 보여주었다.

"그래! 이제 알겠어, 누나!"

존이 크게 소리쳤다. 하지만 그것이 입방정일 따름이라는 것을 깨닫는 데는 긴 시간이 필요하지 않았다. 세 아이들은 거듭 애를 써봤지만 단 1초도 날아오르지 못했다. 마이클조차 간단한 단어들은 읽고 쓸 줄 알았지만, 알파벳도 모르는 피터가 하는 일을 도저히 해낼 수가 없었다.

그런데 비밀이 있었다. 피터가 아이들에게 장난을 쳤던 것이다. 사실 요정 가루를 묻히지 않고는 누구도 하늘을 날 수 없었다. 앞에서 피터의 손에 요정 가루가 잔뜩 묻어 있었다고 말하지 않았던가. 그제야 피터는 자신의 손에 묻은 요정 가루를 세 아이를 향해 "후!" 하고 조금씩 불어주었다.

"자, 이제 어깨를 들썩거려봐. 이렇게 말이야. 그러면 곧 날아오르게 될 거야."

피터의 말에 세 아이는 모두 침대 위에 올라섰다. 마이클이 용기를 내 가장 먼저 날아올랐다. 솔직히 꼭 날아오른다고 확신했던 것은 아니지만, 생각보다 쉽게 몸이 붕 떠오르면서 방 안을 날아다니게 되었다.

"우와, 내가 날았어!"

마이클이 공중에 뜬 채 기쁨의 탄성을 내질렀다. 존이 마지막으로 날아올라, 앞서 욕실 근처 허공에서 맴돌고 있는 웬디에게 다가갔다.

"와, 신난다!"

"나 좀 봐!"

"나 좀 봐!"

"나 좀 봐줘!"

"이렇게 멋질 수가!"

"야, 최고인걸!"

아이들은 너나없이 황홀한 기분을 만끽했다. 그렇지만 아직 피터만큼 자유자재로 하늘을 날지는 못했다. 한 아이가 천장에 머리를 처박는가 싶더니, 다른 아이는 얼떨결에 벽 쪽으로 날아가다 몸이 부딪혔다. 자칫 방바닥으로 떨어질까 봐 발버둥을 치는 모습도 자주 보였다. 그럼에도 일찍이 그보다 신나는 일은 없었다. 피터는 웬디를 좀 도와주고 싶었지만 이내 마음을 접었다. 웬디에게 손을 내밀려는 순간 팅커 벨이 벌컥 신경질을 냈기 때문이다.

한동안 세 아이는 방 안을 이리저리 날아다니느라 분주했다. 몇 번이나 위아래로 오르락내리락 하다가 제자리에서 빙빙 맴을 돌았다. 웬디는 마치 천국에 와 있는 듯한 느낌이 들었다.

"우리 이제 밖으로 나가볼래?"

한껏 들뜬 존이 외쳤다.

피터는 슬며시 웃음이 새어나왔다. 그것이야말로 자기가 처음부터 원하던 바였기 때문이다. 이미 마이클은 밖으로 나갈 마음의 준비가 되어 있었다. 아이는 10억 킬로미터쯤 날아가는 데 얼마나 시간이 걸릴지 몹시 궁금했다. 그러나 웬디는 선뜻 결심을 하지 못하고 머뭇거렸다.

"내가 말했잖아. 인어들을 볼 수 있다고."

피터가 또다시 웬디를 꼬드겼다.

"……."

"그뿐 아니야. 해적도 볼 수 있어."

"뭐, 해적들이라고? 당장 떠나자!"

누나가 갈등하는 것은 아랑곳하지 않고, 존이 나들이할 때 쓰는 모자를 집어 들며 소리쳤다.

바로 그 때 달링 부부가 나나와 함께 허둥지둥 27번지의 집을 나섰다. 남편과 아내는 아이들의 방이 올려다 보이는 거리 한복판까지 한달음에 달려왔다. 창문은 닫혀 있었다. 다만 방 안에서 환한 불빛이 흘러 나왔다. 그런데 그 순간, 달링 부부는 가슴이 덜컥 내려앉을 만한 장면을 보게 되었다. 창문에 비친 그림자를 유심히 살펴보니, 잠옷을 입은 세 아이의 형체가 공중에서 빙글빙글 맴을 돌고 있지 않은가. 분명 바닥이 아닌 공중에서 말이다. 더구나 그림자는 세 개가 아니라 네 개였다!

달링 부부는 심장이 벌렁거리는 것을 느끼며 서둘러 현관문을 열었다. 달링 씨는 앞뒤 잴 것도 없이 냅다 위층으로 달려갈 기세였다. 아내가 그런 남편을 조심스럽게 움직이자며 진정시켰다. 달링 부인 역시 아이들 걱정을 감출 수 없었지만 마음을 가라앉히려고 안간힘을 썼다.

과연 달링 부부는 늦지 않게 아이들 방에 다다랐을까? 만약 그랬다면 아이들의 부모와 보모는 고통의 시간을 맞이하지 않았을 것이다. 우리도 덩달아 안도의 한숨을 내쉬었을 테고 말이다. 그러면 이 이야기도 그만 막을 내렸겠지. 하지만 달링 부부가 아이들 방에 제때 들어가 보지 못했다고 하더라도 크게 실망할 필요는 없다. 결국 모든 일은 순리대로 잘 풀릴 테니까.

그 때 꼬마별들이 지켜보고 있지만 않았어도 꼭 필요한 그 시각에 달링 부부는 아이들 방의 문을 열었을 것이다. 그러나 그보다 먼저 꼬마별들이 바람을 일으켜 창문을 활짝 열어 버렸고, 그 중에서도 가장 작은 꼬마별이 귀청이 떨어질 만큼 크게 소리를 질렀다.

"피터, 조심해!"

피터는 단박에 그 말의 의미를 알아차렸다. 더 이상 지체할 시간이 없었다.

"어서 가자!"

피터가 다급하게 외쳤다. 그리고는 곧장 밤하늘로 날아올랐다. 그 뒤를 존과 마이클, 웬디가 따라갔다.

달링 부부와 나나가 아이들 방에 다다랐을 때, 그곳에는 이미 아무도 남아 있지 않았다. 새들은 훨훨 날아가 버리고 없었다.

하늘을 훨훨 날아서

"오른쪽 방향으로 돌아 두 번째, 아침이 밝아올 때까지 쭉 가면 돼."

피터가 말했다. 다름 아닌, 얼마 전 웬디에게 이야기해줬던 네버랜드로 가는 길이었다. 하지만 하늘에서 살다시피 하는 새들도 이 정도 말만으로는 네버랜드를 찾아가기 어려웠을 것이다. 설령 바람 부는 모퉁이에 다다를 적마다 지도를 펼쳐 갈 길을 확인하는 것이 허락된다고 해도 말이다. 하기야 그 역시 피터가 대충 둘러댄 말이었으니 그럴 수밖에 없었다.

처음에 세 아이는 한 치의 의심도 없이 피터를 믿었다. 게다가 워낙 하늘을 난다는 기쁨에 들떠 이런저런 생각을 할 겨를이 없었다. 아이들은 교회의 뾰족한 첨탑처럼 마음에 드는 건물을 만나면 그 주위를 빙빙 맴돌며 시간을 허비하기 일쑤였다.

이따금 존과 마이클은 누가 하늘을 빨리 나는지 경주를 벌이기도 했다. 그 때마다 존은 어린 마이클이 출발 신호를 하게 해주었다. 아이들은 얼마 전까지 비좁은 방 안을 날아다니면서 대단한 재주라도 가진 양 떠들어댔던 것이 한심하게 느껴졌다.

그런데 문득, 웬디는 얼마 전이라고 생각한 그 때부터 어느 정도의 시간이 흘렀는지 궁금해졌다. 마침 일행은 바다 위를 날고 있었다. 존이 생각하기에 그것은 두 번째로 지나는 바다였고, 세 번째로 맞는 밤이었다.

주위가 캄캄할 때도 있었고, 환하게 밝을 때도 있었다. 몹시 추웠다가 어느 결에 따뜻해지기도 했다. 아이들은 정말로 배가 고팠을까? 아니면 피터가 먹을 것을 구해다 주는 방식이 흥미로워서 배고픈 척을 한 것일까? 피터는 사람이 식량으로 삼을 만한 먹잇감을 물고 가는 새들을 발견하면 재빨리 쫓아가서 낚아채 왔다. 그러면 화가 난 새들도 가만있지 않고 피터를 따라와 다시 먹이를 빼앗았다. 그렇게 피터와 새들 사이에 몇 킬로미터씩 실랑이가 벌어지기 일쑤였다. 하지만 마지막에는 새들이 먹잇감을 조금 잃을지언정 피터와 얼굴을 붉히며 헤어지는 경우는 없었다. 그럼에도 웬디는 피터가 식량을 구하는 방식이 별로 마음에 들지 않았다. 다른 방법은 고민조차 하지 않는 것 같아 실망스럽기도 했다.

무엇보다 문제는 아이들이 몹시 졸려 한다는 것이었다. 그 것은 결코 연기가 아니었다. 아이들은 툭하면 잠에 곯아떨어 질 듯 보였는데, 위험천만하기 짝이 없었다. 자칫 아래로 곤 두박질치기라도 한다면 끔찍한 상황이 벌어질 것이 뻔했다. 그런데 더욱 어처구니없는 것은 피터가 그런 모습을 지켜보 면서 재미있어 한다는 점이었다.

"어이쿠, 쟤는 또 떨어지네!"

마이클이 졸음을 견디다 못해 또다시 아래쪽으로 떨어지고 있었다. 그 광경을 본 피터가 마냥 즐거워했다.

"으악, 큰일이야! 빨리 구해줘!"

웬디가 저 아래쪽에 펼쳐진 검푸른 바다를 보고 겁에 질려 비명을 질렀다. 그제야 피터는 쏜살같이 날아가 마이클을 구 해 왔다. 그야말로 바다에 머리를 처박기 일보 직전이었다. 그럴 때의 모습이 더 멋지다고 생각하는 것일까? 피터는 항 상 마지막 순간까지 기다렸다가 아이들을 구해주고는 했다. 그는 마치 놀이처럼 그와 같은 상황을 즐겼다. 그런데 문제는 피터가 싫증을 잘 느낀다는 점이었다. 얼마나 변덕쟁이인지 재미있는 게임에 푹 빠져 놀다가도 금세 그만둬버리고는 했 다. 그러니 다음에는 아이들 중 누군가가 아래쪽으로 곤두박 질친다고 해도 그냥 보아 넘길 가능성이 없지 않았다.

피터는 아이들처럼 졸려 하지 않았다. 그는 하늘에 누운 채 둥둥 떠다니면서 잠을 자는 재주가 있었다. 그의 몸이 무척 가벼워 가능한 일이었다. 어쩌다 등 뒤에서 바람이 훅 불어오면 저만치 밀려갈 정도였다.

"피터한테 고분고분 굴어."

웬디가 '대장님 따라 하기' 놀이를 할 때 존에게 속삭였다.

"그럼 잘난 척 좀 그만 하라고 해줘."

존이 시큰둥하게 대꾸했다.

피터는 '대장님 따라 하기' 놀이를 할 때 바다의 수면 가까이 다가가 줄지어 헤엄치는 상어 떼의 꼬리를 하나씩 건드렸다. 그 모습은 마치 철제 난간을 손가락으로 주르르 훑으며 지나가는 것 같았다. 세 아이는 '대장님 따라 하기' 놀이를 하기는 해도 피터처럼 능숙하게 상어 떼의 꼬리를 건드릴 수 없었다. 그럼에도 피터는 아이들의 뒤를 졸졸 따라가며 몇 마리나 꼬리를 만지는지 일일이 헤아렸다. 그러니 잘난 척을 한다고 생각해도 무리가 아니었다.

"피터한테 고분고분 굴어야 해."

웬디가 두 동생에게 당부하며 말을 이었다.

"만약 피터가 우리를 내팽개치고 가버리면 어떡하니."

"우리끼리 집으로 돌아가면 되지 뭐."

마이클이 투덜거리듯 대꾸했다.

"피터의 도움 없이 어떻게 길을 찾아?"

"그냥 계속 쭉 가면 되지."

이번에는 존이 대답했다.

"그게 얼마나 섬뜩한 일인데, 존. 우린 어쩔 도리 없이 쭉 갈 수밖에 없어. 어차피 멈추는 방법을 모르니까 말이야."

그랬다, 피터는 깜빡하고 세 아이에게 하늘을 날다가 멈추는 방법을 가르쳐주지 않았다.

그럼에도 존은 그냥 계속 쭉 가면 된다는 자신의 생각에 변함이 없었다. 왜냐하면 지구가 둥글기 때문에 빙빙 돌아 언젠가는 집에 다다르게 된다고 믿었기 때문이다.

"좋아, 그럼 먹을 것은 누가 구해주니?"

웬디가 다시 물었다.

"누나는 독수리가 물고 있는 먹이를 내가 잽싸게 낚아채는 것을 보지 못했어?"

"그래, 언젠가 한 번 그러기는 했지. 스무 번이나 시도한 끝에 말이야."

웬디는 '스무 번'이라는 표현에 특히 힘을 주더니 계속 말했다.

"그건 또 그렇다고 쳐. 하늘을 날다보면 구름 같은 것에 자꾸 부딪히게 되는데, 피터가 도와주지 않으면 어떻게 피할 수 있겠어?"

정말로 그것은 큰 문제였다. 세 아이는 여전히 하늘에서 버둥거릴 때가 적지 않았지만, 이제는 충분히 안정적으로 날아다닐 수 있었다. 하지만 눈앞에 구름이라도 나타나면 얼른 피하지 못하고 머리를 찧기 일쑤였다. 만약에 나나가 함께 있었다면 아이들의 이마에는 저마다 붕대가 친친 감겼을 것이다.

그 때 피터는 어디론가 사라져 곁에 없었다. 하늘에 덩그러니 남겨진 세 아이는 외로움을 느꼈다. 아이들보다 훨씬 빠르게 날 수 있는 피터는 이따금 사라져 자기 혼자 신나는 모험을 즐기고는 했다. 어느 때는 별에게 다가가 재미있는 이야기를 나누고 나서 우스워 죽겠다는 듯 낄낄거리기도 했다. 하지만 무슨 이야기를 나누었는지는 금세 잊어버렸다. 그것은 일종의 습관 같았는데, 한번은 인어의 비늘을 몸에 붙이고 나타났으면서도 무슨 일이 있었는지 제대로 설명하지 못했다. 여태껏 인어를 본 적이 없는 아이들로서는 궁금해 미칠 지경이었다.

"저렇게 툭하면 잊어버리는데, 우리라고 계속 기억할까?"

웬디가 혼잣말처럼 중얼거렸다.

그와 같은 걱정은 괜한 것이 아니었다. 피터는 어딘가를 다녀와 아이들을 알아보지 못하는 경우가 가끔 있었다. 어느 때는 그저 어렴풋하게 아이들을 기억하는 것처럼 보이기도 했다. 웬디는 진작부터 그런 문제를 눈치챘다. 피터가 환한 대낮에 아이들 곁을 그냥 지나치다가 문득 웬디를 알아보고는 돌아온 적이 있었기 때문이다. 실은 그 때도 웬디의 이름은 기억하지 못해 새삼스럽게 다시 말해줘야만 했다.

"내 이름은 웬디야! 몰라?"

웬디가 언짢아하며 말했다. 그러자 피터가 몹시 미안해하며 낮은 목소리로 속삭였다.

"나를 이해해줘, 웬디. 내가 이다음에 다시 네 이름을 까먹으면 '나, 웬디야'라고 또 말해줘. 그러면 모든 게 기억날 거야."

그 말에 웬디는 마음이 싱숭생숭해졌다. 피터는 강한 바람이 마주 불어올 때 그 위로 몸을 펴고 반듯하게 눕는 방법을 아이들에게 가르쳐주었다. 웬디의 이름을 기억하지 못한 것에 대한 보상 차원이었다. 새로운 기술을 배우게 된 아이들은 연습에 연습을 반복했다. 그 결과 마침내 강한 바람 위에서도 안심하고 잘 수 있는 요령을 터득하게 되었다. 그 후 아이들의 수면 시간은 넉넉히 늘어났다. 하지만 오랫동안 잠을 자는 것에 금방 싫증을 느낀 피터는 신경질적으로 소리를 질러댔다.

"이제 그만 일어나. 새로운 곳으로 출발할 시각이야!"

그렇게 아이들은 계속 네버랜드로 향했다. 이따금 서로 다투기도 했지만, 대부분 웃고 떠드는 시간들이 이어졌다. 그렇게 몇 날 며칠이 지났을까? 그들은 수없이 많은 낮과 밤을 보낸 끝에 드디어 네버랜드에 도착했다. 그동안 그들의 항로는 거의 일직선이나 다름없었다. 그것은 피터와 팅커 벨이 길 안내를 잘해서라기보다 네버랜드가 목을 쭉 빼고 그들을 기다렸기 때문에 가능한 일이었다. 만약 그렇지 않았다면 누구도 네버랜드 마법의 해안에 다다를 수 없었다.

"바로 저기야."

피터가 침착하게 말하며 섬을 가리켰다.

"어디? 어디 있는데?"

"화살들이 방향을 표시하고 있잖아."

그러고 보니 수많은 화살들이 아이들을 위해 네버랜드를 가리키고 있었다. 그 화살들은 아이들의 친구인 태양이 쏟아낸 것이었다. 태양은 날이 어두워지기 전에 아이들이 섬을 찾을 수 있도록 도와주고 싶었다.

세 아이는 하늘에서 까치발을 해가며 네버랜드를 보기 위해 안간힘을 썼다. 설마 그럴 수 있을까 이상하게 생각할지 모르지만, 그들은 한눈에 네버랜드를 알아보았다. 그런데 느낌이 묘했다. 오랫동안 꿈꿔왔던 것을 마침내 보게 되었다는 기쁨이 아니라, 마치 고향집에 돌아와 정든 친구들을 만났을 때와 같은 반가움이 밀려왔다. 다만, 두려움이 아이들을 집어삼키기 전까지만.

"저기 호수가 있구나, 존."

"누나, 저기 좀 봐! 거북이들이 모래밭에 알을 파묻고 있어."

"다리를 다친 네 홍학도 보이지, 존?"

"마이클, 저기 네 동굴이야!"

"존, 저기 덤불 속에 있는 건 뭘까?"

"어미늑대랑 새끼들이잖아, 누나. 저건 웬디 누나의 새끼늑대야!"

"형, 저기 내 배 좀 봐! 양 옆이 찌그러져 있는걸."

"저건 네 배가 아니야. 네 배는 우리가 불태워버렸잖아."

"아니야, 내 것이 틀림없어. 그런데 인디언 야영지에서 연기가 피어오르는걸."

"어디, 어디야? 내가 연기 모양을 살펴보면 전쟁을 하려는 것인지 아닌지 알 수 있어."

"저길 봐. '수수께끼의 강' 건너편 말이야."

"아, 이제 보이네. 지금 인디언들은 전쟁을 벌이려는 게 분명해."

피터는 아이들이 뜻밖에 네버랜드에 대해 너무 많은 것을 알고 있어 심통이 났다. 아이들 앞에서 이런저런 설명을 하며 으스대고 싶었기 때문이다. 그러나 피터의 바람은 머지않아 이루어질 것이 틀림없었다. 두려움이 아이들을 집어삼키게 될 것이라고 말하지 않았던가.

그 두려움은 태양의 화살들이 사라지자마자 찾아왔다. 네 버랜드는 어둠에 파묻혀버렸다. 아이들이 집에 있을 때도 네 버랜드는 잠자리에 들 시간이 되면 항상 음산하게 돌변했다. 아무리 둘러봐도 인적이라고는 찾아볼 수 없는 황무지가 불 쑥 솟아올라 사방으로 퍼졌고, 그곳에 검은 그림자들이 서성 거렸다. 맹수들이 으르렁거리는 소리도 낮과는 전혀 다르게 들렸다. 무엇보다 그런 변화에 맞서 싸울 수 있다는 자신감이 사그라지는 것이 문제였다. 그나마 방 안에 취침등이 켜져 있 어 위안을 받을 따름이었다. 네버랜드는 상상 속에서 꾸며낸 이야기일 뿐이라는 나나의 말도 마음을 진정시키는 데 도움 이 되었다.

물론 그 때 네버랜드는 상상 속에 존재하는 섬이나 마찬가 지였다. 하지만 이제는 눈앞의 현실이 되었다. 지금은 취침등 도 없이 날이 점점 어두워졌다. 나나도 곁에 없었다.

비록 가까운 거리지만 흩어져 날던 아이들이 피터 옆으로 모여들었다. 피터의 얼굴에는 장난기가 싹 사라지고 눈빛이 전에 없이 반짝거렸다. 아이들이 실수로 살짝 건드리기라도 하면 눈에서 불꽃이 튀었다. 피터와 아이들은 무시무시한 네 버랜드 위를 날고 있었다. 너무 낮게 나는 탓인지 발끝에 나 뭇가지가 스치기도 했다. 당장 눈앞에 공포를 느끼게 할 만한 존재가 나타난 것도 아닌데, 마치 적진을 뚫고 앞으로 나아가는 양 긴장감이 몸을 무겁게 만들었다. 이따금 아이들은 옴짝달싹 못한 채 제자리에 우뚝 멈춰 서기도 했다. 그럴 때면 피터가 뭔가를 향해 마구 주먹질을 해대며 앞길을 터주었다.

"저들이 우리가 섬에 내려서는 것을 반기지 않아."

피터가 말했다.

"저들이라니? 그게 누군데?"

웬디가 두려움에 떨며 나지막이 물었다.

그러나 피터는 그 물음에 대답할 수 없었다. 아니, 대답하려고도 하지 않았다. 피터는 자신의 어깨 위에서 잠자고 있던 팅커 벨을 깨워 앞으로 가보도록 했다.

피터는 가끔 하늘에 멈춰 서서 꼼짝하지 않았다. 그리고는 어떤 소리를 들어보려는 듯 두 손을 귀에 바짝 갖다 대거나 땅이 있는 아래쪽을 뚫어져라 바라보았다. 어느 때보다 진지하게 그와 같은 행동을 한 뒤에야 피터는 다시 전진해 나아갔다.

얼마쯤 더 시간이 지났을까?

"지금 바로 모험을 시작해볼까? 아님 차부터 한잔 할래?"

피터가 존을 쳐다보며 배짱 두둑하게 물었다. 그의 표정은 아무것도 걱정할 일이 없다는 듯 무료해 보이기까지 했다.

"차부터 한잔 하는 게 좋겠어."

웬디가 얼른 대답했다. 마이클이 고맙다는 의미로 누나의 손을 꼭 쥐었다. 하지만 평소 누나와 동생보다 용감한 존은 왠지 망설이는 것 같았다.

"어떤 모험인데?"

존이 마른침을 꿀꺽 삼키며 물었다.

"저 아래 초원에서 해적 한 명이 잠을 자고 있어. 모험을 하고 싶다면, 함께 내려가서 놈을 죽이는 거야."

"어디? 나는 안 보이는데."

존이 한동안 머뭇거리다가 말했다.

"내 눈에는 분명히 보이는걸."

"그래? 한데 만약에 해적이 깨어나면 어떡하지?"

존이 잔뜩 움츠러든 목소리로 물었다. 그러자 피터가 버럭 화를 냈다.

"그게 무슨 소리야! 설마 내가 잠자고 있는 해적을 죽일 거라고 생각해? 난 먼저 해적을 깨운 다음에 해치울 거야. 난 언제나 그런 식으로 일을 처리한다고."

"어이쿠, 맙소사! 해적들을 많이 죽여보기는 했어?"

"그럼, 일일이 헤아리기도 어려울 만큼."

존은 "정말 멋진데!" 하며 감탄하듯 맞장구를 쳤다. 그럼에도 일단 차부터 마시기로 했다. 존은 네버랜드에 해적이 많이 있느냐고 슬며시 물었다. 피터는 여태껏 이렇게 해적이 많았던 적은 없었다고 대답했다.

"해적들의 대장이 누구야?"

"후크."

더없이 분노를 치밀게 하는 그 이름을 내뱉으면서 피터의 얼굴이 일그러졌다.

"제임스 후크?"

"응."

그 순간 마이클이 와락 울음을 터뜨렸다. 존은 숨이 턱 막히는 듯했다. 아이들도 악명 높은 후크 선장의 이름을 익히 알고 있었기 때문이다.

"후크는 원래 '검은 수염 호'의 갑판장이었어. 악당들 중에서도 악명이 높았지. 잔인한 해적 바비큐가 유일하게 겁을 내는 상대야."

존이 깜짝 놀라 동그래진 눈으로 말했다.

"그래, 바로 그 놈이야. 제대로 알고 있군."

피터가 말했다.

"생김새는 어때? 덩치가 커?"

"아니, 옛날보다는 줄었어."

"그게 무슨 얘기야?"

"내가 놈의 몸을 약간 잘라냈거든."

"네가?"

"그래, 바로 내가!"

피터가 예민하게 반응했다.

"네 말을 의심해서 되물은 건 아니야."

"아, 그만. 됐어."

"그런데 어디를 약간 잘라냈다는 거야?"

"놈의 오른손."

"그럼 이제 싸움은 못하는 거야?"

"그럴 리가!"

"그럼 왼손잡이가 됐나?"

"놈은 오른손 대신 쇠갈고리를 심었어. 그걸로 상대를 찍고 할퀴지."

"으, 쇠갈고리라니."

존이 피터의 말에 치를 떨었다.

"야, 존!"

피터가 아이를 불렀다.

"응?"

"아니야. 이제부터는 '오케이, 대장!'이라고 해야지."

"오케이, 대장!"

존은 피터의 말을 순순히 따랐다.

"나의 부하가 된 아이들은 누구나 맹세하는 것이 하나 있어. 그러니까 너도 그렇게 해야 돼."

그 순간 존의 낯빛이 하얘졌다.

"뭐, 별것 아니야. 후크와 맞서 싸우게 될 경우 놈을 반드시 나한테 넘기라는 거야."

"좋아, 맹세할게."

존은 충성심을 가득 담아 대답했다.

그 때 팅커 벨이 곁으로 날아와 날갯짓을 했다. 요정의 빛 덕분에 아이들은 서로를 알아볼 수 있게 되어 아까보다 무서움이 덜했다. 그런데 팅커 벨은 아이들처럼 천천히 나는 것이 오히려 어려워 원을 그리면서 주위를 빙빙 맴돌아야만 했다. 그 바람에 멀리서 바라보면 아이들이 마치 후광을 받으며 앞으로 나아가는 것처럼 보였다. 웬디는 그런 점이 마냥 좋았는데, 피터가 날카롭게 문제점을 지적했다.

"팅크가 살피고 온 바에 따르면, 일찌감치 날이 어두워지기 전에 해적들이 우리를 봤다고 해. 그래서 지금 장거리포를 준비해 두었대."

"포신이 기다란 대포 말이야?"

"그래. 아마 해적들이 팅크가 내는 빛을 봤을 거야. 우리의 위치를 알게 되면 곧장 대포를 발사하겠지."

"누나!"

"존, 마이클!"

아이들이 서로를 찾으며 불안해했다.

"팅크한테 당장 멀리 떨어지라고 해, 피터!"

세 아이가 한 사람같이 소리쳤다. 하지만 피터는 고개를 가로저었다.

"지금 팅크는 우리가 한밤중에 길을 잃어버릴까 봐 저러는 거야. 실은 팅크도 두려워하고 있어. 내가 무서움에 떨고 있는 요정을 혼자 어디로 보내겠니?"

그 순간 동그랗게 원을 그리던 빛이 뚝 끊어졌다. 그리고 뭔가가 피터를 사랑스럽게 살짝 꼬집었다.

"그럼 팅크한테 빛만이라도 꺼달라고 해줘."

웬디가 간절하게 말했다.

"그건 안 돼. 요정들이 유일하게 스스로 하지 못하는 일이 바로 그거야. 요정들은 잠이 들어야만 빛이 사라져. 별들하고 똑같지."

"그러면 어서 자라고 해."

존이 매섭게 말했다.

"안 돼. 팅크는 졸려야만 잠을 잘 수 있어. 그것 역시 요정들이 유일하게 스스로 하지 못하는 일이야."

"쳇! 꼭 중요한 일만 못하네."

존이 투덜거렸다.

그 때 누군가가 존을 꼬집었다. 이번에는 사랑스럽기는커녕 적지 않은 아픔이 느껴졌다.

"우리 가운데 누구에게라도 호주머니가 있으면 좋았을걸.

그럼 팅크를 그 안에 넣어 가면 되는데."

피터가 말했다. 그러고 보니 피터는 물론이고, 세 아이 역시 서둘러 집을 떠나오느라 아무도 호주머니가 달린 옷을 챙겨 입지 못했다.

바로 그 때, 피터에게 기발한 생각이 떠올랐다. 다름 아닌 존의 모자였다!

팅커 벨은 모두의 안전을 위해 모자에 들어가 있기로 했다. 다만 모자를 쓰지 않고 누군가 손에 들고 가야 한다는 조건을 붙였다. 팅커 벨은 내심 피터가 모자를 들어주기를 바랐다. 하지만 그 바람은 이루어지지 않았고, 존이 모자를 들었다. 그나마 얼마 지나지 않아서 존이 모자 때문에 하늘을 날기 힘들다고 불평하자 그 역할이 웬디에게 넘겨졌다. 곧 밝혀지겠지만, 그것은 큰 문제를 일으키는 원인이 되었다. 팅커 벨은 웬디의 보호를 받는 것을 몹시 싫어했다.

여하튼 팅커 벨의 빛은 검은 모자에 완전히 가려졌다. 피터와 아이들은 조용히 하늘을 날았다. 주위는 고요했다. 잠시 뒤, 어디선가 조심스럽게 액체를 들썩이는 듯 할짝거리는 소리가 들려와 정적이 깨졌다. 피터는 들짐승이 시냇가에서 물을 먹는 기척이라고 설명해주었다. 다시 조금 뒤에는 나뭇가지들이 서로 부딪혀 사각거리는 듯한 소리도 들려왔다. 그런데 피터는 그것을 두고 인디언들이 칼을 가는 소리라고 말해주었다.

그러나 금세 아무 소리도 들리지 않았다. 또다시 정적만 맴돌았다. 마이클은 그런 고요에 섬뜩한 기분이 들어 냅다 소리를 내질렀다.

"에이, 참! 아무 소리라도 들리면 좋겠어."

그 때였다. 마이클의 소망에 응답이라도 하듯 쿵쾅거리는 소리가 요란하게 울려 퍼졌다. 해적들이 대포를 쏘아대는 것이었다. 어마어마하게 울려 퍼진 대포 소리는 멀리 있는 산에서 메아리가 되어 돌아왔다. 언뜻 그 소리는 잔뜩 독이 올라 고래고래 고함을 치는 것 같았다.

"이 녀석들, 어디 있는 거야? 어디 있지? 어디 있냐고?"

세 아이는 섬뜩한 두려움을 느꼈다. 지난날 꿈꿨던 상상 속의 네버랜드와 현실의 네버랜드는 달라도 너무 달랐다.

그렇게 얼마쯤 시간이 지났을까? 가까스로 하늘이 다시 조용해졌을 때, 존과 마이클은 어둠 속에 둘만 남은 사실을 깨닫게 되었다. 그 무렵 존은 별 생각 없이 하늘에서 기계적으로 발걸음을 내딛고 있었다. 아직 스스로 공중에 떠 있는 방법을 제대로 몰랐던 마이클은 그저 몸을 내맡긴 채 둥둥 떠다니는 중이었다.

"혹시 너, 대포에 맞았니?"

존이 부들부들 몸을 떨며 나직이 물었다.

"아니, 괜찮은 것 같아. 아픈 데는 없어."

마이클도 소곤거리듯 대답했다.

실제로 해적들이 쏜 대포에 맞은 사람은 아무도 없었다. 다만 피터는 대포알이 지나가며 일으킨 바람에 휩쓸려 바다까지 날아갔고, 웬디와 팅커 벨도 하늘 저 높이 솟구치듯 튕겨져 나갔다.

그런데 그 때, 만약 웬디가 바람에 떠밀려가면서 모자를 놓쳤더라면 차라리 좋았을지 모른다. 팅커 벨이 곧 모자에서 나와 웬디를 끔찍한 파멸의 길로 내몰았기 때문이다. 팅커 벨이 그 일을 미리 치밀하게 계획해온 것인지, 아니면 갑자기 머릿속에 떠오른 꿍꿍이였는지는 알 수 없지만 말이다.

그렇다고 팅커 벨이 항상 못된 짓만 일삼는 요정은 아니었다. 그 순간은 비록 나쁜 속셈을 품었지만, 어느 때는 마냥 착하기만 한 경우도 있었다. 사실 요정들은 한 번에 하나의 감정만 느낄 수 있었다. 몸집이 작은 탓에 한꺼번에 두 가지 감정을 갖는 것이 어려웠다. 따라서 감정이 바뀌려면 그 전의 감정이 완전히 사라져야만 했다. 그러니 감정이 이쪽 아니면 저쪽 극과 극일 수밖에 없었던 것이다. 바로 그 시각 팅커 벨은 웬디를 향한 질투심으로 가득 차 있었다. 다행인지 불행인지, 웬디는 팅커 벨이 뭐라고 떠들어대도 알아듣지 못했다. 심지어 질투심에 불타올라 험한 말을 쏟아부어도 아름다운 음악소리로 들릴 뿐이었다.

팅커 벨이 모자 밖으로 나와 이리저리 분주히 날아다녔다. 마치 웬디에게 "날 따라오렴. 그럼 모든 게 잘 될 거야."라고 이야기하는 것 같았다. 연약한 웬디가 그 상황에서 달리 어떻게 할 수 있었겠는가. 웬디가 피터와 두 동생의 이름을 불러 봤지만 공허한 메아리로 울릴 뿐이었다. 웬디는 불안감에 사로잡힌 채 힘겹게 하늘을 날며 팅커 벨을 따라 허우적허우적 파멸의 길로 들어설 수밖에 없었다. 팅커 벨이 질투심에 사로잡혀 자신을 미워하는 줄은 짐작조차 하지 못했다.

네버랜드

네버랜드는 피터가 돌아온 것을 느끼자 다시 생기가 꿈틀거렸다. 일반적으로 이야기하면 생기가 '감돌았다'라고 해야겠지만, '꿈틀거렸다'고 하는 편이 더욱 실감나는 표현이다. 더구나 피터는 그런 식으로 말하는 것을 즐겼다.

피터가 없을 때 섬은 대체로 고요했다. 요정들은 아침마다 한 시간씩 늦잠을 잤고, 들짐승들은 평화롭게 새끼를 돌보았으며, 인디언들은 엿새 동안 밤낮없이 먹어대기만 했다. 해적들과 '집을 잃어버린 소년들'은 설령 마주치더라도 서로 경계를 하며 노려볼 따름이었다. 하지만 피터는 그처럼 지루한 것을 참지 못했다. 따라서 그가 돌아오면 섬 전체에 어떤 술렁거림이 일기 시작했다. 땅바닥에 조용히 귀를 대보면, 그야말로 섬 전체에 꿈틀거리는 생기를 감지할 수 있었다.

그 날 저녁, 평소 네버랜드를 서성거리는 무리들의 움직임을 살펴보면 다음과 같다. 먼저 '집을 잃어버린 소년들'이 피터를 찾아 나섰다. 그리고 해적들은 '집을 잃어버린 소년들'을 뒤쫓았고, 인디언들은 해적들을 추적했다. 그들은 그렇게 쫓고 쫓기며 섬을 빙빙 돌아다녔지만 좀처럼 서로 맞닥뜨리는 법이 없었다. 왜냐하면 모두 같은 속도로 같은 방향을 따라 움직였기 때문이다.

네버랜드의 무리들은 '집을 잃어버린 소년들'만 제외하고 모두 피비린내 나는 싸움을 원했다. 소년들도 싸움을 좋아하기는 했으나, 그 날 밤에는 오직 대장을 맞이하고 싶어 했다. 섬에 사는 소년들의 숫자는 매번 달라졌다. 그들 중 몇몇이 죽임을 당하는 경우가 종종 있었고, 너무 자라나면 피터가 규칙에 어긋난다면서 내쫓아버리기도 했기 때문이다. 아무튼 현재 네버랜드에는 모두 6명의 소년들이 있었다. 그 가운데 2명은 쌍둥이였다. 그럼 소년들을 한번 유심히 살펴볼까? 그들은 지금 저마다 손에 단검을 쥐고 한 줄로 늘어서서 사탕수수 밭 사이를 살금살금 지나가는 중이다.

소년들은 직접 잡은 곰의 가죽으로 옷을 만들어 입었다. 그 이유는 피터가 자신과 소년들이 비슷하게 보이는 것을 끔찍하게 싫어했기 때문이다. 그런데 곰 가죽으로 옷을 만들어 입고 보니 적지 않은 문제가 뒤따랐다. 소년들의 몸이 털북숭이 공처럼 둥글둥글해져 자칫 넘어지기라도 하면 대책 없이 데

구루루 구르기 일쑤였던 것이다. 그 바람에 소년들은 길을 가며 한 걸음 한 걸음 조심스럽게 발걸음을 내딛는 버릇이 생겼다.

소년들 중 맨 앞에 선 아이는 투틀즈였다. 투틀즈는 겁쟁이라기보다, 무리 가운데 가장 불운한 아이라고 부를 만했다. 투틀즈는 모험에 참여한 횟수가 가장 적었는데, 그가 모험 중 잠시 자리를 뜨기라도 하면 금방 심각한 사건이 발생했기 때문이다. 한번은 소년들이 모험을 하다가 주위가 하도 평온해 보여 투틀즈가 땔감을 구하러 다녀온 적이 있었다. 그런데 그 사이 다른 아이들은 뭔가 큰일을 치르고 나서 여기저기 묻은 피를 닦아내느라 여념이 없었다. 투틀즈는 자신의 불운이 안타까웠고, 그와 같은 일이 자꾸 반복되다 보니 얼굴에 그늘이 드리워졌다. 그럼에도 그는 원만한 성격이라 불평을 일삼기보다는 자신의 운명을 받아들이기로 마음먹었다. 투틀즈는 다른 누구보다 겸손한 아이였다.

아, 가여운 투틀즈! 머지않아 내 앞에 닥칠 불운의 악취가 스멀스멀 느껴지는구나. 오늘 밤에는 모험에 나서지 않는 것이 좋을 텐데……. 만약 오늘 밤 모험에 나선다면 크나큰 재앙에 맞닥뜨릴 것이 틀림없어. 마침 요정 팅커 벨이 몹쓸 장난기를 발동해 그 피해자가 될 아이를 찾고 있거든. 그렇지 않아도 팅커 벨은 소년들 가운데 네가 가장 잘 속아 넘어간다는 것을 알고 있어. 아무쪼록 팅커 벨을 조심해!

투틀즈가 이 말을 알아들을 수 있다면 얼마나 좋을까? 하지만 우리가 네버랜드에 가 있는 것이 아니니 앞으로 일어날 일에 대해 귀띔해주는 것은 불가능하다. 아이는 그저 손가락을 잘근잘근 깨물며 곧장 걸어갈 뿐이었다.

투틀즈 다음으로 지나가는 소년은 명랑하고 활달한 닙스였다. 그 뒤에는 슬라이틀리의 모습이 보였다. 아이는 나뭇가지를 잘라 만든 피리를 불며 신나게 춤을 추고 있었다. 슬라이틀리는 6명의 소년들 중 잘난 척을 할 때가 가장 많았다. 심지어 유모차에서 떨어져 집을 잃어버리기 전의 생활방식과 관습들을 전부 기억한다고 말했다. 아이는 항상 콧대가 높아 곁에 있는 사람들을 자주 짜증스럽게 만들었다. 네 번째 자리에 서서 지나가는 소년은 컬리였다. 아이는 자기 스스로 장난꾸러기라는 것을 인정했다. 그래서 피터가 "이거 누가 한 짓이지? 당장 나와." 하고 으름장을 놓으면 매번 제 발로 앞에 나서고는 했다. 그러다 보니 이제는 자기가 그 일을 했든 안 했든 피터의 말이 떨어지기 무섭게 다짜고짜 튀어나갔다. 줄지어 늘어선 소년들의 맨 뒷자리에는 쌍둥이가 있었다. 쌍둥이에 대해 구구절절 설명하기는 어렵다. 둘을 구별하는 것조차 누가 누구인지 헷갈리기 십상이라 굳이 이야기할 필요가 없었다. 피터는 쌍둥이가 무엇인지 몰랐다. 소년들은 피터가 모르는 것을 아는 것이 금지되었다. 따라서 쌍둥이는 자신들이 누구인지, 어떻게 구별할 수 있는지 일일이 밝히려고 하지 않았다. 다만 둘이 꼭 붙어 다녀 피터의 정신을 혼란스럽게 하지 않으려고 애썼다.

소년들은 이내 어둠 속으로 사라졌다. 잠시 정적이 흘렀다. 하지만 활기 넘치는 네버랜드에 고요는 어울리지 않았다. 소년들이 지나간 길에 금방 해적들이 나타났다. 그들은 모습을 드러내기 전에 듣기만 해도 섬뜩해지는 노랫소리를 먼저 울려 퍼지게 했다.

닻줄을 올려라.
어기여차, 노를 저어라.
용맹한 해적들이 나가신다.
대포알이 날아와 뿔뿔이 흩어진다 해도
우리는 바다 속에서 다시 만나리!

해적들은 험악한 분위기를 풍겼다. 교수대에 줄줄이 목이 매달린 흉악범들의 몰골도 그들보다 더 오금을 움츠러들게 하지는 않을 것이다. 저기 앞에 나타나 머리를 땅바닥에 대고 귀를 기울이고 있는 자는 잘생긴 이탈리아인 세코였다. 그는 우람한 팔뚝을 훤히 드러낸 채 에스파냐 은화를 귀고리 삼아 매달고 있었다. 그는 가오에 위치한 교도소 소장의 등짝에 칼로 자신의 이름을 새겨 넣었다는 소문이 전해진다. 그 뒤를 따라 몸집이 산만한 흑인이 나타났다. 그는 온갖 악행을 저지르고 다니면서 이름을 숱하게 바꿨다. 아직도 구아조모 강둑에 사는 엄마들은 칭얼대는 아이들의 울음을 그치게 하기 위해 그의 이름을 들먹이고는 한다. 그 다음에 나타난 자는 온몸이 문신으로 뒤덮인 빌 주크스였다. 그는 월러스 호에서 선장 플린트에게 몽둥이찜질을 72대나 당하고 나서야 마지못해 금화 주머니를 내려놓았다는 일화가 전해진다.

해적들의 행렬은 계속 이어졌다. 사실인지 확인되지는 않았으나 블랙 머피의 형제로 알려진 쿡슨과 한때 학교에서 보조교사로 일한 탓에 고상한 살인 방식을 선호하는 신사 스타키가 모습을 드러냈다. 그리고 스카이라이츠(모건의 스카이라이츠)와 아일랜드 태생의 갑판장으로 사람을 칼로 찌를 때조차 좀처럼 흥분하는 법이 없는 뜻밖에 상냥한 성격의 스미가 뒤이어 나타났다. 스미는 후크의 부하들 중 유일한 비국교도이기도 했다. 다음 차례는 항상 뒷짐을 지고 다니는 누들러였으며 로버트 멀린스와 알프 메이슨이 뒤를 따랐다. 그 밖에도 카리브 해에서 이름만 들으면 알 만한 무시무시한 악당들이 줄지어 등장했다.

하지만 어둠의 무리 속에서도 가장 빛나는 새까맣고 커다란 보석이 있었으니, 다름 아닌 제임스 후크 선장이었다. 그 스스로는 자신을 일컬어 '재스 후크'라고 했다. 사람들이 수군대는 바에 따르면, 그는 『보물섬』의 악명 높은 외다리 선장 존 실버가 유일하게 두려워하는 상대였다. 후크는 부하들이 끌고 가는 허름한 마차에 비스듬한 자세로 편히 누워 있었다. 그는 마차가 조금이라도 느려진다 싶으면 잃어버린 손 대신 쇠갈고리를 심은 팔을 휘휘 내저으며 부하들을 재촉했다. 그러면 부하들은 충성스런 개처럼 우두머리의 명령을 순순히 따르며 속력을 냈다.

제임스 후크 선장은 외모부터 남달랐다. 그의 얼굴빛은 마치 시체처럼 거무스름했다. 게다가 검고 긴 곱슬머리 탓에 멀리서 보면 언뜻 검은 양초 같은 모양새였다. 그럼에도 그는 험상궂은 분위기와 달리 꽤 잘생긴 인물이었다. 물망초처럼 파란 눈망울은 우수에 잠겨 있는 듯했다. 하지만 그가 쇠갈고리로 누군가를 공격할 때면 그 눈에서 시뻘건 불꽃이 튀며 살기가 번뜩였다.

제임스 후크의 몸가짐에서는 얼핏 귀족의 자태가 엿보였다. 그는 쇠갈고리를 들어 상대방을 갈기갈기 찢어놓을 때조차 우아하게 폼을 잡고는 했다. 또한 후크는 말솜씨가 뛰어나다는 소문이 자자했다. 그는 자주 사악한 짓을 하면서도 정중하게 예의를 갖추었는데, 그것은 귀족의 혈통이라는 평가에 신빙성을 더했다. 이를테면 그는 욕설을 내뱉을 때도 좀처럼 몸가짐이 흐트러지지 않았다. 그것은 마치 자신의 부하들과는 격이 다른 신분임을 보여주는 것 같았다. 그런데 용맹하기 그지없는 그가 단 하나 두려워하는 것이 있었다. 그것은 다름 아닌 자신의 피를 보는 일이었다. 그의 피는 매우 진했고, 색깔도 남달랐다.

제임스 후크의 옷차림새는 찰스 2세를 연상시켰다. 그는 해적질을 막 시작했을 무렵 비운의 스튜어트 왕가 사람들을 닮았다는 말을 들은 적이 있었다. 그 때부터 그는 스튜어트 왕조의 3대 국왕을 은근히 모방하기 시작했다. 또한 후크는 한꺼번에 두 대의 담배를 피울 수 있는 파이프를 입에 물고 있었다. 그것은 자신이 직접 고안한 발명품이었다. 하지만 뭐니 뭐니 해도 후크의 겉모습 중 가장 눈에 띄고 섬뜩한 것은 잃어버린 손을 대신해 심어놓은 쇠갈고리였다.

그럼 이쯤에서 후크의 쇠갈고리 휘두르는 솜씨가 궁금하지 않은가? 그 실력을 살펴보기 위해 해적 한 명을 죽이도록 하자. 누가 좋을까? 그래, 스카이라이츠로 결정하겠다. 다른 해적들 사이에 섞여 길을 가던 스카이라이츠가 갑자기 비틀거리더니 후크와 부딪치고 말았다. 그의 부주의한 실수 탓에 후크의 옷깃이 구겨졌다. 그러자 눈 깜작할 새 쇠갈고리가 번뜩이는가 싶더니 뭔가 찢어지는 소리와 함께 자지러지는 비명이 들렸다. 그리고는 툭 하고 시체 하나가 길바닥에 나뒹굴었다. 그러거나 말거나 다른 해적들은 가던 길을 계속 걸었고, 후크는 입에 물고 있는 파이프를 빼지도 않았다.

어떻게 생각하는가, 피터 팬과 맞서는 자가 이토록 무시무시한 악당이라는 사실에 대해. 과연 피터 팬과 제임스 후크 선장 중 승자는 누가 될까?

해적들이 지나간 자리에 인디언들이 나타났다. 그들은 인기척을 느끼기 어려울 만큼 은밀하게 길을 갔다. 보통 사람들은 그들을 발견하는 것조차 쉽지 않아 보였다. 인디언들은 신경을 곤두세운 채 주위를 살폈는데, 손에는 너나없이 도끼와 칼을 들고 있었다. 또한 옷을 입지 않고 물감과 기름을 칠해 번들거리는 몸에는 해적들뿐만 아니라 소년들의 머리 가죽을 벗겨 줄줄이 꿴 것을 두르고 있었다. 그들은 잔혹한 피카니니 부족이었다. 순박한 델라웨어 부족이나 휴런 부족과 혼동해서는 안 된다.

인디언 무리의 맨 앞에서는 '탁월한 어린 표범'이 땅을 짚어가며 조심스럽게 전진하고 있었다. 그는 일찍이 숱한 적을 무찔러 용맹을 떨쳤다. 하지만 그 날 밤에는 너무 많은 머리 가죽을 몸에 두른 탓에 앞으로 나아가기가 수월치 않아 보였다. 흔히 일렬로 늘어서서 길을 갈 때는 맨 끝자리가 가장 위험한 법이다. 인디언 무리에서 그 자리에는 부족의 공주인 타이거 릴리가 서 있었다. 스스로 치열한 경쟁을 벌여 공주가 된 그녀는 피카니니 부족에서 가장 아름다운 여전사이자 최고의 미인으로 손꼽혔다. 그녀는 요염한 자태를 뽐내면서도 순식간에 냉철한 면모를 내보이고는 했다. 피카니니 부족의 용감한 전사들이 앞다투어 그녀를 아내로 맞이하고 싶어 했으나 누구도 뜻을 이루지 못했다. 그녀는 이성을 사랑하고 결혼하는 것보다 무기를 들고 사냥과 전투에 참여하는 것을 좋아했다.

인디언 무리는 나뭇가지가 잔뜩 떨어져 깔린 길을 조용히 걸어갔다. 겨우 들리는 인기척이라고는 그들이 내는 거친 숨소리뿐이었다. 인디언들은 한동안 쉴 새 없이 먹어댄 탓에 대부분 몸집이 조금씩 불은 상태였다. 그다지 오래 걸리지 않아 다시 날렵한 몸매를 되찾겠지만, 여하튼 지금은 무거워진 몸이 그들에게 큰 걸림돌이었다.

인디언들은 그림자처럼 나타났다가 어느 순간 그림자처럼 사라졌다. 그 뒤를 이어 모습을 드러낸 것은 들짐승들이었다. 사자, 호랑이, 곰, 그리고 그들을 피해 도망치는 자그마한 동물들이 앞서거니 뒤서거니 야단법석이었다. 이 섬에서는 온갖 들짐승들이, 특히 사람까지 잡아먹는 맹수들이 서로 가까운 곳에 자리를 잡고 살아갔다. 그 날 밤에는 배고픔에 시달린 녀석들이 하나같이 혀를 입 밖으로 쭉 내민 채 어슬렁거렸다.

들짐승들이 우르르 지나가자 마지막으로 거대한 악어가 나타났다. 그 악어가 무엇을 찾고 있는지는 머지않아 밝혀질 것이다.

악어가 지나간 뒤에는 소년들이 다시 모습을 드러냈다. 네버랜드에서는 그와 같은 행렬이 계속 반복되었다. 어느 한 무리가 방향을 바꾸거나 속도를 변경하지 않는 한 꼬리에 꼬리를 물고 행진하는 것 같은 모양새는 달라질 기미가 전혀 보이지 않았다. 그저 너나없이 바짝 신경을 곤두세운 채 앞만 살폈다. 아무도 뒤쪽에서 위험이 닥칠 가능성이 있다고는 생각조차 하지 않았다. 그야말로 대단한 섬이라고 할 수밖에 없었다.

도무지 끝날 것 같지 않고 빙빙 돌던 행렬에서 가장 먼저 빠져나온 것은 소년들이었다. 그들은 땅속에 있는 자신들의 집 근처에 다다르자 슬그머니 풀밭에 주저앉았다.

"피터는 언제 돌아올까? 어서 오면 좋겠어."

소년들은 모두 키도 그렇고 몸집도 그렇고 피터보다 훨씬 컸다. 그럼에도 그들은 초조한 모습을 감추지 못하며 수런거렸다.

"해적을 무서워하지 않는 사람은 나뿐이야."

자주 그랬듯 슬라이틀리가 또 잘난 척을 했다. 평소에는 다른 아이들과 사이에 별 문제가 없었지만, 그럴 때는 모두 어처구니없다는 표정을 지었다. 그 순간 멀리서 이상한 소리가 들려왔다. 그러자 슬라이틀리가 긴장한 얼굴로 재빨리 한마디 덧붙였다.

"그렇지만 나 역시 피터가 빨리 돌아오면 좋겠어. 그러면 신데렐라 이야기를 더 들을 수 있을 텐데."

소년들은 신데렐라에 대해 이런저런 이야기를 주고받았다. 투틀즈는 무슨 까닭인지 자기 엄마가 신데렐라와 비슷했을 거라고 믿었다.

소년들이 엄마에 관한 이야기를 할 수 있는 것은 피터가 없을 때뿐이었다. 왜냐하면 피터가 시시하다며 엄마 이야기를 금지시켰기 때문이다.

"내가 엄마에 대해 기억하는 것은 하나뿐이야. 엄마는 자주 아빠한테 '내게도 수표장이 있다면 얼마나 좋을까!'라고 말했지. 나는 수표장이 뭔지 잘 모르지만 엄마한테 그걸 꼭 선물하고 싶어."

닙스가 말했다.

소년들이 두런두런 이야기꽃을 피우고 있을 때, 멀리서 어떤 소리가 들려왔다. 자연 속의 생활에 익숙하지 않은 여러분이나 나 같은 사람에게는 아무 소리도 들리지 않았을 테지만, 소년들의 귀에는 분명 들리는 것이 있었다. 다름 아닌, 심장을 오그라들게 하는 해적들의 노랫소리였다.

어기 여차, 어기 여차!
해적의 인생이 궁금하다면
해골이 그려진 저 깃발을 보라.
한바탕 신나게 놀다 밧줄에 목이 졸려
바다에 묻히는 삶.
바다 귀신 만세!

그런데 갑자기 '집을 잃어버린 소년들'이 보이지 않았다. 방금 전까지 그 곳에 있던 아이들이 산토끼보다 빠르게 사라져 버린 것이다.

소년들은 어디로 간 것일까? 그들은 적의 상황을 살피기 위해 정찰을 떠난 닙스를 빼고는 모두 땅속에 있는 집으로 들어갔다. 그곳은 앞으로 종종 이야기될 텐데, 아주 아늑하고 포근한 집이었다. 그런데 소년들은 이렇다 할 입구가 보이지 않는 그 집을 어떻게 빨리 찾아낼 수 있었을까? 그곳은 멀쩡한 입구는커녕, 특별한 바위 따위로 표시조차 되어 있지 않았다. 바위를 치우면 입구가 나타나는 식으로 말이다. 하지만 자세히 살펴보면 틀림없이 입구를 발견할 수 있었다. 근처에 보이는 일곱 그루의 커다란 나무에 구멍이 뚫려 있었는데, 그 속 공간이 넉넉해서 소년 한 명이 드나들기에 충분했다. 그것이 바로 땅속으로 통하는 일곱 개의 입구가 되는 셈이었다.

후크 선장은 오랜 세월 소년들의 집으로 들어가는 입구를 찾아 헤맸지만 소용없는 노릇이었다. 과연 이제는 찾아낼 수 있을까?

해적들은 거침없이 앞으로 나아갔다. 그러던 어느 순간, 신사 스타키의 날카로운 눈썰미에 숲속으로 사라지는 닙스의 뒷모습이 목격됐다. 스타키는 냅다 권총을 빼들었다. 그것을 본 쇠갈고리가 그의 어깨를 덥석 움켜잡았다.

"왜 이러십니까, 선장님? 이것 좀 놔주세요."

스타키가 아파하며 호소했다.

이제 드디어 후크 선장의 목소리를 들어볼 기회가 찾아왔다. 그의 목소리는 음산했다. 색깔에 비유하자면 잿빛이라고 할 만했다.

"권총부터 치워."

후크의 말에서 섬뜩함이 느껴졌다.

"선장님이 그토록 싫어하시는 꼬맹이들 중 하나였어요. 제가 총을 쐈으면 숨통을 끊어놓을 수 있었다고요."

"그랬을지 모르지. 하지만 총소리를 듣고 타이거 릴리의 인디언들에게 우리의 위치가 발각되면 어떡해? 놈들에게 머리가죽이 벗겨지고 싶은 거야?"

"선장님, 그럼 제가 쫓아갈까요?"

좀처럼 흥분하는 법 없는 스미가 슬그머니 끼어들었다. 그의 말이 이어졌다.

"제가 은밀히 뒤따라가 '코르크 따개 조니'로 뜨거운 맛을 보여주겠습니다."

스미는 작명가처럼 온갖 것에 이름을 갖다 붙이는 취미가 있었다. '코르크 따개 조니'란 자신의 단검을 일컫는 것이었다. 그 칼은 상대방을 찌른 뒤 와인병의 코르크 따개처럼 빙그르르 돌려 더 깊은 상처를 내기에 좋아 그와 같은 이름을 붙였다. 가만 보면 스미는 관심을 끌 만한 구석이 적지 않았다. 이를 테면 사람을 죽이고 나서도 칼을 닦는 대신 자신의 안경을 닦는 남다른 행동을 하기 때문이다.

"조니는 결코 소리를 내지 않는 친구지요."

스미가 넌지시 자신의 계획을 상기시켰다.

"지금은 때가 아니야, 스미. 겨우 한 녀석뿐이잖아. 일곱 놈을 한꺼번에 해치워야 해. 모두 흩어져서 꼬맹이들을 찾아 봐."

후크가 역시나 음산하게 말했다.

해적들은 우두머리의 명령에 따라 하나둘 나무들 사이로 사라졌다. 어느덧 그 자리에는 후크 선장과 스미만 남게 되었다. 갑자기 후크가 깊은 한숨을 내쉬었다. 저녁나절의 아름다운 풍경에 가슴 깊이 파묻혀 있던 감성이 빠끔히 고개를 내민 탓일까? 후크는 충성스러운 갑판장을 향해 자신의 지나온 인생살이에 대해 이야기하고 싶은 충동이 일었다. 후크는 곧 진지한 얼굴로 이런저런 사연들을 털어놓았다. 하지만 그다지 총명하지 못한 스미는 후크의 말뜻을 전혀 헤아리지 못했다. 드문드문 들리는 피터라는 단어만 귀에 쏙 들어올 따름이었다.

"나는 말이야, 무엇보다……."

어느 순간 후크 선장의 목소리가 높아졌다.

"그래, 무엇보다 놈들의 대장인 피터 팬을 꼭 잡고 싶어! 감히 내 오른손을 잘라내다니, 절대로 용서하지 않겠어!"

그러면서 후크는 피터 팬이 앞에 나타나기라도 한 듯 쇠갈고리를 마구 휘둘러댔다.

"머지않아 이 쇠갈고리로 녀석과 악수할 날이 올 거야. 그날 반드시 녀석의 몸을 갈기갈기 찢어놓고 말겠어!"

후크의 말에 스미가 고개를 끄덕이며 말문을 열었다.

"선장님, 언젠가 우리한테 쇠갈고리가 사람 손 열 개보다 낫다고 말씀하셨잖아요. 머리를 빗거나 이런저런 집안일을 할 때 쓸모가 많다면서 말이에요."

"그럼, 그렇고말고. 내가 임산부라면 아이가 손 대신 쇠갈고리를 갖고 태어나게 해달라고 기도하겠어."

후크는 이렇게 이야기하며 자신의 쇠갈고리를 뿌듯하게 바라보았다. 더불어 체온이 흐르는 다른 쪽 손에는 멸시하는 듯

한 눈길을 보냈다. 그리고는 이내 얼굴을 찡그리면서 이어 말했다.

"피터는 잘라버린 내 오른손을 어떻게 했는지 알아? 마침 옆에 지나가던 악어한테 휙 던져주었지."

후크는 새삼 그 때 일이 떠오르는지 몸서리를 쳤다.

"그렇군요. 안 그래도 선장님이 악어를 무서워하시는 것 같아 이상했어요."

스미가 말했다.

"아니, 내가 무조건 악어를 두려워하는 것은 아니야. 나는 오직 그 악어 한 마리만을 무서워할 뿐이야."

후크가 손사래를 치며 말했다. 그러더니 다시 목소리를 낮췄다.

"스미, 그 날 이후 그 악어는 나를 졸졸 따라다니고 있어. 바다에서든 육지에서든 잊을 만하면 녀석이 모습을 드러내지. 남은 내 몸까지 모조리 먹어치우고 싶은지 군침을 꿀꺽 삼키면서 말이야."

"글쎄요, 어떻게 보면 악어가 선장님한테 호감이 있는 게 아닐까요?"

"뭐라고? 난 그런 호감 따위 필요 없어!"

후크가 스미의 말에 버럭 소리를 질렀다.

"다시 한 번 강조하지만, 내가 원하는 건 피터야. 스토커 같은 악어한테 내 손을 맛보게 한 바로 그 놈을 찾아야 한다고!"

후크는 단호하게 말하며 커다란 버섯 위에 올라가 앉았다. 그리고는 떨리는 목소리로 계속 이야기했다.

"스미, 얼마 전 그 악어한테 잡아먹힐 뻔한 적이 있었어. 다행히 운 좋게도 녀석이 시계를 삼키고는 돌아섰지. 그래서 지금도 악어 뱃속에서 째깍째깍 시계 가는 소리가 들려. 덕분에 요즘은 녀석이 다가오는 것을 미리 알고 대비할 수 있지."

후크는 이렇게 말하며 허탈하게 웃었다.

"하지만 언젠가는 시계가 멈출 텐데, 그러면 악어가 선장님을 덮치지 않겠어요?"

스미가 후크에게 물었다.

"그래, 나도 알아. 그 걱정이 나를 항상 괴롭히고 있어."

후크는 입술이 타는지 혀를 날름거리며 대꾸했다. 그런데 그는 버섯 위에 올라앉은 뒤부터 왠지 엉덩이 쪽이 따뜻해지는 것을 느꼈다.

"거참, 이상하군. 자리가 점점 따뜻해지고 있어."

그리고는 후크가 이내 자리에서 벌떡 일어나며 소리쳤다.

"앗, 뜨거워! 엉덩이가 타는 것 같아."

두 해적은 동그래진 눈으로 유심히 버섯을 살펴보았다. 그 크기나 단단한 정도가 이 섬에서는 본 적이 없는 것이었다.

버섯을 손으로 당겨보니, 이렇다 할 힘을 주지 않았는데도 땅에서 쑥 뽑혀버렸다. 뿌리가 없는 탓이었다. 그런데 무엇보다 놀라운 것은 버섯이 뽑힌 자리에서 연기가 폴폴 피어올랐다는 점이다.

"와, 굴뚝이다!"

두 해적이 한 목소리로 외쳤다.

그들이 발견한 것은 다름 아닌 소년들의 집 굴뚝이었다. 아이들은 해적들이 집 근처에 나타날 때마다 버섯을 이용해 굴뚝을 막아놓고는 했다.

버섯이 뽑혀 모습이 드러난 굴뚝에서 나온 것은 연기만이 아니었다. 소년들의 목소리도 새어나왔다. 아이들은 안전하다고 믿어 의심치 않는 보금자리에서 두런두런 수다를 떨어대고 있었다. 후크와 스미는 숨죽인 채 한동안 아이들의 이야기를 엿들었다. 그리고는 조심스럽게 버섯을 다시 제자리에 옮겨놓았다. 그들은 거듭 정신을 바짝 차리고 주위를 두리번거려 저마다 구멍이 나 있는 일곱 그루의 나무들까지 찾아냈다.

"들으셨죠, 선장님? 피터 팬이 집에 없다는 얘기 말이에요."

스미가 '코르크 따개 조니'를 만지작거리며 물었다.

후크는 가만히 고개를 끄덕이고 나서 곰곰이 어떤 생각에 잠겼다. 그리고 얼마 지나지 않아 시체처럼 거무스름한 그의 얼굴에 섬뜩한 미소가 번졌다. 스미가 그 모습을 보자마자 기다렸다는 듯 말을 붙였다.

"선장님, 어떤 작전을 세우셨나요?"

스미의 표정에 한껏 기대감이 어려 있었다. 후크는 침착함을 잃지 않으며 천천히 말문을 열었다.

"일단 배로 돌아가서 커다랗고 먹음직스러운 케이크를 만든 다음 그 위에 초록색 설탕을 잔뜩 뿌리자. 아마도 저 아래 집은 방이 하나뿐일 거야. 그러니까 굴뚝도 하나겠지. 한데 멍청한 아이들은 사람 수대로 입구를 일곱 개나 만드는 헛수고를 했어. 그런 것을 보면 녀석들에게 엄마가 없다는 사실을 짐작할 수 있지. 바로 그런 점에서 내 작전은 성공할 확률이 아주 높아. 아까 말한 케이크를 '인어의 호숫가'에 갖다 놓으면 아이들이 인어랑 헤엄치며 놀다가 그걸 발견하고는 맛있게 먹어치울 거야. 녀석들에게는 엄마가 없으니까 누가 갖다 놓았는지도 모르는 달콤한 케이크를 무턱대고 먹는 것이 얼마나 위험한지 알 수 없어."

후크는 이렇게 이야기하며 한바탕 웃음을 터뜨렸다.

"그래, 꼭 성공할 거야! 골칫거리 아이들을 모두 없애버릴 수 있어!"

후크의 얼굴에 자신감이 번졌다. 잠자코 후크의 이야기에 귀 기울이던 스미가 감탄하며 소리쳤다.

"놀랍군요, 선장님! 그렇게 사악하고도 치밀한 작전은 처음 들어봐요."

스미는 자신의 우두머리에게 존경심까지 느끼는 듯했다. 두 해적은 신바람이 나서 춤을 추며 노래를 흥얼거렸다.

모두 멈추어 나를 보아라.
너희는 꼼짝없이 두려움에 떠는구나.
후크 선장의 쇠갈고리와 악수를 하게 되는 날이면
너희는 끝내 뼈도 못 추릴 거야.

하지만 두 해적의 노랫소리는 길게 이어지지 못했다. 문득 또 다른 소리가 들려왔기 때문이다. 처음에는 그 소리가 나뭇잎 떨어지는 기척에 묻힐 정도로 희미했으나, 점점 더 가깝고 또렷하게 들려왔다.

째깍째깍, 째깍째깍!

후크는 춤을 추느라 높이 치켜들었던 한쪽 발을 미처 내리지도 못한 채 그 자리에 바짝 얼어붙었다. 자기도 모르게 몸이 바르르 떨렸다.

"음, 악어로군……."

후크는 잠시 가쁜 숨을 내쉬는가 싶더니 냅다 달음박질을 쳤다. 그 뒤를 따라 갑판장 스미가 내달렸다.

곧이어 모습을 드러낸 것은 정말 악어였다. 악어는 해적들을 따라가던 인디언 무리를 지나쳐 슬금슬금 후크의 뒤를 쫓고 있었다.

잠시 뒤, 소년들이 다시 집 밖으로 나왔다. 그 날 밤의 위험은 아직 진행 중이었다. 어느 순간 닙스가 늑대 떼에 쫓기며 헐레벌떡 달려왔다. 늑대들은 혀를 쭉 내밀고 섬뜩한 소리로 살기를 번뜩였다.

"살려줘! 제발 살려줘!"

닙스가 땅바닥에 고꾸라지며 비명을 내질렀다.

"어떡해? 어떡해야 되지?"

소년들은 절박한 상황에 안절부절못했다. 그러면서 일제히 피터를 떠올렸다. 피터가 그 사실을 알았더라면 우쭐해할 만했다.

"이럴 때 피터라면 어떻게 할까?"

소년들이 한 목소리로 중얼거렸다. 그리고 다시 입을 모아 외쳤다.

"그래, 맞아. 피터라면 자기 다리 사이로 늑대들을 쳐다봤을 거야!"

소년들의 합창은 이어졌다.

"우리도 당장 그렇게 해보자!"

아이들의 판단은 옳았다. 그것은 늑대 떼를 물리칠 수 있는 가장 바람직한 방법이었다. 소년들은 일제히 상체를 아래로 숙인 채 다리 사이로 늑대들을 바라보았다. 그 결과를 기다리는 시간은 입술이 바싹 타버릴 지경이었지만, 곧 승리의 환호성을 올리게 되었다. 아이들이 괴상한 자세로 쏘아보자, 늑대들은 괜한 두려움을 느껴 꼬리를 축 늘어뜨리고는 뒷걸음질 쳐 달아났던 것이다.

그제야 닙스는 땅바닥에서 몸을 일으켰다. 그 뒤 말없이 뭔가를 뚫어져라 쳐다봤는데, 다른 소년들은 그가 도망가는 늑대 떼를 응시하는 줄 알았다. 하지만 닙스는 늑대 떼를 바라본 것이 아니었다.

"난 방금 아주 멋진 것을 봤어."

닙스의 말에 아이들이 호기심어린 눈빛으로 주위에 모여들었다.

"커다랗고 흰 새였어. 이쪽으로 날아왔지."

"어떤 새였는데? 좀 더 자세히 말해봐."

"모르겠어. 다만 무척 힘들어 보인 것만은 틀림없어. 하늘을 날면서 '가여운 웬디'라고 읊조렸던 것 같아."

닙스의 뺨이 발그스름하게 달아올라 있었다.

"가여운 웬디라고?"

"그래, 이제 생각 나. 웬디라는 이름의 새가 있었던 것 같아."

소년들이 고개를 갸웃거릴 때, 슬라이틀리가 아는 척을 했다. 그 순간, 컬리가 하늘을 가리키며 소리쳤다.

"저기 좀 봐. 이리로 오고 있어!"

그곳에는 웬디가 있었다. 웬디는 애처로운 울음소리를 내며 소년들의 머리 바로 위에서 하늘을 날았다. 그런데 그보다 더욱 또렷하게 들리는 소리가 있었는데, 다름 아닌 팅커 벨의 날카로운 목소리였다. 어느새 빛나는 요정은 질투심으로 활활 불타오르고 있었다. 팅커 벨은 우정이라는 가면 따위는 이미 내던진 채 웬디에게 달려들어 이곳저곳 사정없이 꼬집어 댔다.

"안녕, 팅크!"

어떻게 된 일인지 알 바 없는 소년들이 팅커 벨에게 인사를 건넸다.

"피터가 너희한테 웬디를 쏘라고 시켰어."

팅커 벨은 인사 대신 신경질적인 목소리고 외쳤다. 소년들은 피터의 명령에 절대로 말꼬리를 붙이는 법이 없었다.

"피터가 시키는 대로 해야지. 어서 활과 화살을 가져오자!"

소년들은 누구 하나 망설이지 않았다. 투틀즈를 빼고는 모두 일제히 나무 구멍 속으로 들어갔다. 투틀즈는 이미 활과 화살을 갖고 있었다. 그것을 눈치챈 팅커 벨이 조그만 손을 마주 비비며 간청했다.

"서둘러, 투틀즈. 빨리 쏴! 그러면 피터가 칭찬할 거야."

그러자 투틀즈가 들뜬 표정으로 활시위에 화살을 얹었다.

"거기서 비켜, 팅크!"

곧 투틀즈가 쏜 화살이 허공을 가르며 날아왔다. 가슴에 화살을 맞은 웬디가 땅바닥을 향해 곤두박질쳤다.

작은 집

투틀즈는 의기양양한 자세로 하늘에서 떨어진 웬디를 바라보았다. 잠시 뒤 활과 화살을 둘러멘 소년들이 나무 구멍에서 뛰어나왔다.

"지금 와봤자 소용없어. 내가 벌써 웬디에게 화살을 쏴서 떨어뜨렸거든. 피터가 기뻐하며 나를 칭찬할 거야."

투틀즈는 마치 정복자 같았다. 그 때 팅커 벨이 소년들의 머리 위에서 "에이, 멍청아!"라고 쏘아붙이고는 어딘가로 사라졌다. 하지만 아이들은 아무도 그 소리를 듣지 못했다.

한동안 소년들은 빙 둘러서서 조용히 웬디를 내려다보았다. 주위는 오로지 정적만이 가득했다. 어찌나 고요한지, 만약 웬디의 심장이 뛰고 있었다면 그 소리가 아이들에게 들리지 않을 리 없었다.

슬라이틀리가 먼저 침묵을 깨뜨렸다. 왠지 겁에 질린 목소리였다.

"이런, 새가 아니잖아. 여자아이가 틀림없어."

"뭐, 여자아이라고?"

슬라이틀리의 말을 들은 투틀즈는 자기도 모르게 몸이 떨렸다.

"그렇다면 우리가 이 여자아이를 죽인 거야."

닙스가 목이 멘 듯 가까스로 말했다. 소년들은 누가 먼저라고 할 것도 없이 모두 모자를 벗었다.

"음, 이제 알겠어. 피터가 이 여자아이를 우리에게 데려오고 있었던 거야."

컬리는 슬픈 얼굴로 이렇게 말하며 바닥에 털썩 주저앉았다.

"우리를 돌봐줄 꼬마 아가씨였는데……. 네가 죽였잖아!"

쌍둥이 중 한 명이 투틀즈를 향해 쏘아붙였다. 소년들은 투틀즈가 측은했지만, 자신들의 처지가 더욱 안됐다고 생각했다. 그래서 투틀즈가 동정을 구하는 눈빛으로 다가서는데도 싸늘하게 고개를 돌려버렸다. 투틀즈의 낯빛이 순식간에 새하얗게 질렸다. 그럼에도 얼핏 여태껏 한 번도 보지 못한 비장함이 엿보였다.

"맞아, 내가 그랬어."

투틀즈는 이렇게 말하며 체념하는 듯한 표정을 지었다.

"난 꿈속에서 여자들이 나타나면 '엄마, 엄마, 예쁜 엄마' 하고 부르곤 했어. 그런데 내 앞에 나타난 꼬마 아가씨에게 화살을 쏘아버리고 말았어."

투틀즈는 기운 없이 혼잣말처럼 중얼거렸다. 그리고는 어딘가를 향해 천천히 몸을 돌렸다.

"가지 마."

다른 소년들이 안타까워하며 투틀즈를 불러 세웠다.

"아니야, 난 가야 해. 피터가 너무 무서워."

그런데 그토록 심각한 순간 멀지 않은 곳에서 "꼬끼오!" 하는 소리가 들려왔다. 아이들은 가슴이 철렁했다. 그 소리를 낸 주인공은 바로 피터였다.

"피터다!"

피터는 항상 닭소리를 내며 자신이 돌아온 것을 알렸다. 소년들이 허둥대기 시작했다.

"꼬마 아가씨를 숨기자."

아이들은 나직이 말하며 허겁지겁 웬디를 둘러쌌다. 다만 투틀즈는 조금 떨어진 곳에 꼼짝없이 따로 서 있었다.

또다시 "꼬끼오!" 하는 소리가 들려왔다. 이번에는 피터가 곧 소년들 앞에 모습을 드러냈다.

"애들아, 안녕!"

피터가 인사를 건네자, 몸에 깊이 밴 습관처럼 소년들이 거

수경례를 했다. 그리고 잠깐 침묵이 흘렀다. 피터가 불쾌한 듯 얼굴을 찡그렸다.

"이럴 수 있어! 내가 돌아왔는데 왜 환호하지 않는 거야?"

소년들은 재빨리 입을 열려고 했다. 하지만 어떻게 된 노릇인지 환호성이 터져 나오지 않았다. 피터는 기쁜 소식을 전하고 싶은 마음이 너무 큰 탓에 아이들이 부자연스럽게 행동한다는 낌새는 알아차리지 못했다.

"내가 아주 기쁜 소식을 가져왔어. 드디어 너희들에게 엄마 역할을 해줄 여자아이를 데려왔거든."

그럼에도 소년들은 아무런 반응 없이 침묵에 빠져 있었다. 그 때 투틀즈가 무릎을 꿇으며 땅바닥에 털썩 주저앉았다.

"너희들 그 여자아이 못 봤니? 분명 이쪽으로 날아왔을 텐데."

피터가 뭔가 불길한 예감을 느끼며 물었다.

"이 일을 어떡해!"

소년들 중 누군가가 탄식했다.

"우리에게 이렇게 끔찍한 날이 닥칠 줄이야!"

또 다른 소년이 실망과 걱정을 감추지 못했다. 그러자 투틀즈가 조용히 몸을 일으키더니 피터에게 말했다.

"내가 그 여자아이를 보여줄게, 피터."

다른 소년들은 여전히 웬디를 빙 둘러 에워싸고 있었다.

"이제 그만하고 비켜서렴, 쌍둥이들아. 피터에게 어떤 일이 일어났는지 보여줘."

그제야 소년들은 투틀즈가 시키는 대로 두어 걸음씩 뒤로 물러섰다. 피터는 가만히 웬디를 살펴보며 매우 혼란스러워했다.

"웬디가 죽었잖아."

피터는 어처구니가 없었다.

"웬디가 죽으면서 얼마나 두려움에 떨었을까……."

피터는 차라리 웬디가 보이지 않는 곳까지 달아난 다음 그 곳에 두 번 다시 얼씬거리지 않으면 어떨까 생각해보았다. 만약 피터가 그렇게 행동했다면 소년들도 군소리 없이 기꺼이 따랐을 것이다.

그 때 화살이 피터의 눈에 띄었다. 웬디의 가슴에서 화살을 뽑아든 피터가 큰 소리로 물었다.

"이게 누구 화살이지?"

피터의 얼굴에 찬바람이 감돌았다.

"내 거야, 피터."

투틀즈가 무릎을 꿇으며 대답했다.

"이런, 비겁하기 짝이 없는 놈."

피터가 화살을 단검처럼 높이 치켜들었다. 투틀즈는 뒷걸음질치지 않고 가슴을 내밀었다. "좋아, 피터. 나를 찔러.

어서 찔러줘."

피터는 화살촉을 투틀즈의 가슴에 겨누었다. 그러나 웬 일인지 찌르지 못했다. 큰맘 먹고 한 번 더 화살을 높이 치켜들었지만, 또다시 팔을 아래로 내리고 말았다.

"왜 이렇지? 찌를 수가 없는걸. 뭔가가 내 손을 붙잡는 것 같아."

피터가 두 눈이 휘둥그레져서 말했다. 소년들도 어리둥절해하며 피터를 바라보았다. 그 때 닙스의 눈길이 웬디에게 향했다.

"아, 이 여자아이가 그런 거야. 웬디라고 한 이 꼬마 아가씨의 손을 보라고."

피터가 재빨리 고개를 돌려보니, 정말 놀랍게도 웬디가 팔을 뻗고 있었다. 뭔가 말을 하려는 것 같아 닙스가 얼른 웬디 쪽으로 몸을 낮춰 귀를 기울여보았다.

"음, '가여운 투틀즈'라고 하는 것 같은데."

닙스가 나직이 속삭였다.

"웬디가 살아 있군."

피터가 중얼거렸다.

"꼬마 아가씨 웬디가 살아 있어."

슬라이틀리도 소리쳤다.

피터는 무릎을 꿇고 웬디를 찬찬히 살피다가 자기가 준 도토리 모양의 단추를 발견했다. 여러분은 기억할 것이다. 웬디가 그 단추를 목걸이로 만들어 목에 걸겠다고 했던 것을.

"와, 이것 좀 봐. 화살이 바로 여기에 맞았던 거야. 내가 준 키스가 웬디의 목숨을 구했어!"

피터가 기뻐하며 말했다.

"어디 나도 좀 볼게. 그래, 키스 맞네."

슬라이틀리가 아는 척을 하며 끼어들었다.

하지만 피터는 그 말이 귀에 들어오지 않았다. 웬디에게 빨리 일어나서 인어들을 보러 가자고 애면글면 매달리고 있었기 때문이다. 물론 웬디는 아직 정신이 완전히 돌아오지 않아 아무런 대답도 할 수 없었다. 그 때 머리 위쪽에서 누군가의 울음소리가 들려왔다.

"팅크가 울고 있어. 웬디가 살아났기 때문에 우는 것 같아."

컬리가 말했다.

소년들은 팅커 벨이 했던 거짓말을 피터에게 일러바치지 않을 수 없었다. 그 이야기를 들은 피터는 일찍이 한 번도 내보인 적 없는 험악한 표정을 지어 보였다.

"팅커 벨, 내가 하는 말 명심해. 난 이제부터 너의 친구가 아니야. 내 앞에서 영영 사라져버려."

팅커 벨은 화들짝 놀라더니 피터의 어깨에 내려앉아 울며 불며 잘못을 뉘우쳤다. 그러나 피터는 손사래를 치며 차갑게 외면했다. 잠시 뒤 웬디가 다시 팔을 들어 올리는 모습을 보고 나서야 화가 조금 누그러지는 듯했다.

"좋아, 그럼 영영은 아니고 일주일만 내 앞에 나타나지 마."

그나마 피터가 화난 마음을 가라앉혔으니, 팅커 벨이 웬디에게 고마워했을까? 천만의 말씀! 팅커 벨은 그 순간만큼 웬디를 마구 꼬집고 싶었던 적이 없었다. 원래 요정들의 심통과 변덕은 대단했다. 그런 점을 잘 아는 까닭에 피터는 종종 요정들의 볼기짝을 찰싹 때려주고는 했던 것이다.

그럼 여전히 정신을 못 차리고 쓰러져 있는 웬디는 어떻게 해야 할까?

"땅속에 있는 우리 집으로 데려가자."

컬리가 제안했다.

"맞아, 꼬마 아가씨한테는 마땅히 그렇게 해야지."

슬라이틀리가 맞장구를 쳤다.

"그건 안 돼. 웬디에게 손을 대는 건 예의 없는 짓이야."

피터는 컬리를 바라보며 손사래를 쳤다.

"그럼, 그럼. 나도 그렇게 생각했어."

슬라이틀리가 이번에는 피터를 거들고 나섰다.

"하지만 여기 이대로 놔두면 꼬마 아가씨가 죽고 말거야."

투틀즈가 걱정스럽게 말했다.

"그렇고말고, 죽고 말 거야. 그런데 달리 보살펴줄 방법이 없잖아."

또다시 슬라이틀리가 끼어들었다. 바로 그 때 피터가 어떤 생각이 떠오른 듯 크게 소리쳤다.

"좋은 수가 있어! 웬디가 쓰러져 있는 곳에 집을 짓는 거야."

피터의 말을 듣고 소년들은 크게 기뻐했다. 피터는 즉시 일을 진행시켰다.

"자, 서둘러. 모두 가서 자기가 가진 것들 가운데 가장 좋은 것을 가져와. 어서 움직이라고!"

소년들은 순식간에 바빠졌다. 결혼식 전날 밤의 재봉사처럼 이리저리 뛰어다니느라 눈코 뜰 새가 없었다. 누구는 이불을 가지러 내려갔고, 다른 누구는 땔감을 가지러 올라갔다. 그렇게 한참 분주히 움직이고 있는데, 갑자기 존과 마이클이 나타났다. 가만 보니 두 아이는 이상하게 걷고 있었다. 잠이 쏟아지는 것을 이기지 못해 비틀비틀 걷는가 싶더니 제자리에 우뚝 멈춰 섰고, 이내 다시 게슴츠레 눈을 뜨고는 졸음에 겨운 발걸음을 힘겹게 옮기는 것이 아닌가.

"형, 일어나! 나나랑 엄마가 보이지 않아."

마이클이 소리치자, 존이 손등으로 눈을 비비며 중얼거렸다.

"그러게. 우리가 정말 하늘을 날았나봐."

두 아이는 곧 피터와 마주쳤다. 다시 피터를 만난 아이들이 얼마나 안도했는지는 충분히 짐작할 수 있을 것이다.

"안녕, 피터!"

존과 마이클이 반갑게 인사했다.

"안녕."

피터는 두 아이가 누구인지 잘 기억나지 않았지만 친절하게 인사를 건넸다. 때마침 피터는 웬디의 몸집이 얼마나 되는지 치수를 재느라 정신이 없었다. 웬디에게 꼭 맞는 집을 지어주고 싶었기 때문이다. 그 집 안에 의자와 식탁을 놓을 자리도 당연히 염두에 두고 있었다. 존과 마이클은 분주히 움직이는 피터를 조용히 바라보다가 물었다.

"웬디 누나가 지금 자고 있는 거야?"

"응."

피터가 고개를 끄덕였다.

"형, 누나를 깨워서 저녁밥을 지어달라고 하자."

마이클이 존에게 말했다. 그 때 몇몇 소년들이 집 짓는 데 사용할 나뭇가지들을 들고 달려왔다.

"쟤들 좀 봐, 형!"

마이클이 소리쳤다. 그러자 피터가 마이클 곁으로 한 발짝 발걸음을 옮기며 컬리에게 명령했다.

"이 애들도 집 짓는 것을 돕게 해, 컬리!"

피터의 목소리에서 대장다운 위엄이 느껴졌다.

"네, 알겠습니다!"

컬리가 씩씩하게 대답했다.

"뭐, 집을 짓는다고?"

존의 두 눈이 휘둥그레졌다.

"그래, 웬디를 위한 집이지."

컬리가 존을 바라보며 말했다.

"웬디 누나를 위해 집을 짓는다고? 어째서? 누나는 그저 평범한 여자아이일 뿐인걸."

존이 이해할 수 없다는 듯 고개를 갸우뚱거렸다.

"그래서 우리가 웬디의 하인이 되어주려는 거야."

컬리가 차분히 설명했다.

"아니, 너희들이 웬디 누나의 하인이라고?"

존이 기가 막힌다는 듯 되묻자, 피터가 명령을 내렸다.

"그래, 컬리의 말이 맞아. 너희 둘도 마찬가지니까 쟤들을 따라가도록 해."

존과 마이클은 피터의 명령을 따르지 않을 도리가 없었다. 두 형제는 어안이 벙벙한 채로 끌려가서 나무를 패고, 자르고, 날라야 했다.

"의자하고 벽난로를 먼저 만들어야 해. 그 다음에 그걸 중심으로 해서 담장을 둘러 집을 짓자."

피터가 척척 지시를 내렸다.

"맞아, 맞아. 집은 그렇게 짓는 거야. 이제 전부 생각났어."

슬라이틀리가 다시 맞장구를 쳤다. 그는 잘난 척할 기회를 놓치는 법이 없었다. 피터는 모든 과정을 꿰뚫어보며 꼼꼼하게 명령을 내렸다.

"슬라이틀리, 어서 가서 의사 선생님을 모셔오도록."

"네, 알겠습니다!"

슬라이틀리는 씩씩하게 대답했지만, 무슨 까닭인지 머리를 긁적이며 어디론가 달려갔다. 그는 피터의 명령에 무조건 복종해야 한다는 것을 명심하고 있었다. 얼마 뒤, 슬라이틀리는 존의 모자를 쓰고 근엄한 표정을 지으며 돌아왔다.

"어서 오세요. 의사 선생님이시지요?"

피터가 슬라이틀리에게 다가가 물었다.

이런 경우 피터는 소년들과 다른 점이 있었다. 소년들은 그것이 슬라이틀리의 연기라는 것을 금세 알아차리지만, 피터는 현실과 구분을 하지 못했다. 그런 까닭에 피터는 소년들을 곤란하게 만들 때가 종종 있었다. 이를테면 저녁식사를 하지 않고도 먹은 척해야 할 때가 그런 경우였다. 피터는 그와 같은 거짓 상황에 소년들이 제대로 대처하지 못하면 손등을 찰

싹 때려댔다.

"그래. 내가 의사란다."

피터에게 자주 손등을 맞아 벌겋게 부어오른 적이 있는 슬라이틀리가 초초한 낯빛으로 대답했다.

"의사 선생님, 지금 꼬마 아가씨가 몹시 아프답니다."

피터가 공손히 말했다.

그 때 웬디는 피터와 가까운 곳에 누워 있었다. 하지만 잔머리가 잘 돌아가는 슬라이틀리는 짐짓 모르는 척하며 딴청을 피웠다.

"거참, 안됐군. 꼬마 아가씨는 지금 어디 있나?"

"저기요."

피터는 웬디가 누워 있는 곳을 손가락으로 가리켰다.

"음, 알겠네. 꼬마 아가씨의 입 속에 유리로 만든 기구를 넣어보도록 하지."

슬라이틀리는 웬디에게 다가가 유리 막대 같은 것을 넣는 시늉을 했다. 피터가 그 모습을 초조하게 지켜보다가 유리로 만든 기구를 빼내자마자 마른 침을 꿀꺽 삼키며 물었다.

"어떤가요, 의사 선생님?"

"다행이야. 병이 거의 다 나았어."

"그래요? 정말 반가운 소리예요!"

피터는 슬라이틀리의 말에 뛸 듯이 기뻐했다.

"내가 저녁에 다시 들르도록 하지. 그동안 주둥이가 달린 컵에 쇠고기수프를 담아 먹이도록 하게."

슬라이틀리는 이렇게 말하고 피터의 눈을 피해 존에게 모자를 돌려주었다. 그제야 그의 입에서 안도의 한숨이 길게 새어나왔다. 그것은 슬라이틀리가 위험한 상황에서 벗어날 적마다 늘 하던 버릇이었다.

한편 그 시각, 숲속은 도끼질 소리가 울려 퍼지며 분주했다. 웬디의 발치에는 이미 아늑한 보금자리를 짓는 데 필요한 모든 재료들이 한 아름 놓여 있었다.

"웬디는 어떤 집을 좋아할까? 그걸 알면 금상첨화일 텐데."

누군가 혼잣말처럼 중얼거렸다. 그 때였다.

"피터, 웬디가 움직여!"

소년들 중 또 다른 누군가가 소리쳤다.

"방금 꼬마 아가씨의 입술이 움직였어. 아, 예뻐!"

다른 한 소년이 웬디의 얼굴을 들여다보다가 감탄했다.

"자면서 노래를 부르려는 것 같아."

피터가 말했다. 그리고 웬디를 바라보며 말을 이었다.

"웬디, 어떤 집을 갖고 싶은지 노래해봐."

그러자 놀라운 일이 벌어졌다. 웬디가 눈을 감은 채 노래를 부르기 시작했다.

나는 어여쁜 집을 갖고 싶어.
아주 작고 귀여운 집
빨간색 담장에 초록 이끼로 덮인 지붕을 가진
세상에 둘도 없는 앙증맞은 집.

웬디의 노래를 들은 소년들은 너나없이 즐거워하며 함박웃음을 지었다. 마침 자신들이 준비한 집이 그 노래에 딱 맞아떨어졌기 때문이다. 집을 지을 나뭇가지들은 붉은 수액이 끈적거릴 만큼 넘쳐흘렀고, 땅바닥 곳곳에는 초록색 이끼가 널려 있었다. 소년들은 웬디를 위한 작은 집을 지으며 절로 노래를 흥얼거렸다.

우린 앙증맞은 담장과 지붕을 만들었어요.
아름다운 문도 달았지요.
그러니까 말해주세요, 웬디 엄마.
무엇을 더 해드릴까요?

그러자 웬디가 곧 답가를 불렀다. 아무래도 욕심을 좀 내는 듯했다.

좋아, 좋아! 자, 그러면 이번에는

화사한 창문을 만들어줘.

장미꽃이 담장을 타고 올라와 안을 들여다보게.

집 안에선 아기들이 창밖을 내다볼 수 있게.

소년들은 망설임 없이 웬디의 부탁을 들어주기 시작했다. 우선 주먹으로 벽을 쳐서 창문을 냈다. 그리고는 커다랗고 노란 나뭇잎을 구해와 커튼으로 달았다. 문제는 장미꽃이었다.

"장미꽃!"

피터가 다급하게 외쳤다. 그러자 소년들이 냉큼 담장에 달라붙어 아름다운 장미가 벽을 타고 올라가 있는 흉내를 냈다.

그럼 이제 아기는?

소년들은 재빨리 노래를 다시 불렀다. 피터가 아기를 데려오라고 명령하기 전에.

장미꽃이 집 안을 들여다보고 있어요.

그러나 아기들은 문 밖에 있지요.

우리는 집 안에 들어가 아기가 되지 못해요.

왜냐하면 이미 옛날에 아기였으니까요.

피터는 그 노래가 썩 마음에 들었다. 그래서 마치 자기가 만든 노래인 양 행세했다. 집을 다 만들고 보니 꽤 그럴싸했다. 이제는 집 안에 들어가 있어 정확히 알 수 없었지만, 웬디 역시 그곳에서 평온함을 느낄 것이 틀림없었다.

피터는 이리저리 왔다 갔다 하면서 마무리 작업을 살펴보며 이런저런 지시를 내렸다. 독수리처럼 날카로운 피터의 눈은 작은 문제 하나도 건성으로 보아 넘기지 않았다. 드디어 집이 완성되었다고 소년들이 생각할 때였다.

"문고리가 없잖아."

피터의 지적에 소년들은 당황했다. 얼떨결에 투틀즈가 자신의 신발 밑창을 떼어 문에 달았다. 뜻밖에 그것은 꽤 그럴싸한 문고리 역할을 했다. 소년들은 이제야말로 흠 잡을 데 없는 집이 되었다고 자신했다. 하지만 착각이었다.

"굴뚝이 없잖아. 집에 굴뚝이 없다니 말이 돼?"

피터의 지적은 예리했다.

"그럼, 당연하지. 굴뚝은 꼭 있어야 해."

존이 집에 대해 아는 척을 하며 피터를 거들고 나섰다.

그 순간, 피터는 기발한 생각이 떠올라 무릎을 탁 쳤다. 그는 존의 머리에서 냉큼 모자를 낚아채더니 밑바닥을 뚫어 지붕 위에 올려놓았다. 누가 봐도 훌륭한 굴뚝이 완성되었다. 작은 집은 멋진 굴뚝을 만들어줘 고맙다는 인사를 하는 듯, 금세 모자 밖으로 연기를 모락모락 피워 올렸다.

마침내, 정말로 집이 다 만들어졌다. 이제 남은 일은 똑똑

소리가 나도록 노크를 하는 것뿐이었다.

"다들 옷매무새를 가다듬도록 해. 무엇보다 첫인상이 중요하니까."

피터가 소년들에게 당부했다. 첫인상이 뭐냐고 묻는 아이가 없어, 피터는 다행이라고 생각했다. 소년들은 그저 몸에 묻은 먼지를 털어내고 옷매무새를 매만지느라 분주했다.

잠시 뒤, 피터는 예의에 어긋나지 않게 나직이 노크를 했다. 숲은 고요했고, 소년들도 누구 하나 떠들어대지 않았다. 다만 근처 나뭇가지에 올라앉아 코웃음을 치는 팅커 벨의 소리만 들릴 뿐이었다.

소년들은 몹시 궁금했다. 노크 소리를 듣고 누가 문을 열어줄까? 꼬마 아가씨가 문을 열어준다면, 과연 어떤 모습으로 나올까?

곧 문이 열리더니 꼬마 아가씨가 밖으로 나왔다. 말하나 마나 웬디였다. 소년들은 누구 하나 예외 없이 모두 모자를 벗었다.

웬디는 깜짝 놀라 어안이 벙벙해 보였다. 그것은 소년들이 기대하던 모습이었다.

"여기가 어디야?"

웬디가 물었다. 냉큼 입을 연 것은 슬라이틀리였다.

"아가씨, 당신을 위해 우리가 이 집을 만들었어요."

"부디 맘에 든다고 말해주세요."

닙스가 소리쳤다.

"정말 예쁘고 앙증맞은 집이야."

이번에도 웬디는 소년들이 가장 듣고 싶어 하는 말을 해주었다.

"우리는 모두 당신의 아이들이에요."

쌍둥이가 한목소리로 말했다.

"웬디 아가씨, 부탁할게요. 제발 우리의 엄마가 되어주세요."

소년들은 일제히 무릎을 꿇고 두 팔을 활짝 벌리며 말했다.

"뭐, 엄마?"

웬디는 약간 당황스러웠으나 기분이 매우 좋았다.

"그건 정말 멋진 제안이야. 하지만 너희들이 보다시피, 난 아직 어린 여자아이일 뿐인걸. 아이를 키워본 적도 없고 말이야."

"그건 아무래도 상관없어."

피터도 마침내 말문을 열었다. 그는 마치 엄마 역할이 별 것 아니라는 투로 이야기했다. 그러나 엄마 역할이 뭔지 가장 모르는 사람은 다름 아닌 피터였다. 그의 말이 이어졌다.

"우린 그냥 엄마처럼 자애로운 사람이 필요할 뿐이야."

"어머나! 그런 사람이라면 바로 나인걸."

웬디가 손뼉까지 치며 기뻐했다.

"그럼요, 그렇다마다요. 우린 한눈에 자애로움을 알아봤다니까요."

소년들이 활짝 웃으며 합창하듯 외쳤다.

"좋았어, 최선을 다해볼게. 일단 모두 집 안으로 들어오렴. 어이쿠, 요런 개구쟁이들! 이슬 때문에 발이 죄 젖었구나. 이따가 잠자리에 들기 전에 신데렐라 이야기를 마저 들려줄게."

웬디의 말이 떨어지기 무섭게 소년들은 줄지어 작은 집으로 들어갔다. 그토록 작은 집에 어떻게 아이들이 전부 들어갈 수 있는지 알다가도 모를 일이었다. 여하튼 네버랜드에서는 어디든 몸을 비집고 들어가는 것이 가능했다.

그 날 밤, 웬디는 소년들과 함께 땅속의 집에도 들어가 보았다. 그곳에 있는 널따란 침대에 아이들을 누이고 잠을 재워 주었다. 그리고 자신은 홀로 집으로 돌아왔다. 그 시각 피터는 칼을 꺼내든 채 웬디의 집 밖에서 보초를 섰다. 저 멀리서 해적들이 술에 취해 흥청거리는 소리가 들렸고, 늑대들이 어슬렁거리는 기척도 들려왔기 때문이다. 그 날 이후 소년들은 웬디의 보살핌 속에 즐거운 밤을 보내게 되었다.

웬디의 집은 세상에 둘도 없이 아늑한 공간이었다. 어디에 위험이 도사리고 있을지 모르는 어둠 속이었지만, 집 안에서는 커튼 사이로 환한 불빛이 새어나왔다. 굴뚝에는 여전히 모락모락 연기가 피어오르고 있었다. 또한 집 밖에서는 믿음직스런 피터가 망을 보았다. 그러니 어디에서 그처럼 평온하고 안전한 곳을 찾을 수 있겠는가.

얼마 뒤, 피터 역시 집 밖에서 잠이 들었다. 때마침 술판을 벌이고 나서 비틀거리며 집으로 돌아가던 몇몇 요정들이 피터의 몸을 타고 넘어 길을 갔다. 만약 다른 아이가 길을 막고 잠들어 있었다면 요정들의 짓궂은 장난에 불쌍한 희생양이 되었을 것이다. 하지만 피터였기 때문에 요정들은 살짝 코만 비틀고 발걸음을 옮겼다.

땅속 집

이튿날 아침, 피터는 잠에서 깨어나자마자 웬디와 존, 마이클의 몸 치수를 쟀다. 세 아이에게 적합한 나무 구멍의 크기를 알고 싶었기 때문이다. 여러분은 후크 선장이 소년들은 출입구로 이용할 나무 구멍을 사람 수만큼 마련해둬야 하는 줄 안다며 조롱했던 것을 기억할 것이다. 하지만 그것은 후크가 뭘 모르고 한 소리였다. 소년들은 저마다 나무 구멍에 몸이 딱 들어맞지 않으면 집 안팎으로 드나들기가 쉽지 않았다. 아이들의 몸 치수가 모두 다르니, 나무 구멍이 사람 수만큼 필요했다는 말이다. 나무 구멍의 크기가 몸에 딱 맞으면 일단 위에서 숨을 한 번 들이마신 다음 조금씩 그 숨을 내뱉으며 천천히 내려갈 수 있었다. 그리고 땅속 집에서 나올 때는 숨을 내쉬고 들이마시는 것을 반복하며 몸을 꿈틀거리면 수월하게 올라올 수 있었다. 왠지 복잡할 것 같다고 걱정할 필요는 없다. 그 기술이 익숙해지면 생각하기 전에 몸이 저절로 움직이게 마련이니까. 그 정도 수준이 되면 나무 구멍을 오르내리는 모습이 우아해 보일 정도다.

그런 까닭에 피터가 세 아이의 몸에 딱 맞는 나무 구멍을 찾는 일은 무척 중요했다. 피터는 양복이라도 맞추는 것처럼 웬디와 존, 마이클의 몸 치수를 꼼꼼하게 쟀다. 물론 나무 구멍을 찾는 것과 양복을 맞추는 것에는 다른 점도 있었다. 양복은 사람 몸에 옷을 맞춰야 하지만, 나무 구멍에는 사람이 몸을 맞추는 것도 가능했다. 옷을 여러 겹 껴입거나 얇게 입으면 충분히 해결할 수 있는 문제였던 것이다. 그럼에도 피터의 손길이 꼭 필요한 일은 있었다. 피터는 나무 구멍이 울퉁불퉁 이상한 모양일 경우 그것을 다듬어 아이들이 드나들기에 불편함이 없도록 만들었다. 단, 누구든 몸에 맞는 나무 구멍을 찾고 나면 적절한 몸매를 유지하기 위해 각별히 신경을 써야만 했다. 그러다 보면 건강을 지키는 데도 도움이 됐는데, 웬디는 나중에 그 사실을 알고 무척 만족스러워했다.

웬디와 마이클은 처음부터 나무 구멍에 몸이 잘 들어맞았다. 그렇지만 존은 옷 따위를 이용해 몸매를 조금 손봐야 했다.

그로부터 며칠이 지나자, 웬디와 두 동생은 우물을 오르내리는 두레박처럼 땅속 집에 자연스럽게 들락거릴 수 있게 되

었다. 세 아이는 날이 갈수록 땅속 집을 너무나 마음에 들어
했다. 그 중에서도 웬디가 가장 좋아했다. 땅속 집에는 커다
란 방이 하나 있었다. 그것은 다른 집에도 본보기가 될 만했
는데, 바닥에 구덩이를 파서 낚시를 즐기는 것이 가능했다.
아울러 짜리몽땅하면서 알록달록한 버섯이 자라고 있어 의자
로 사용할 수도 있었다. 방 한가운데에는 날마다 쑥쑥 자라나
는 '네버나무'가 한 그루 있었다. 소년들은 아침마다 그 나무
가 방바닥보다 높이 웃자라지 않도록 밑동까지 톱으로 잘라
내야 했다. 하지만 네버나무는 성장을 멈추지 않아 늦은 오후
에 차를 마실 시간이 되면 70센티미터쯤 키가 자라 있었다.
그러면 소년들은 나무 위에 문짝을 올려놓고 차를 마시는 탁
자로 사용하고는 했다. 물론 차를 다 마시고 나면 나무를 다
시 밑동까지 잘라 몸을 움직일 때 거치적거리지 않게 했다.

　방 안에는 아주 커다란 벽난로도 있었다. 어찌나 큰지 방
안 어디에서나 불을 붙일 수 있을 정도였다. 웬디는 벽난로
앞에 식물의 수염뿌리를 꼬아 만든 줄을 매달아놓고 젖은 빨
래를 널었다. 또한 침대는 낮 동안 벽에 세워두었다가 저녁 6
시 30분이 되면 바닥에 펼쳐 놓았다. 그러면 널따란 침대가
방 안을 절반 남짓 차지했다. 아이들은 단 한 사람 마이클을
빼고는 모두 함께 그 침대에서 다닥다닥 붙어 잠을 자야 했
다. 그 모습이 얼핏 통조림 깡통 속에 엉겨 붙어 있는 정어리

들 같았다. 아이들에게는 잠을 잘 때 반드시 지켜야 할 규칙이 하나 있었다. 침대에서 맘대로 몸을 돌려 누우면 안 된다는 것이었는데, 다만 한 사람이 신호를 보내 한꺼번에 돌아눕는 것은 허락되었다. 그럼 마이클은 어디에서 잠을 잤을까? 마이클 역시 원래는 침대에서 자야 했다. 하지만 웬디가 아기를 갖고 싶어 했기 때문에, 가장 어린 마이클은 천장에 매달아놓은 바구니 안에서 잠을 자게 되었다.

만약 새끼 곰들이 땅속에 집을 짓는다면 딱 그러했을 것이다. 겉으로 보기에 땅속 집은 투박하고 단순했다. 그런데 가만 보니, 벽에 새장 크기만 하게 움푹 들어간 자리가 하나 있었다. 그곳은 다름 아닌 팅커 벨의 전용 공간이었다. 거기에는 작은 커튼이 달려 있어 방 안의 다른 곳에서 안이 보이지 않게 가릴 수 있었다. 팅커 벨은 원체 성격이 예민해 옷을 입고 벗을 적마다 항상 커튼을 치고는 했다. 비록 그 공간은 좁았지만, 세상에 그처럼 은밀하고 고상한 침실을 가진 여인은 없을 것이다. 팅커 벨의 전용 공간에는 곤봉 모양의 다리가 달린 소파가 있었는데, 유명한 '퀸 맵' 상표의 진품이었다. 또한 침대보는 제철 과일의 꽃무늬가 수놓아진 모양으로 계절마다 분위기가 어울리는 것으로 바꾸었다. 거울 역시 명품으로 소문난 '장화 신은 고양이' 제품으로, 요정 상인의 말로는 세상에 딱 3개만 남아 있는 귀한 물건이었다. 그 밖에 '파이크러스트' 제품인 세면대는 뒤집어 사용할 수 있었고, 옷장은 '차밍 6세' 진품이었으며, 카펫과 각종 깔개는 '마저리와 로빈'이 절정기에 만들어낸 최상품이었다.

틴커 벨의 전용 공간에는 티들리윙크스에서 만든 샹들리에도 걸려 있었다. 그러나 틴커 벨은 늘 자기 몸에서 나오는 빛으로 침실을 밝혔기 때문에, 그것은 인테리어 소품이나 마찬가지였다. 틴커 벨은 자신의 전용 공간을 제외하고 땅속 집 모든 곳을 경멸했다. 틴커 벨의 침실은 분명 은밀하고 고상했지만, 하늘을 향해 도도히 콧대를 세운 것처럼 거만함이 차고 넘쳤다.

웬디는 틴커 벨의 전용 공간을 보고 누구보다 부러워했다. 만날 일거리를 만들어내는 장난꾸러기 소년들의 뒤치다꺼리에 눈코 뜰 새 없이 바쁘다 보니 그런 생각이 들만도 했다. 어찌나 할 일이 산더미 같은지, 웬디는 일주일 내내 땅 위로 올라가본 적이 없을 때도 있었다. 설령 조금 일찍 일이 끝난다고 해도 저녁나절은 돼야 자기 집으로 돌아갈 수 있었는데, 옷매무새가 온통 흐트러지고 머리카락이 마구 헝클어져 있기 일쑤였다. 소년들에게 먹일 요리를 하는 것도 큰일이었다. 오죽하면 웬디가 한시도 냄비 앞을 떠날 수 없다고 말해도 결코 과장이 아니었다.

웬디가 소년들을 위해 준비한 음식은 빵과 고구마, 코코넛,

구운 돼지고기, 과일 등이었다. 조롱박 나무의 열매가 그릇으로 사용되었다. 하지만 진짜로 음식을 먹을지, 그냥 음식을 먹는 시늉만 할지는 피터의 변덕스러운 기분에 달려 있었다. 피터는 게임의 일부로 생각할 때 진짜로 음식을 먹었으나, 단지 배부르기 위해 음식을 먹는 것은 허락하지 않았다. 물론 아이들은 마음껏 배불리 음식을 먹는 것을 가장 좋아했다. 그 다음으로 좋아하는 것은 비록 실제로 먹지는 못하더라도 배불리 먹는 이야기를 하는 것이었다. 피터는 음식 먹는 연기를 얼마나 실감나게 하는지, 신기하게도 배가 점점 불러지는 모습을 보여주기까지 했다. 그것을 바라보는 일이 견디기 어려웠지만 아이들은 피터가 하는 대로 따를 수밖에 없었다. 그러다가 살이 빠져 나무 구멍에 쉽게 드나들 수 있는 것을 보여주면, 그제야 피터는 아이들이 배불리 음식을 먹도록 허락해 주었다.

웬디는 아이들이 모두 잠들고 나면 바느질을 했다. 웬디의 표현에 따르면, 그 때가 돼야 비로소 한숨 돌리면서 그나마 자기 시간을 갖는 것이 가능했다. 바느질감 역시 아이들에게 입힐 새 옷을 만드는 경우가 대부분이었다. 아니면, 해지기 쉬운 아이들 옷의 무릎 부분에 천을 덧대는 일을 할 때가 많았다. 하루는 웬디가 발뒤꿈치에 구멍이 난 양말로 가득한 바구니를 앞에 놓고 기지개를 켜며 한숨을 내쉬었다.

"휴, 가끔은 혼자 사는 여자들이 부럽다니까."

그러나 말만 그럴 뿐, 웬디의 얼굴에는 환한 미소가 가득했다.

여러분은 어미에게 버림받아 웬디가 돌봐주던 새끼늑대를 기억할 것이다. 그 늑대가 네버랜드로 웬디가 온 것을 알고 한달음에 달려왔다. 둘은 만나자마자 서로의 품에 와락 안겼다. 그 뒤 늑대는 웬디의 꽁무니만 졸졸 따라다녔다.

그렇게 하루하루 시간이 흘러갔다. 그 사이 웬디는 사랑하는 부모님 생각을 얼마나 떠올렸을까? 결코 대답하기 쉽지 않은 질문이다. 왜냐하면 네버랜드에서는 시간이 얼마나 흘렀는지 정확히 설명할 수 없기 때문이다. 흔히 네버랜드에서는 해와 달이 뜨고 지는 것으로 날짜를 계산하지만, 그 섬에는 해와 달이 무척 많아 헷갈리기 일쑤였다. 어쨌거나 분명한 것은 웬디가 부모님 걱정은 별로 하지 않았다는 점이다. 웬디는 엄마 아빠가 자신과 동생들이 언제든 돌아올 수 있도록 창문을 활짝 열어두었을 것이라고 굳게 믿었다. 따라서 집 걱정을 하며 신경 쓸 일은 없었다.

하지만 웬디에게 걱정거리가 영 없는 것은 아니었다. 그 중 하나는 존이 부모님을 과거에 알고 지냈던 사람들 정도로 어렴풋이 기억하는 문제였다. 게다가 마이클은 누나를 진짜 엄마로 생각하는 모습을 자주 보였다. 웬디는 동생들이 부모님의 존재를 영영 잊어버리는 것은 아닐까 덜컥 겁이 났다. 그래서 동생들이 옛날 기억을 잊지 않도록 학교에서처럼 시험문제를 내기로 마음먹었다. 그 과정을 통해 잃어버린 기억을 되살릴 수 있다고 판단했기 때문이다. 그러자 뜻밖에 소년들이 큰 관심을 보이면서 함께 시험을 치르게 해달라고 졸라댔다. 소년들은 스스로 석판까지 만들어 와서 탁자에 빙 둘러앉았다. 웬디는 그 석판에 문제를 냈고, 아이들은 그것을 돌려보며 자기가 생각하는 답을 적었다. 시험 문제는 매우 평범했다.

[문제 1] 아래 세 가지 질문에 대한 답을 적으시오.
* 엄마의 눈동자는 어떤 색깔이었을까요?
* 아빠와 엄마 중에서 누구의 키가 더 컸을까요?
* 엄마는 금발이었나요, 갈색 머리카락이었나요?

[문제 2] 아래 두 가지 주제 중 하나를 선택해 40자 이내로 글짓기를
　　　　하시오.
* 지난번 여름휴가 때 우리 가족이 했던 일.
* 아빠와 엄마의 성격은 이런 점이 달랐다.

[문제 3] 아래 제시한 네 가지를 모두 묘사해보시오.
* 엄마의 웃음.

* 아빠의 웃음.

* 엄마의 파티 의상.

* 우리 집과 개와 개집.

앞서 말했듯, 시험 문제는 일상적인 것들이라 평범하기 짝이 없었다. 하지만 아이들에게는 문제가 쉽지 않아 보였다. 정답을 모르는 문제는 'X' 표시를 하도록 했는데, 존의 답안지에는 그것이 하도 많아 어처구니가 없을 정도였다. 모든 문제에 답을 쓴 아이는 슬라이틀리뿐이었다. 다른 아이들은 너나없이 슬라이틀리가 1등이라고 생각했다. 그러나 그의 답안지에 정답은 하나도 없었다. 안타깝게도, 엉터리 답안지를 낸 슬라이틀리가 꼴등을 차지하고 말았다.

피터는 시험을 보지 않았다. 두 가지 이유가 있었는데, 그중 하나는 웬디를 제외하고 모든 엄마들을 깔보았기 때문이다. 다른 한 가지 이유는 피터가 네버랜드에서 유일하게 글자를 읽고 쓸 줄 몰랐기 때문이다. 하지만 피터는 그런 사실을 전혀 신경 쓸 가치조차 없는 사소한 것으로 여겼다.

여하튼, 여러분은 웬디가 출제한 시험 문제들을 보면서 이상한 점을 발견했을 것이다. 그것은 시험 문제가 대부분 과거 시제로 표현되었다는 사실이다. '엄마의 눈동자는 어떤 색깔이었을까요?'처럼. 그런 점을 보면 웬디도 옛날의 기억을 점점 잊어버리고 있다는 것을 짐작할 수 있었다.

그로부터 또 얼마의 시간이 흘렀다. 네버랜드에서는 여느 때와 마찬가지로 매일같이 모험이 벌어졌다. 그런데 그 무렵 피터는 웬디의 도움을 받아 만든 새로운 놀이에 푹 빠져 있었다. 물론 피터가 언제 다시 변덕을 부려 싫증을 낼지는 아무도 알 수 없었다. 피터가 마음을 빼앗긴 새로운 놀이란, 모험거리가 없는 척하는 것이었다. 그러니까 존과 마이클이 이 섬에 오기 전에 늘 그랬던 것처럼 평범하기 짝이 없는 일들을 하면 그만이었다. 이를테면 의자에 앉아 공 던지기를 하거나, 서로 몸을 밀치며 장난을 치거나, 산책을 나갔다가 만난 회색 곰을 죽이지 않고 슬그머니 돌아오는 일 따위를 예로 들 수 있을 것이다. 피터가 이렇다 할 사건에 관여하지 않고 의자에 가만히 앉아 있는 모습은 꽤 그럴싸한 볼거리였다. 이따금 피터는 따분했지만, 자기가 얌전히 한 자리에 앉아 있는 것이 신기해 금방 즐거운 표정을 지었다. 피터는 건강을 위해 산책을 다녀왔다며 자랑을 할 때도 있었다. 그렇게 며칠 동안 이어진 새로운 놀이는 피터에게 오히려 기발한 모험과 다를 바 없었다. 존과 마이클도 피터가 놀이에 몰두하는 내내 그 곁에서 즐거운 시늉을 했다. 안 그랬다가는 피터가 심통을 부릴 것이 뻔했으니까 말이다.

피터는 종종 혼자서 밖으로 나가고는 했다. 그 사이 그가 모험을 하고 왔는지는 정확히 알 수 없었다. 피터가 외출 중에 일어난 일을 까맣게 잊고 아무 말도 하지 않을 때 밖에 나가보면 시체가 널브러져 있기도 했다. 그와 반대로 피터가 어마어마한 모험을 하고 왔다며 수다를 떨어대 밖에 나가보면 시체 따위는 보이지 않을 때도 있었다. 피터는 가끔 머리에 붕대를 친친 감고 오기도 했다. 그 때마다 웬디는 아기를 어르듯 피터를 달래면서 미지근한 물로 상처를 씻어주었다. 그러면 피터는 듣기만 해도 두 눈이 휘둥그레질 만한 모험 이야기를 해주었다. 물론 웬디가 피터의 이야기를 전부 곧이곧대로 듣지는 않았다. 하지만 의심 없이 믿을 수밖에 없는 모험 이야기도 많았다. 그 중에 어떤 이야기들은 웬디가 직접 현장을 봤기 때문에 확실한 것이었고, 다른 소년들의 증언에 따라 신빙성을 갖게 되는 이야기도 적지 않았다. 설령 완전하지는 않아도 절반쯤은 사실인 이야기 역시 꽤 많았다. 아마도 피터가 들려준 모험 이야기를 다 모아놓으면 백과사전같이 두툼한 책이 되지 않을까? 그러므로 그 가운데 우리가 전할 수 있는 이야기라고는 몇 시간 동안 일어난 사건 정도밖에 되지 않을 것이다. 다만 문제는 어떤 이야기를 고르느냐 하는 것인데, 까다롭기 짝이 없는 고민거리이다. 슬라이틀리 협곡에서 인디언과 맞붙어 벌인 싸움은 어떨까? 그 싸움은 피비린내가 진동했고, 피터의 요상한 버릇을 엿볼 수 있다는 면에서 흥미

만점이다. 피터는 한참 싸우다 말고 갑자기 편을 바꾸는 괴상한 버릇이 있었다. 그 날 슬라이틀리 협곡에서도 그랬다. 어느 한쪽의 승리를 장담하기 어려울 만큼 치열한 싸움이 벌어졌는데, 뜬금없이 피터가 큰 소리로 외쳤다.

"난 오늘 인디언 편 할래. 넌 어느 쪽이니, 투틀즈?"

"나도 인디언! 닙스, 넌?"

투틀즈는 재빨리 대답하며 닙스의 생각을 물었다. 닙스도 망설임 없이 얼른 대꾸했다.

"인디언이지! 쌍둥이는 어느 편이니?"

그렇게 그 날 슬라이틀리 협곡에서 소년들은 모두 인디언 편이 되었다. 당연히 싸움은 금방 막을 내릴 상황이었다. 진짜 인디언들이 피터의 괴상한 버릇에 반발해 '집을 잃어버린 소년들'이 되기로 작정하지만 않았어도 말이다. 결국 피비린내 나는 싸움은 계속 되었고, 시간이 갈수록 더욱 살벌해졌다.

그토록 이상야릇한 모험의 결말은 어처구니없게도……. 아, 그런데 우리가 슬라이틀리 협곡 이야기를 골라 전하기로 완전히 결정한 것은 아니었다. 어쩌면 인디언들이 땅속 집을 습격한 사건을 이야기하는 편이 더 나을지 모르겠다. 그 때 몇몇 인디언들은 나무 구멍에 몸이 끼는 바람에 오도 가도 못하게 되어 와인병에 박힌 코르크 마개처럼 빼내야 했다. 뭐,

그것도 적절치 않다면 피터가 '인어의 호수'에서 타이거 릴리의 목숨을 구해줘 친구로 삼은 이야기를 해도 괜찮을 것이다.

그 밖에도 우리가 선택할 수 있는 이야기는 더 있다. 해적들이 케이크를 만들어 소년들의 목숨을 빼앗으려고 했던 이야기는 어떨까? 해적들은 기발한 장소를 찾아 케이크를 갖다 놓았지만, 웬디가 번번이 아이들의 손에서 케이크를 낚아챘다. 그렇게 자꾸 시간이 흐르자 결국 케이크는 돌처럼 딱딱해졌고, 아이들은 그것을 집어 들어 먹기는커녕 미사일처럼 멀리 내던져버렸다. 그 바람에 후크는 캄캄한 밤에 길을 가다가 자기가 음모를 꾸몄던 케이크에 발이 걸려 넘어지기도 했다.

지금까지 예로 든 것으로 부족하다면, 피터의 친구인 '네버 새'에 관한 이야기는 어떨까? 그 새는 '인어의 호수'에 있는 나뭇가지에 보금자리를 틀었는데, 그만 둥지가 물에 빠져버리고 말았다. 하지만 그처럼 위태로운 상황에서도 어미 새는 여전히 호수에 둥둥 떠 있는 둥지 속의 알을 품었고, 그 모습을 본 피터가 절대로 새를 방해하지 말라고 소년들에게 명령을 내렸다. 어떤가, 이 이야기는 정말 따뜻한 마음을 갖게 하지 않는가? 더구나 나중에 이 이야기는 연약한 새일망정 꼭 은혜를 갚는다는 교훈까지 준다. 하지만 문제가 있다. '네버 새' 이야기를 전하려면 그 호수에서 일어난 모험에 대해 처음부터 끝까지 전부 말해야 하는 것이다. 심지어 하나가 아니라

두 가지를 말이다. 그 가운데 짧으면서도 흥미로운 이야기가 있는데, 그것은 팅커 벨이 못된 요정들과 한 패가 되어 웬디를 커다란 나뭇잎에 태운 뒤 호수에 띄워 멀리 떠나보내려고 했던 사건이다. 그러나 다행히 나뭇잎이 물속에 가라앉는 바람에 웬디가 잠에서 깨어 팅커 벨의 음모는 무산되었다. 웬디는 잠결에 목욕 시간이라고 착각하여 헤엄을 쳐서 집으로 돌아왔다.

이것도 저것도 아니라면 어떤 이야기를 고를 수 있을까? 그래, 피터가 용감히 사자들에게 맞섰던 사건을 이야기하는 것도 괜찮을 듯싶다. 그 날 피터는 화살을 이용해 자기 주변에 둥글게 원을 그린 다음 사자들에게 어디 한번 넘어와 보라며 도발했다. 화들짝 놀란 웬디와 소년들은 커다란 나무 뒤에 몸을 숨긴 채 어떤 일이 벌어질지 지켜볼 수밖에 없었다. 그러나 피터가 몇 시간이나 기다렸지만, 사자들은 단 한 마리도 그의 도전을 받아들이지 못했다.

자, 이만하면 다양한 모험 이야기를 알게 되었을 것이다. 그럼 그 가운데 무엇을 선택할까? 선뜻 어느 이야기 하나를 고르지 못하겠다면 제비뽑기를 하는 수밖에 없다.

잠시 뒤, 제비뽑기를 한 결과 선택된 것은 '인어의 호수' 이야기였다. 물론 어떤 사람들은 슬라이틀리 협곡 이야기나 해적의 케이크 이야기, 또는 팅커 벨이 웬디를 물에 띄워 멀리

보내려고 했던 나뭇잎 이야기를 더욱 흥미롭게 생각할 것이
다. 제비뽑기 대신 동전던지기를 해서 그 이야기들 가운데 다
른 하나를 결정한다고 해도 시시하게 여겨질 리는 없다. 그럼
에도 분명히 말하건대, 처음 선택된 '인어의 호수' 이야기를
그대로 하는 편이 가장 공정한 결론이라고 할 것이다.

인어의 호수

　운이 좋은 사람이라면, 눈을 감았을 때 그 형체를 정확히 알기는 어려워도 푸르스름한 웅덩이 같은 것이 어둠 속에 떠도는 모습을 이따금 보게 될 것이다. 그러면 눈을 좀 더 꼭 감아보자. 순간 웅덩이의 색깔과 형체가 한결 선명해지는 것을 느끼게 된다. 거기서 한 번 더 감은 눈에 힘을 주면, 모든 것이 불타오르는 듯하면서 이 호수가 보인다. 다름 아닌 '인어의 호수'이다. 만약 눈을 더욱 세게 감을 수 있다면, 파도가 보이고 인어들의 노랫소리도 들릴 것이다.

　아이들은 기나긴 여름 동안 이 호수를 즐겨 찾았다. 모두 어울려 수영을 하거나, 그저 둥둥 물 위에 떠다니거나, 물속에서 인어 놀이를 하며 시간을 보냈다. 그렇다고 인어들이 아이들에게 친밀감을 느꼈다고 말할 수는 없다. 오히려 그 반대라고 하는 편이 옳을 것이다. 웬디는 네버랜드에 머무는 동안 인어들에게 다정한 말 한마디를 들은 적이 없었다. 훗날 웬디는 그것을 가장 서운하게 생각했다. 웬디가 발소리를 죽이며 호숫가에 다가가보면 대략 십여 마리의 인어들을 볼 수 있었다. 인어들은 자주 '버려진 자들의 바위'에 올라앉아 일광욕을 즐기거나 한가하게 머리를 빗어 내리고는 했다. 인어들은 틀림없이 그 바위를 가장 마음에 들어 하는 것 같았다. 웬디는 발끝으로 살금살금 물살을 헤치며 인어들이 있는 곳 1미터 앞까지 바짝 다가가본 적도 있었다. 그 때 인어들은 웬디가 전혀 반갑지 않은지 순식간에 물속으로 첨벙 뛰어들어 꼬리를 휘휘 내저었다. 그 바람에 웬디는 물벼락을 맞았는데, 아무리 생각해봐도 일부러 그런 것이 분명했다.

인어들은 소년들에게도 쌀쌀맞게 굴었다. 오직 피터만 예외였다. 피터는 가끔 '버려진 자들의 바위'에 앉아 인어들과 몇 시간씩 수다를 떨어대고는 했다. 심지어 인어들이 건방지게 굴기라도 하면 피터가 엉덩이로 꼬리를 깔고 앉아 짓눌러 버렸다. 언젠가 한번은 인어들의 빗을 가져와 웬디에게 건넨 적도 있었다.

인어들은 달이 떠오를 무렵 가장 인상적인 모습을 보여주었다. 그 시각이 되면 인어들은 도무지 정체를 알 수 없는 괴이한 울음소리를 냈다. 그것은 이제 호수가 위험한 장소로 돌변한다는 신호였다. 웬디는 우리가 이야기하려는 그 날 밤이 될 때까지, 한 번도 달빛이 비치는 '인어의 호수'를 본 적이 없었다. 어쩌다 보니 그렇게 되었을 뿐 호수가 무서워서 그런 것은 아니었다. 어차피 웬디가 달밤의 호수를 보고 싶어 했다면 피터가 함께 가주었을 테니까 말이다. 웬디가 그처럼 늦은 시각에 호수에 가보지 않은 까닭은 저녁 7시까지 모두 잠자리에 들어야 한다는 엄격한 규칙을 세워두고 있었기 때문이다.

웬디는 비가 그쳐 날이 활짝 개면 종종 호수에 갔다. 그런 날에는 여느 때보다 훨씬 많은 인어들이 물 위로 모습을 드러내 공놀이를 하듯 신나게 물방울을 갖고 놀았다. 인어들은 무지개의 일곱 색깔을 이용해 물방울을 만들었는데, 그것을 서로 꼬리로 튕기면서 공처럼 주고받았다. 여기서 한 가지 주의할 것은 물방울이 무지개에서 멀리 벗어나지 않도록 신경써야 한다는 점이다. 왜냐하면 그럴 경우 물방울의 무지개 빛깔이 쏙 빠져버렸기 때문이다. 인어들은 무지개 양쪽 끝에 골문도 만들었다. 꼬리와 더불어 손을 사용할 수 있는 권한은 골키퍼에게만 주어졌다. 이따금 수백 마리나 되는 인어들이 나타나 여기저기서 그와 같은 게임을 동시에 즐길 때도 있었는데, 그야말로 눈앞에 장관이 펼쳐졌다.

그러나 인어들은 한참 재미있게 놀다가도 아이들이 나타나 놀이에 끼려고 하면 눈 깜짝할 새 사라져버렸다. 아이들은 별

수 없이 자기들끼리 놀아야 했다. 하지만 인어들은 어디로 멀리 사라진 것이 아니었다. 인어들은 가까운 곳에 숨어 아이들을 몰래 훔쳐보며, 그 훼방꾼들의 놀이를 배우기도 했다. 이를테면 물방울을 머리로 튕기는 것 역시 아이들을 따라하다가 익힌 기술이었다. 존이 공중에 떠다니는 물방울을 손이나 발이 아닌 머리로 치받았는데, 그것을 본 인어들이 금세 흉내를 냈던 것이다. 결국 그 기술은 존이 네버랜드에 남긴 유일한 업적이 되었다.

섬의 아이들에게는 특별한 습관이 하나 있었다. 아이들은 점심식사를 마친 뒤 30분 동안 바위에서 쉬었는데, 그 풍경이 꽤나 아름다웠다. 웬디는 진짜로 점심식사를 했든, 가짜로 점심식사를 했든 이 휴식 시간을 꼭 가져야 한다고 주장했다. 따라서 점심식사가 끝나면 아이들은 너나없이 햇볕을 쬐이며 바위 위에 누워 있었다. 그 때 웬디는 곁에 앉아 아이들의 몸이 햇살을 받아 반짝거리는 것을 유심히 지켜보았다.

그 날도 점심 식사를 마친 뒤, 아이들은 모두 '버려진 자들의 바위' 위로 올라가 자리를 잡고 누웠다. 그 바위는 땅속 집의 침대와 비교해 결코 크다고 할 수 없었다. 하지만 아이들은 이미 좁은 공간을 여럿이 나눠 쓰는 요령을 잘 알고 있었다. 아이들 중 몇몇은 이내 낮잠에 빠져들었고, 몇몇은 그냥 눈을 감은 채 햇살을 즐겼다. 그러다가도 웬디가 다른 데로 시선을 돌리면 서로 꼬집으면서 장난을 쳐댔다. 그 사이 웬디는 바느질감을 꺼내들어 바쁘게 손을 놀리기 시작했다.

그런데 웬디가 바느질에 여념이 없을 무렵, 호수에 돌연 변화가 일어났다. 멀리서부터 잔물결이 계속 일렁이는가 싶더니 해가 사라지고 어두운 그림자가 호수에 드리워졌다. 날씨도 쌀쌀해지면서 수온까지 낮아졌다. 웬디는 캄캄해서 바늘에 실을 꿸 수가 없었다. 이리저리 주위를 휘둘러보니, 방금 전까지 따사로운 햇살을 받으며 포근히 웃던 호수가 두려움이 느껴질 만큼 험악한 표정을 짓고 있었다.

분명 벌써 밤이 된 것은 아니었다. 밤처럼 어두운 무언가가 찾아온 것이다. 차라리 얼른 모습을 드러냈다면 그만큼 두렵지는 않았을지 모른다. 미지의 존재는 자신을 내보이지 않은 채 멀리서 일렁이는 물살만 흘려보내고 있었다. 도대체 그 정체가 무엇이란 말인가?

문득 웬디는 '버려진 자들의 바위'에 얽힌 온갖 이야기들이 생각났다. 애당초 '버려진 자들의 바위'라는 것은 못된 선장들이 마음에 들지 않는 선원들을 이곳에 버려두고 갔다고 해서 붙여졌던 이름이다. 당시 선원들은 바위에서 오도 가도 못하는 신세로 있다가 물이 차오르면 그대로 익사했다고 한다.

웬디는 더 이상 머뭇거리지 말고 아이들을 깨워야 했다. 도무지 정체를 알 수 없는 미지의 존재가 스멀스멀 다가오는 탓도 있었지만, 차가운 바위에 누워 오랫동안 잠을 자는 것이 건강에 악영향을 미치기 때문이기도 했다. 하지만 실은 웬디가 그와 같은 생각을 해서 아이들을 깨운 것은 아니었다. 웬디는 아직 초보 엄마라 그런 문제까지 일일이 알지는 못했다. 다만 점심식사 후 30분 휴식이라는 규칙을 꼭 지켜야 한다고 생각했을 뿐이다. 그런 까닭에 돌변한 호수를 바라보며 두려움을 느껴 진작 사내아이들을 깨워서 씩씩한 목소리를 듣고 싶었는데도 꾹 참았던 것이다. 심지어 어딘가에서 희미하게 노 젓는 소리가 들려오고, 공포에 질린 심장이 방망이질을 하는데도 웬디는 소년들을 깨우지 않았다. 웬디는 어떤 일이 있어도 아이들이 30분 동안 편안한 휴식 시간을 가질 수 있도록 곁을 지켜야 한다고 다짐했다. 어쩌면 그렇게 담대할 수 있단 말인가!

그런데 다행히 잠을 자면서도 위험의 낌새를 알아차릴 수 있는 한 사람이 있었다. 다름 아닌 피터가 사냥개처럼 눈을 번뜩이며 자리에서 벌떡 일어났다. 그는 재빨리 주변을 살피고 나서 우렁차게 고함을 질러 잠든 아이들을 깨웠다. 그리고는 한 손을 귀에 대고 온 신경을 집중한 채 가만히 서 있었다.

"해적들이다!"

피터가 곧 소리를 내지르자, 소년들이 그 곁으로 모여들었다. 피터의 얼굴에는 알 듯 모를 듯한 묘한 미소가 번졌다. 그 모습을 본 웬디가 부들부들 몸을 떨었다. 피터의 얼굴에 그런 미소가 번질 때는 누구도 감히 말을 붙이지 못했다. 다만 어떤 명령이 떨어지기만을 기다릴 따름이었다. 금세 짧고 위엄 있는 명령이 내려졌다.

"모두 잠수!"

아이들이 일제히 피터의 명령을 따르자 호수가 텅 빈 것처럼 느껴졌다. '버려진 자들의 바위'는 그 자신이 버림받은 것처럼 보였다. 바위는 으스스한 분위기가 감도는 호수 위에 저 홀로 자리를 지키고 있었다.

잠시 뒤, 작은 배 한 척이 바위 쪽으로 다가왔다. 해적들의 쪽배였다. 거기에는 스미와 스타키, 그리고 포로로 잡힌 타이거 릴리가 타고 있었다. 손과 발이 꽁꽁 묶인 타이거 릴리는 머지않아 자신에게 닥칠 운명을 직감했다. 그녀는 바위에 혼자 남겨져 죽임을 당할 예정이었다. 그것은 인디언들에게 화형을 당하거나 고문을 당해 죽는 것보다 훨씬 참혹한 최후였다. 인디언들의 지침서 어디에도 물속에는 행복한 사냥터로 가는 길이 나 있다고 설명되지 않았기 때문이다. 그럼에도 타이거 릴리는 전혀 동요하지 않고 무덤덤한 표정을 내보였다. 그녀는 추장의 딸이었으므로, 그에 어울리게 의연한 자세로 죽음을 맞이해야 했다. 그러면 그나마 안타까움이 덜했다.

얼마 전 타이거 릴리는 칼을 입에 물고 해적선에 잠입했다가 생포되었다. 당시 해적선에는 망을 보는 해적이 없었다. 후크가 자신의 이름이 알려져 사방 1킬로미터 이내에는 어느 누구도 얼씬거리지 못할 것이라고 큰 소리를 쳤기 때문이다. 머지않아 타이거 릴리까지 죽고 나면 후크 선장의 해적선은 더욱 안전해질 것이 틀림없었다. 밤이 되면 비명과 함께 찾아들 또 한 명의 최후에 관한 소문이 후크의 악명을 한층 더 널리 퍼져나가게 할 것이다.

그런데 뜻밖의 문제가 발생했다. 해적들의 쪽배가 자신들이 몰고 온 어둠에 파묻힌 '버려진 자들의 바위'를 미처 발견하지 못해 그대로 충돌하고 만 것이다.

"어이쿠, 미련한 놈! 어서 뱃머리를 돌려!"

아일랜드 억양으로 스미가 소리쳤다.

"뭐, 어쨌든 바위에 도착했잖아. 이제 이 인디언을 바위에 내려놓기만 하면 돼. 그러면 저절로 물에 빠져 죽을 테니 복잡하게 생각할 것 없어."

스타키는 스미의 말을 따르지 않았다.

아, 아름다운 여인을 아무도 없는 바위에 홀로 남겨두고 떠나겠다니 정말 잔인하기 짝이 없는 노릇이었다. 그러나 누구보다 자존심이 센 타이거 릴리는 미동도 하지 않았다.

그 때, 해적들이 눈치채지 못하는 사이에 바위 근처에서 두 개의 머리가 위아래로 움직이고 있었다. 피터와 웬디였다. 웬디는 난생 처음 목격하는 비극 앞에서 울음을 터뜨렸다. 피터는 그런 일을 수없이 봐왔지만, 기억에 남은 것은 하나도 없었다. 웬디처럼 타이거 릴리를 측은하게 여기지도 않았다. 다만 해적 두 명이 한 사람을 괴롭히고 있다는 사실에 화가 치밀었을 뿐이다. 그래서 피터는 별다른 고민 없이 타이거 릴리를 구해주기로 작정했다. 해적들이 바위를 떠난 뒤에 그 결심을 실천하면 간단한 일이었지만, 잠자코 기다렸다가 쉬운 방법을 선택할 피터가 아니었다.

피터는 헛기침을 몇 번 하더니 후크 선장의 목소리를 그럴싸하게 흉내냈다. 세상에 못할 일이 없는 피터였다.

"이봐, 거기 조무래기들!" 그것은 누가 들어도 피터가 아니라 후크의 목소리였다.

"아, 선장님이다!"

해적들은 깜짝 놀라며 서로의 얼굴을 바라보았다.

"여기로 헤엄쳐 오고 있나 봐."

스타키가 말했다. 두 해적은 재빨리 주위를 둘러보았으나 후크는 보이지 않았다.

"지금 인디언을 바위에 올려놓고 있습니다! 보이세요?"

스미가 손나발을 만들어 크게 소리쳤다.

"인디언을 풀어줘라!"

그것은 두 해적이 상상조차 하지 못한 명령이었다.

"아니, 인디언을 그냥 풀어주라고요?"

"그래, 손발을 묶은 밧줄을 풀고 놓아주어라!"

"하지만 선장님……."

"내 명령에 자꾸 토를 달 건가! 쇠갈고리에 한번 찍혀볼래?"

"거참, 귀신이 곡할 노릇이네."

스미가 한숨을 내쉬며 중얼거렸다.

"뭐, 따질 것 없어. 선장님이 시키는 대로 하면 그만이야."

스타키가 불안해하며 재촉했다.

"어쩔 수 없군. 그렇게 하자고."

스미가 곧 타이거 릴리의 손과 발을 묶은 밧줄을 풀었다. 그 순간 타이거 릴리는 스타키의 가랑이 사이로 몸을 날려 얼른 호수 속으로 사라져버렸다. 그 모습은 마치 뱀장어가 스르르 물속으로 달아나는 것 같았다.

웬디는 피터의 꾀에 놀라움을 감추지 못했다. 피터가 신바람이 나서 언제나처럼 "꼬끼오!" 하고 소리치기 위해 입술을 움찔거렸다. 그 순간 웬디는 정체가 탄로나 모든 일이 수포로 돌아갈까 봐 냉큼 손을 뻗어 피터의 입을 막으려고 했다. 그런데 웬디의 손이 도중에 그만 얼어붙고 말았다. "이봐, 거기 배!" 하는 후크의 목소리가 호수에 울려 퍼졌기 때문이다. 이번에는 정말로 피터가 흉내를 낸 것이 아니었다.

방금 전까지만 해도 "꼬끼오!" 소리를 내려던 피터의 얼굴이 일그러졌다. 방심하다가 기습을 당한 꼴이었다.

"이봐, 거기 배!"

또다시 후크의 고함 소리가 들려왔다.

그제야 웬디도 무슨 일이 일어났는지 알아챘다. 진짜 후크 선장이 호수에 나타났던 것이다.

스미와 스타키가 등불을 비추어 쪽배의 위치를 알렸다. 그 덕분에 후크는 별 어려움 없이 금세 쪽배가 있는 곳에 다다랐다. 웬디는 후크의 쇠갈고리가 뱃전을 꽉 움켜쥐는 모습을 똑똑히 지켜보았다. 그리고 곧 시체처럼 거무스름해 음산하기 짝이 없는 얼굴이 물을 뚝뚝 흘리며 쪽배로 올라오는 모습도 목격했다. 웬디는 잔뜩 겁에 질려 당장이라도 그곳을 벗어나고 싶었다. 하지만 피터는 꼼짝하지 않았다. 아니, 오히려 후크가 나타나자 용기와 자심감이 불타오르는 듯 생기가 넘쳐흘렀다.

"난 정말 대단해! 그렇지 않아?"

피터가 웬디에게 속삭였다. 웬디도 그 말에 고개를 가로저을 마음은 없었다. 단지 피터에 대한 다른 사람들의 평가를 생각하면, 자기만 그 이야기를 들은 것이 다행이라고 생각했다.

그 때 피터가 웬디에게 해적들의 대화를 잘 들어보라며 신호를 보냈다. 먼저 바위에 도착한 두 해적은 선장이 왜 찾아 왔는지 궁금했다. 하지만 후크는 이렇다 할 설명 대신 쇠갈고 리를 이마에 댄 채 뭔가 골똘히 생각에 잠긴 자세로 앉아 있 었다.

"선장님, 무슨 문제라도 있나요?"

스미와 스타키가 슬며시 눈치를 살피며 물었다. 그러나 후 크는 여전히 아무 말 없이 공허한 신음소리만 내뱉었다.

"그냥 한숨만 쉬시는걸."

스미가 중얼거렸다.

"이런, 또 한숨을 쉬시잖아."

스타키가 말했다.

"아이고, 벌써 세 번째야. 한숨을 쉬시는 게 말이야."

스미가 다시 입을 열었다. 두 해적은 참다못해 다시 한 번 후크에게 물었다.

"대체 무슨 일이세요, 선장님?"

그러자 후크가 마침내 땅이 꺼질 듯 탄식했다.

"이제 게임은 끝났어. 꼬맹이 녀석들에게 엄마가 생겼거 든."

그들의 대화를 엿들으며 웬디의 가슴은 쉴 새 없이 콩닥거 렸다. 그럼에도 소년들에게 엄마가 생겼다는 후크의 말은 가 슴을 뿌듯하게 했다.

"거참, 골치 아프게 됐군요!"

스타키가 괜히 머리를 만지며 말했다.

"엄마가 뭔데요?"

별로 아는 것이 없는 스미가 물었다. 그 말을 들은 웬디는 더 이상 입을 다물고 있을 수 없었다.

"세상에! 어떻게 엄마가 뭔지 모를 수 있어?"

그 날 이후 웬디는 만약 해적을 한 명 키울 수 있다면 스미를 선택하겠다고 다짐했다.

그 때, 피터가 다짜고짜 웬디를 물속으로 끌어내렸다. 후크가 얼핏 웬디의 말을 들었기 때문이다.

"방금 무슨 소리 들렸지?"

"아니요, 전 아무 소리도 못 들었는걸요."

스타키가 후크의 물음에 고개를 갸우뚱하며 호수 위로 등불을 비추었다. 그리고 주위를 두리번거리다가 이상한 것을 발견했다. 그것은 앞서 이야기했던, 호수 위를 둥둥 떠다니는 네버새의 둥지였다. 네버새는 여전히 알을 품고 있었다.

"저걸 봐. 저게 바로 엄마야. 아마도 저 둥지는 나무에 있다가 어떤 위험에 맞닥뜨려 호수로 떨어졌겠지. 그렇지만 어미 새가 둥지를 버릴 리 없어. 머지않아 새끼가 태어날 알이 있으니까. 어때, 정말 감동적이지 않아?"

후크가 네버새의 둥지를 가리키며 스미에게 말했다. 그리고 그는 순간 침묵에 잠겼다. 잠시나마 순진하기 그지없었던 자신의 옛날 모습이 떠올랐기 때문이다. 불과 몇 초 만에 그런 나약한 마음을 떨쳐내고자 쇠갈고리를 휘휘 내저었지만 말이다.

후크의 이야기를 들은 스미는 감동에 젖은 눈으로 호수에 떠 있는 네버새의 둥지를 가만히 바라보았다. 잠시 동안 찾아온 고요를 깨며 의심 많은 스타키가 다시 말문을 열었다.

"꼬맹이들에게 엄마가 생겼다면, 피터를 도와주려고 이 주변을 서성거릴지도 모르겠군요."

후크가 그 말을 듣고 몸을 움찔했다.

"그래, 그럴 수 있어. 그런 두려움이 내 머릿속에서 떠나질 않아."

후크의 낯빛이 더욱 어두워졌다. 그가 가까스로 기운을 되찾은 것은 들뜬 목소리로 스미가 외친 한마디 덕분이었다.

"선장님, 녀석들의 엄마를 납치해서 우리의 엄마로 삼으면 되잖아요."

"뭐라고? 그것 참 기막힌 작전인걸!"

후크는 맞장구를 치며 스미의 말을 반겼다. 그리고 곧바로 영악한 머리를 굴려 구체적인 계획을 짰다.

"일단 아이들을 전부 잡아 배로 데려가는 거야. 그 다음에 꼬맹이들을 뱃전에 덧대놓은 널빤지 위를 걷게 해서 물에 빠져 죽게 한 뒤 엄마를 빼앗으면 돼.”

후크는 이렇게 계획을 밝히며 스스로 만족스러워했다. 그이야기를 들은 웬디가 또다시 자기도 모르게 소리를 내질렀다.

“안 돼! 절대 안 돼!”

그리고 웬디는 위험을 느껴 물속으로 냉큼 몸을 숨겼다.

“이게 무슨 소리야?”

후크는 두 눈을 동그랗게 뜨고 주위를 둘러보았다. 그러나 아무것도 눈에 띄지 않자 나뭇잎이 바람에 흩날린 소리일 것이라고 판단했다. 그가 부하들을 바라보며 물었다.

“어때, 내 계획이? 모두 내 말대로 움직이겠지?”

“그럼요, 이 손을 걸고 맹세하겠습니다!”

스미와 스타키가 손을 들어 보이며 한목소리로 대답했다.

“좋아, 그럼 나는 이 쇠갈고리를 걸고 맹세하지.”

해적들은 그렇게 ‘버려진 자들의 바위’에서 사기를 드높였다. 그 때 갑자기 후크는 타이거 릴리가 생각났다.

“그 인디언은 어디 있지?”

후크가 물었다.

스미와 스타키는 후크가 농담을 한다고 생각했다. 왜냐하면 이전에도 그런 경우가 가끔 있었기 때문이다.

“다 잘됐으니까 걱정 마세요. 금방 풀어줬습니다.”

스미가 거리낌 없이 대답했다.

"뭐, 풀어줬다고?"

후크가 화들짝 놀라며 고함을 쳤다.

"선장님이 그렇게 하라고 명령을 내리셨잖아요."

스미가 이번에는 약간 당황한 기색을 보이며 대답했다.

"맞아요, 선장님이 저쪽에서 인디언을 풀어주라고 소리치셨어요."

스타키가 스미를 거들고 나섰다.

"이런 가증스런 놈들! 감히 나한테 거짓말을 해?"

후크는 화가 치밀어 얼굴이 붉으락푸르락해졌다. 그런데 부하들의 표정을 아무리 살펴봐도 자신을 속이는 것 같지는 않았다. 후크가 아쉬움에 한숨을 크게 내쉬고 말했다.

"난 너희들에게 그런 명령을 내린 적이 없어."

"거참, 이상한 일이네요. 우리가 귀신한테 홀렸었나?"

스미는 후크의 말에 고개를 갸우뚱거렸다. 해적들은 정체불명의 존재를 떠올리며 불안감을 느끼기 시작했다. 스미와 스타키는 안절부절못하며 허둥거렸고, 후크 역시 자꾸만 몸이 떨렸다.

"오늘 밤 어둠 속의 호수에 나타난 귀신이여, 내 말이 들리는가?"

후크가 호수를 바라보며 외쳤다. 그의 목소리에는 긴장감이 잔뜩 묻어 있었다.

그 때 피터는 잠자코 있는 편이 나았다. 하지만 도저히 그럴 수가 없었다. 피터는 냉큼 후크의 목소리를 흉내냈다.

"잘 들린다마다, 이 바보들아!"

해적들의 입장에서는 그야말로 기절초풍할 상황이었다. 그럼에도 후크는 애써 침착함을 잃지 않았다. 그와 달리 스미와 스타키는 공포에 질려 서로를 부둥켜안았다.

"대체 넌 누구냐? 정체를 밝혀라!"

후크가 명령하듯 소리쳤다.

"난 제임스 후크다. 그 유명한 졸리 로저 호의 선장이지."

피터는 계속 후크의 목소리를 흉내냈다.

"이런, 망나니 같은 놈! 너는 절대로 제임스 후크가 아니야!"

후크는 목에 핏대까지 세우며 악다구니를 썼다.

"누가 할 소리. 넌 정말 뻔뻔한 놈이로구나. 한 번만 더 내 행세를 했다가는 닻을 던져 뼈도 못 추리게 해주마."

피터는 쉽게 물러서지 않았다. 순간 후크는 무작정 화만 내서는 사태를 해결할 수 없다고 판단했다. 그래서 짐짓 목소리를 낮추며 상대를 구슬리려고 했다.

"좋아, 일단 네가 후크라고 해두지. 그럼 나는 누구란 거냐?"

언뜻 듣기에 후크의 말에서는 비굴함이 느껴질 정도였다.

"넌 대구지. 맛있는 생선 대구 말이야."

피터가 전혀 예상 밖의 대답을 했다.

"뭐야! 내가 한낱 대구라고?"

후크는 충격을 받아 정신이 멍해졌다. 그 말 한마디에 드높 았던 자존심이 와르르 순식간에 무너져 내리는 듯했다. 그는 두 부하가 슬금슬금 뒷걸음질 치며 자신에게서 멀어지는 것을 보았다.

"우리가 지금껏 대구를 선장으로 모셔왔다는 거야? 아이고, 체면 깎이게 어디 가서 하소연을 하겠어."

스미와 스타키는 서로의 얼굴을 바라보며 구시렁거렸다.

후크는 궁지에 몰리자 주인을 모른 척하는 똥개 같은 부하들 때문에 비참하기 짝이 없었다. 하지만 그들에게 매달리며 충성을 구걸하고 싶지는 않았다. 그토록 심각한 상황에 꼭 필요한 것은 부하들의 믿음이 아니라 자기 자신에 대한 믿음이었다. 후크는 자신의 용맹한 영혼이 몸에서 쑤욱 빠져나가려는 것을 느꼈다.

"제발 날 떠나지 마."

후크는 자신의 영혼에게 간곡히 호소했다.

모든 이름난 해적들이 그렇듯, 후크의 포악한 본성 속에는 여성스러운 면이 감춰져 있었다. 바로 그런 점이 이따금 뛰어난 직감을 발동시키고는 했다. 후크가 갑자기 스무고개 놀이를 떠올렸다.

"스스로 후크라고 주장하는 자여, 혹시 너는 다른 목소리를 낼 수 있나?"

후크가 짐짓 시치미를 떼며 물었다. 게임이라면 자다가도 벌떡 일어나는 피터가 눈치 없이 원래의 자기 목소리로 대답했다.

"그럼, 낼 수 있고말고."

"다른 이름도 갖고 있고?"

"그럼, 그럼."

"혹시 채소인가?"

"아니."

"혹시 광물인가?"

"아니."

"그렇다면 동물?"

"맞아."

"그럼 어른인가?"

"천만에!"

피터는 그 질문을 마땅찮아했다. 슬쩍 비웃음까지 섞어 대답했다.

"그럼 소년?"

“그래, 맞아.”

“평범한 소년인가?”

“아니!”

“그렇다면 대단한 소년인가?”

그 순간 웬디는 피터의 입에서 “그래.”라는 대답이 나올까 봐 걱정스러웠다. 예감은 그대로 적중했다.

“혹시 영국에 살고 있나?”

“아니.”

“그럼 이곳에 사나?”

“그래, 맞아.”

후크는 잇따라 질문을 던지면서도 좀처럼 갈피가 잡히지 않았다.

“너희들도 뭐든 좀 물어봐.”

후크가 땀범벅이 된 이마를 옷소매로 훔치며 부하들에게 말했다. 스미가 한동안 골똘히 생각에 잠기더니 고개를 절레절레 흔들었다.

“저는 물어볼 게 하나도 떠오르지 않는대요.”

“그렇지? 내 정체를 못 알아맞히겠지? 이제 포기하는 거야?”

스미의 말을 들은 피터가 환호성을 지르며 마구 떠들어댔다. 그러나 너무 잘난 척을 하는 바람에 꽁꽁 숨겨왔던 꼬리를 슬쩍 내보이고 말았다. 그 기회를 재빨리 포착한 후크는 피터가 더욱 안심하도록 곧장 항복 선언을 했다.

"더 이상 뭘 물어야 할지도 모르겠어. 포기할게."

해적들은 너나없이 두 손을 드는 시늉까지 해 보였다. 그러자 피터는 끝내 덫에 걸려들고 말았다.

"그럴 줄 알았어. 난 피터 팬이다!"

피터 팬이라고!

그 순간 진짜 제임스 후크는 다시 후크 선장으로 돌아왔고, 스미와 스타키도 잃어버렸던 충성심을 되찾았다.

"됐어, 이제 저 녀석은 독 안에 든 쥐야. 스미, 당장 물속으로 뛰어들어라. 스타키는 배를 지키도록 해. 죽이든 살리든 상관없으니까, 저 버릇없는 놈을 반드시 잡아와라!"

후크는 이리저리 뛰어다니며 힘차게 명령을 내렸다. 비록 정체가 탄로났지만, 피터도 지지 않고 활기차게 맞섰다.

"자, 모두 준비됐지?"

"네!"

"네!"

피터의 물음에 호수 여기저기에서 소년들의 대답이 들려왔다.

"그럼 이제 해적들을 혼내주자. 돌격!"

전투는 오래 가지 않았으나 무척 격렬했다. 맨 처음 공격을 개시한 것은 존이었다. 존은 용감하게 쪽배로 올라가 스타키를 붙잡았다. 둘은 곧 엎치락뒤치락 몸싸움을 벌였는데, 손에 들고 있던 단검을 놓친 스타키가 비틀거리며 물속으로 뛰어들었다. 그것을 본 존도 망설임 없이 스타키를 따라 물속으로 뛰어들었고, 해적들의 쪽배는 텅 빈 채 물살에 밀려 이리저리 움직였다.

호수 위 여기저기로 낯익은 머리들이 불쑥불쑥 모습을 드러냈다. 여러 차례 칼날이 부딪히면서 번쩍거렸고, 함성과 비명이 뒤섞여 들려왔다. 얼마나 요란한 전투였는지 정신없이 싸우다가 같은 편을 공격하는 일도 심심찮게 일어났다. 스미의 '코르크 따개 조니'는 투틀스의 네 번째 갈비뼈를 찔렀고, 컬리의 날카로운 칼은 스미를 공격했다. 바위에서 멀찍이 떨어진 곳에서는 스타키가 슬라이틀리와 쌍둥이를 거세게 밀어붙이고 있었다.

그렇게 치열한 전투가 벌어지는 동안 피터는 어디에 있었을까? 피터는 그 순간 가장 흥미로운 사냥감을 찾아 일격을 준비하고 있었다.

소년들은 너나없이 용감하게 싸웠다. 그러므로 해적 선장이 다가오자 아이들이 달아났다고 해서 무작정 비난할 수는 없었다. 호수로 뛰어든 후크는 쇠갈고리를 들어 물 위에 죽음의 원을 그렸다. 소년들은 차마 그 원에 뛰어들지 못한 채, 겁에 질린 물고기들처럼 뒷걸음질치기 바빴다.

하지만 단 한 명, 후크를 두려워하지 않는 사람이 있었다. 그는 후크가 쇠갈고리로 그려놓은 죽음의 원 안에 기꺼이 들어가려고 했다.

그런데 뜻밖에 둘이 마주친 곳은 물속이 아니었다. 후크가 한숨 돌리기 위해 바위를 오르는 순간, 때마침 피터도 반대쪽에서 바위에 올라오고 있었다. 물에 젖은 바위는 둥근 공처럼 미끄러워 두 사람은 자세를 바짝 낮추고 조심스럽게 기어올라야 했다. 후크와 피터는 한동안 상대방이 근처에 있는 것을 몰랐다. 그러다가 저마다 바위의 틈새를 잡으려고 손을 내젓다 서로의 팔을 붙들고 말았다. 둘은 깜짝 놀라 고개를 들었고, 비로소 상대방을 확인했다. 두 사람은 거의 얼굴이 맞닿을 만큼 가까이 있었다.

흔히 위대한 영웅들은 바로 그와 같은 일촉즉발의 순간에 가슴이 쿵 내려앉는 듯한 묘한 기분을 맛본다고 털어놓는다. 피터 역시 후크와 맞닥뜨리면서 비슷한 감정을 느꼈다고 해도 틀린 말이 아니다. 어쨌든 피터 앞에 나타난 해적은 악명 높은 외다리 선장 존 실버가 쩔쩔맸던 유일한 사람이니까. 그렇지만 결코, 피터는 후크를 두려워하지 않았다. 오히려 기쁨을 느꼈다고 이야기하는 편이 옳다. 피터는 어여쁘게 반들거리는 젖니를 뽀드득 갈더니, 후크의 벨트에서 재빨리 칼을 낚아채 찌르려고 했다. 하지만 그 순간 피터는 자기가 상대보다 높은 곳에 자리잡고 있다는 사실을 깨달았다. 그렇게 되면 설령 승리한다고 해도 정정당당한 결투였다는 평가를 받을 수 없었다. 피터는 후크에게 손을 내밀어 자기가 와 있는 위치로 올라서게 했다.

바로 그 때, 예기치 못한 일이 벌어졌다. 후크가 다짜고짜 피터의 손을 깨문 것이다. 피터는 고통스럽다기보다 후크의 비겁한 행동에 당황했다. 그저 얼빠진 모습으로 멍하니 후크를 쳐다볼 뿐, 달리 어떻게 해야 할지 갈피를 잡지 못했다. 그것은 난생 처음 부당한 대접을 받은 아이들이 충격을 받아 흔히 내보이는 반응이었다. 아이들은 자기가 상대방을 정당하게 대하면, 당연히 자신도 상대방으로부터 그와 같은 대접을 받을 권리가 있다고 믿는다. 그럼에도 많은 사람들이 아이들에게 부당한 처신을 해 상처를 주고는 한다. 물론 시간이 흘러 그들은 다시 아이들로부터 사랑을 받을 수 있지만, 단언컨대 옛날에 알던 그 아이가 결코 아닐 것이다. 특히 사람들은 누구나 세상에 태어나 처음 겪은 부당한 대접을 잊지 못한다. 다만 한 사람, 피터는 그렇지 않았다. 피터는 이전부터 종종 그와 같은 부당한 대접을 받아왔으나 금세 잊어버렸다. 그것이 바로 피터가 다른 아이들과 분명히 다른 점이었다.

하지만 아무리 그렇다고 해도, 피터는 또다시 부당한 대접을 받으며 충격에 빠졌다. 그에게는 그것이 세상에 태어나 처음 겪는 일이나 마찬가지였기 때문이다. 피터는 어떻게 해야 좋을지 몰라 휘둥그레진 눈으로 후크의 얼굴을 빤히 쳐다볼 뿐이었다. 그 순간, 후크의 쇠갈고리가 두 번씩이나 피터를 할퀴려고 달려들었다.

그로부터 몇 분 뒤, 후크가 허우적대며 죽어라 헤엄치는 모습이 소년들의 눈에 띄었다. 그의 음산한 얼굴에서 의기양양했던 표정은 흔적조차 없이 사라졌다. 차라리 공포에 질려 있다는 것이 정확한 표현이었다. 후크의 뒤를 살펴보니, 지난날 오른손을 집어삼킨 악어가 맹렬하게 쫓아오고 있었다. 아마도 여느 때 같았으면 소년들이 악어를 응원하며 헤엄쳐 따라갔을 것이다. 하지만 그 때는 그럴 만한 여유가 없었다. 피터와 웬디가 보이지 않았기 때문이다. 소년들은 서둘러 두 사람의 이름을 소리쳐 부르면서 호수 이곳저곳을 뒤지고 다녔다.

"피터 대장! 웬디 엄마!"

그러나 아무런 대답도 들리지 않았다. 얼핏 인어들이 조롱하듯 웃어대는 소리만 들려올 뿐이었다.

"두 사람 다 무사할 거야. 헤엄을 치든 날아서든 이미 집으로 돌아갔을지 몰라."

소년들은 피터와 웬디를 찾지 못하자 이렇게 결론을 내렸다. 피터에 대한 믿음이 워낙 깊었기 때문에 불안한 내색을 보이지도 않았다. 그들은 천생 아이들이었다. 피터와 웬디를 언제 찾아다녔느냐는 듯, 그 날 밤에는 늦게 잠자리에 들어도 되겠다며 키득거렸다. 진짜 그런 일이 일어난다고 해도 그것은 웬디 엄마의 잘못이었다.

어느새 호수에는 소년들의 기척이 사라졌다. 무거운 침묵만이 싸늘한 분위기를 자아내고 있었다. 그 때 어디선가 지친 목소리가 들려왔다.

"도와줘! 제발 도와줘!"

가만 보니 자그마한 두 개의 형체가 힘겹게 바위를 기어오르고 있었다. 한 소년이 기절한 소녀를 품에 안고 있었는데, 말하나 마나 피터와 웬디였다. 피터는 남은 힘을 다해 웬디를 바위 위로 끌어올린 뒤 그 옆에 나란히 누웠다. 눈앞이 뿌옇게 흐려지면서 금방이라도 정신을 잃을 듯 기진맥진했다. 그런데 그처럼 심각한 상황에서도 물이 점점 차오르는 것이 보였다. 피터는 얼마 지나지 않아 바위가 완전히 물속에 잠길 것을 직감했지만, 아무것도 할 수가 없었다.

피터와 웬디는 하릴없이 바위 위에 누워 있었다. 운명의 시간이 가까이 다가올 무렵, 인어 한 마리가 웬디의 발을 붙잡아 슬며시 물속으로 끌어당겼다. 순간 자기 곁에서 웬디가 물속으로 미끄러져 들어가는 것을 느낀 피터가 번쩍 정신을 차려 겨우겨우 제자리로 옮겨놓았다. 웬디는 가까스로 의식을

되찾았다. 피터는 더 이상 웬디에게 사실을 말하지 않을 도리
가 없었다.

"웬디, 우리는 지금 바위 위에 있어. 그런데 바위가 점점
작아지고 있지. 물이 차오르고 있거든. 우리는 곧 물속에 잠
겨버릴 거야."

피터가 걱정스럽게 말했지만, 웬디는 아직 상황을 이해하
지 못했다.

"그럼 어서 집으로 가야지."

웬디가 유쾌하게 말했다.

"그래, 가야지."

피터의 목소리는 힘이 하나도 없었다.

"우리 헤엄쳐서 갈까? 아니면 날아서 갈까?"

웬디가 다시 천진난만하게 물었다. 피터는 영 내키지 않았
지만, 상황을 좀 더 자세히 설명할 필요가 있었다.

"웬디, 내가 도와주지 않아도 혼자 헤엄치거나 날아서 집까
지 갈 수 있겠어?"

그제야 웬디는 심상찮은 분위기를 느꼈다. 사실 지칠 대로
지친 웬디가 혼자 힘으로 집에 돌아가는 것은 쉽지 않은 일이
었다. 그 때 피터가 자기도 모르게 "으윽!" 하고 신음소리를
내뱉었다.

"왜 그래, 피터?"

웬디가 불안해하며 물었다.

"웬디, 잘 들어. 난 지금 너를 도와줄 수 없어. 후크에게 당해 상처를 입었거든. 당장은 날지도 못하고 헤엄치지도 못해."

"그럼 우리 둘 다 이대로 물에 빠져 죽는 거야?"

"아마도……. 주위를 둘러봐. 여전히 물이 차오르고 있잖아."

피터와 웬디는 차마 물이 차오르는 것을 지켜볼 수 없어 두 손으로 얼굴을 가렸다. 두 사람은 머지않아 모든 것이 끝장이라고 생각했다. 그렇게 아무런 대책도 없이 얼마나 앉아 있었을까? 뭔가가 키스하듯 피터의 볼에 살포시 달라붙었다. 마치 "내가 도울 일은 없을까?" 하고 나지막이 묻는 것 같았다.

그것은 다름 아닌 연의 꼬리였다. 며칠 전에 마이클이 만들어 날리다가 줄을 놓쳐 잃어버렸던 바로 그 연이었다.

"마이클의 연이로군."

피터는 처음에 심드렁하게 말했다. 하지만 곧 무슨 생각이 났는지, 얼른 꼬리를 붙잡아 자기 쪽으로 연을 끌어당겼다.

"웬디, 마이클이 이 연을 몸에 달고 날아올랐잖아! 그러니까 너도 한번 해보면 어떨까?"

"그래, 우리 함께 해보자!"

웬디는 새로운 희망을 찾은 듯 밝게 소리쳤다. 그러나 피터가 손사래를 쳤다.

"그건 안 돼, 웬디. 마이클이랑 컬리가 해봤잖아."

"그럼 제비뽑기를 하자."

웬디는 순순히 그 연을 차지하려고 하지 않았다.

"넌 여자잖아. 내가 어떻게 그럴 수 있어."

피터는 고개를 가로저으며 웬디의 몸에 재빨리 연의 꼬리를 감기 시작했다. 그러자 웬디가 피터의 팔에 매달리며 혼자서는 절대 가지 않겠다고 고집을 부렸다. 하지만 피터도 물러서지 않았다. 피터는 "안녕, 잘 가!"라는 인사와 함께 웬디를 바위에서 힘껏 밀어버렸다. 웬디의 몸은 공중으로 붕 떠올라 금방 시야에서 사라졌다. 마침내 피터는 호수에 홀로 남겨졌다.

그 시각 바위는 아까보다 더 작아졌다. 당장이라도 물속에 잠길 것 같았다. 그 때 호수 위로 희미한 빛이 드리우더니 이내 잦아들었다. 잠시 뒤에는 세상에서 가장 아름다우면서도 애처로운 노랫소리가 들려왔다. 그것은 인어들이 달을 부르는 소리였다.

다른 소년들과 비교할 수 없이 용감한 피터도 두려움에 시달렸다. 파도가 일렁이는 것처럼 피터의 온몸에 전율이 퍼졌다. 단 파도는 쉴 새 없이 반복되지만, 피터는 오직 한 번 전율을 느꼈을 뿐이다. 피터는 작아진 바위 위에 우뚝 올라섰다. 그의 얼굴에 웬 일인지 미소가 번졌고, 가슴속에는 용기를 북돋듯 쿵쿵 북소리가 울려 퍼졌다.

"죽는 것도 정말 멋진 모험일 거야."

가슴속의 북소리는 마치 이렇게 말하는 것 같았다.

네버새

피터가 완전히 홀로 남겨졌다고 생각한 것은 인어들이 하나둘 호수 속 침실로 들어가는 소리를 듣고 난 뒤였다. 물론 그곳이 멀리 떨어져 있어 침실 문이 닫히는 소리까지 들은 것은 아니었다. 하지만 인어들이 사는 산호 동굴에는 문마다 작은 종이 달려 있어 들고 날 때마다 종소리가 났다. 인어들이 침실로 들어갔다고 피터가 추측한 것은 그 종소리를 들었기 때문이다.

피터가 서 있는 바위 위로 물이 계속 차올랐다. 마침내 발목이 잠길 정도였다. 피터는 호수가 자신을 완전히 삼키기를 기다리며 멍하니 앞을 바라보았다. 그 때 호수 위에 홀로 떠다니는 어떤 물체가 눈에 띄었다. 피터는 그것이 연에서 떨어져 나온 종잇조각일 것이라고 짐작했다. 그는 그 물체가 땅과 접한 호숫가에 다다르는 데 얼마쯤 시간이 걸릴까 곰곰이 생각해보았다. 그 모습이 얼핏 한가해 보이기까지 했는데, 달리 어떻게 해볼 도리가 없었기 때문이다.

그런데 피터는 곧 호수 위의 물체를 바라보며 고개를 갸우뚱거렸다. 그것은 하릴없이 호수 위에서 이리저리 흘러 다니는 것이 아니라, 어떤 목적을 갖고 물살에 맞서는 것처럼 보였다. 물살을 거스르는 것은 결코 쉽지 않았지만, 그 물체는 최선을 다해 자기가 가고자 하는 방향으로 움직이기 위해 애썼다. 그 때마다 피터는 열렬히 응원의 박수를 보내주었다. 그는 원래 약자 편을 드는 것을 좋아했다.

잠시 뒤, 피터는 그 물체가 연에서 떨어져 나온 종잇조각이 아닌 것을 알게 되었다. 그것은 둥지에 올라탄 채 피터가 있는 곳으로 오려고 안간힘을 쓰는 네버새였다. 네버새는 둥지가 호수에 떨어진 후 몇 가지 생존 방식을 터득했는데, 날갯짓을 해 스스로 둥지가 떠가는 방향을 조종할 수 있는 것도 그 중 하나였다. 그런데 네버새는 오랜 시간 물살에 맞서느라 몹시 지쳐 있었다. 사실 네버새는 피터를 구하기 위해 자신의 둥지를 내줄 작정으로 다가왔던 것이다. 둥지 속에는 정성껏 품어오던 알이 들어 있었는데 말이다. 아무리 생각해봐도 쉽게 이해되지 않는 상황이었다. 그동안 피터가 네버새에게 도움을 주기도 했지만, 못살게 굴었던 적도 적지 않았기 때문이다. 달링 부인을 비롯해 여러 사람들이 그랬던 것처럼, 네버새도 피터의 어여쁜 젖니에 마음이 약해진 것이라고 생각할 수밖에 없었다.

네버새는 피터에게 자기가 물살을 거스르며 찾아온 까닭을 얘기했다. 그런데 피터는 그 말을 듣는 둥 마는 둥 지금 무엇을 하고 있느냐고 소리쳐 물었다. 둘은 서로의 언어를 전혀 알아듣지 못했다. 물론 상상으로 꾸며낸 이야기들 속에서는 사람과 새 사이에 아무런 문제 없이 말이 통한다. 네버랜드에서 일어난 이런저런 사건들을 전하고 있는 나로서도 피터와 네버새가 자연스럽게 말이 통하는 것으로 묘사할까 잠시 고민했다. 하지만 뭐니 뭐니 해도 진실이 최선이니, 실제로 일어난 일만을 전하는 것이 바람직하다. 피터와 네버새는 서로의 말을 알아듣지 못했을 뿐만 아니라 대화의 에티켓도 망각한 상태였다.

"둥, 지, 에, 올, 라, 타, 라, 고!"

네버새는 피터가 알아듣기 쉽게 또박또박 소리쳤다.

"둥, 지, 에, 올, 라, 타, 면, 땅, 과, 맞, 닿, 은, 호, 숫, 가, 로, 갈, 수, 있, 어. 지, 금, 내, 가, 너, 무, 지, 쳤, 기, 때, 문, 에, 그, 리, 로, 못, 가, 니, 까, 네, 가, 여, 기, 로, 헤, 엄, 쳐, 오, 라, 고."

하지만 네버새가 아무리 천천히 말해도 피터는 알아듣는 기색이 아니었다.

"도대체 뭐라고 떠들어대는 거야? 왜 평소처럼 물살이 이끄는 대로 둥지를 가만 놔두지 않지?"

피터가 혼잣말로 중얼거렸다.

"둥, 지, 에, 올, 라, 타, 라, 고……."

네버새는 방금 했던 말을 다시 한 번 되풀이했다. 피터도 네버새의 흉내를 내 또박또박 천천히 물었다.

"도, 대, 체, 뭐, 라, 고, 떠, 들, 어, 대, 는, 거, 냐, 고?"

둘 사이에 그와 같은 한심한 대화가 몇 번이나 반복되었다. 원래 성질이 급한 네버새는 더 이상 참지 못해 화가 치밀어 올랐다.

"야, 이 어리석은 꼬맹아! 널 도와주려는데 왜 시키는 대로 하지 않는 거야?"

네버새의 목소리가 호수 위로 쩌렁쩌렁 울려 퍼졌다. 피터는 그 말을 듣고 자기한테 욕을 한다고 생각해 짜증스럽게 맞장구를 쳤다.

"누가 할 소리를 네가 하는 거야!"

뜻밖에 그 다음에는 둘이 같은 말을 동시에 내뱉었다.

"입 닥쳐!"

"입 닥쳐!"

그런데 그와 같은 상황에서도 네버새는 피터를 구해주고 싶었다. 잠시 뒤, 네버새는 남은 힘을 모두 쏟아 둥지를 바위

쪽으로 몰았다. 그리고는 알들을 그냥 내버려둔 채 둥지에서 훌쩍 날아올랐다. 그것은 자신의 호의를 좀 더 분명하게 내보이는 행동이었다.

그제야 피터는 네버새의 의도를 알아차렸다. 피터는 둥지를 꽉 움켜잡고 공중에서 빙빙 맴을 돌고 있는 네버새에게 고맙다는 뜻으로 손을 흔들었다. 하지만 네버새는 인사를 받기 위해 둥지 곁을 멀리 떠나지 않은 것이 아니었다. 피터가 둥지에 잘 올라타는지 걱정스러워 빙빙 맴을 돌며 지켜본 것도 아니었다. 단지 네버새는 피터가 자신의 알들을 어떻게 처리할지 궁금했던 것이다.

네버새의 둥지에는 큼지막한 흰색 알이 두 개 놓여 있었다. 피터가 그 알들을 집어들더니 곰곰이 생각에 잠겼다. 그 모습을 본 네버새는 알들이 무참히 내던져질 것이라고 짐작해 얼른 날개로 얼굴을 가렸다. 그러면서도 완전히 외면할 수는 없어 실눈을 뜬 채 날개 너머로 상황을 살폈다.

네버랜드에서 일어난 이런저런 사건들을 전하고 있는 내가 '버려진 자들의 바위'에 말뚝 하나가 박혀 있다는 얘기를 했던가? 그것은 옛날에 해적들이 보물을 묻은 자리를 표시하려고 꽂아두었던 것이다. 그런데 그만 그 자리가 소년들에게 발각되고 말았다. 소년들은 심심할 때면 바위를 찾아와 금화와 은화, 다이아몬드, 진주 같은 보물을 갈매기들한테 던지며 놀았다. 순간 갈매기들은 그것이 먹잇감인 줄 알고 달려들었다가 이내 속은 것을 알고는 불같이 화를 내며 날아가 버렸다. 바로 그 말뚝이 여전히 바위 한쪽에 박혀 있었다. 또한 그 말뚝 위에는 얼마 전 스타키가 씌워 놓은 모자가 바람이 불 때마다 가볍게 흔들렸다. 그것은 챙이 넓고 속이 깊은 방수용 모자였다. 피터는 문득 모자를 떠올리며 둥지 밖으로 나가더니, 그 안에 알들을 넣고 호수에 띄웠다. 모자는 불안감이 전혀 느껴지지 않을 만큼 평화롭게 호수 위를 둥둥 떠다니기 시작했다.

둥지 위 공중에서 맴을 돌며 피터의 행동을 지켜보던 네버새는 가슴이 뭉클했다. 네버새는 재빨리 하늘로 날아올라 큰 소리로 지저귀며 고마움을 전했다. 피터도 자신의 행동에 스스로 감탄을 금치 못해 "꼬끼오!" 소리를 몇 번이나 내질렀다. 그리고는 다시 네버새의 둥지에 올라탔다. 이번에는 바위에 있던 말뚝까지 뽑아와 돛대 삼아 꽂고, 셔츠를 벗어 돛처럼 매달았다. 같은 시각 네버새는 피터가 호수에 띄워준 모자에 내려앉아 또다시 알들을 정성껏 품었다. 피터와 네버새는 환호성을 지르며 각자가 원하는 방향으로 유유히 흘러갔다.

잠시 뒤, 호숫가에 다다른 피터는 자기가 타고 온 둥지를 땅으로 끌어올려 네버새의 눈에 잘 띌 만한 곳에 놓아두었다. 하지만 네버새는 그 둥지를 되찾을 생각이 전혀 없었다. 새로 갖게 된 모자 둥지가 더없이 마음에 들었기 때문이다. 결국 원래의 둥지는 이리저리 치이다가 산산조각 부서지고 말았다. 스타키는 종종 호숫가에 나와 네버새가 자신의 모자를 둥지로 삼은 것을 보고는 씁쓸한 미소를 지었다. 아마도 네버새 이야기는 앞으로 더 이상 등장하지 않을 것이다. 따라서 마지막으로 이 말만은 하고 넘어가는 것이 좋겠다. 호수에서 그 일이 있고 난 후, 모든 네버새들이 챙이 넓은 모자 모양의 둥지를 짓게 되었다는 사실 말이다. 모자 둥지는 알에서 깨어난 새끼들이 넓은 챙에 앉아 바람을 쐬기에도 안성맞춤이었다.

피터가 땅속 집으로 돌아오자, 아이들은 시끌벅적 환호성을 지르며 기뻐했다. 먼저 연을 타고 출발해 이리저리 헤맸던 웬디도 조금 전에 도착해 있었다. 소년들은 저마다 하루 동안 겪었던 모험담을 이야기하고 싶어 입이 근질거렸다. 그러나 그 중에서도 가장 박진감 넘치는 모험은 밤늦도록 잠자리에 들지 않고 깨어 있다는 사실이었다. 그럼에도 아이들은 좀 더 늦게 잠들고 싶어 별것 아닌 상처에까지 붕대를 감아달라는 등 온갖 잔꾀를 부렸다. 웬디도 처음에는 모두 무사히 집에 돌아왔다는 것이 기쁠 따름이었다. 하지만 잠자리에 들 시간이 한참 지나자 더는 참지 못하고 버럭 소리를 질렀다.

"침대로 가, 어서! 침대로!"

물론 다음날 웬디는 다시 상냥한 엄마로 돌아왔다. 전날 밤 아이들이 엄살을 부린 것을 알고 있었지만, 일일이 상처를 살펴보고 모두 붕대를 감아주었다. 그러자 아이들은 팔걸이 붕대까지 한 채 절룩절룩 집 안을 들쑤시고 다니며 다시 잠자리에 들 시각까지 신나게 놀았다.

행복이 가득한 집

호수에서 해적들과 사이에 일어났던 일은 중요한 변화를 가져왔다. 그 중 가장 주목할 만한 것은 아이들이 인디언들과 친구가 되었다는 사실이다. 피터가 위기에 처했던 타이거 릴리의 목숨을 구해주었으니 당연한 결과였다. 이제 타이거 릴리와 그녀의 용맹한 전사들은 피터를 위해서라면 무슨 일이든 하겠다고 마음먹었다. 그들은 매일 밤마다 땅속 집 위에서 보초를 서기도 했다. 언제 닥칠지 모를 해적들의 기습 공격에 대비했던 것이다. 나아가 낮에도 화려하게 장식한 기다란 담뱃대를 입에 물고, 마치 먹을거리라도 찾는 양 땅속 집 주위를 서성거렸다.

인디언들은 피터를 '위대한 백인 아버지'라고 불렀다. 그리고 존경의 마음을 담아 그 앞에 납작 몸을 낮추고는 했는데, 피터는 그 모습을 볼 때마다 매우 흡족해했다. 그런데 어느 면에서는 그와 같은 변화가 피터에게 좋지 않은 영향을 끼치는 듯했다. 인디언들이 몸을 낮춰 굽실거릴 적마다 피터는 한껏 거드름을 피웠다.

"나, 위대한 백인 아버지는 기쁘기 그지없다. 피카니니 전사들이 해적들의 위협으로부터 나의 집을 지켜주니 더없이 든든하구나."

그러면 타이거 릴리가 겸손하게 대꾸하곤 했다.

"내 목숨을 위대한 백인 아버지 피터 팬께서 구해주셨습니다. 저는 이제 당신의 둘도 없는 친구입니다. 해적들이 해코지를 못하도록 지켜드리겠습니다."

타이거 릴리는 공주이자 매우 아름다운 여전사였다. 그런 사람이 스스로 자신을 낮추는데도 피터는 당연한 일이라는 듯 거만한 표정을 거두지 않았다. 오히려 기분이 더욱 들떠 왕이라도 된 양 안하무인으로 행세했다.

"피터 팬이 가로되, 마땅히 그렇게 해야지."

피터가 "피터 팬이 가로되" 하고 이야기를 시작하면 인디언들은 입을 꾹 다물고 한마디라도 놓칠세라 귀를 쫑긋 세워야 했다. 하지만 인디언들은 그와 같은 존경심을 피터에게만 가졌을 뿐, 다른 소년들은 무덤덤하게 대했다. 자기들 사이에서 평범한 전사를 대하듯 어쩌다 얼굴이 마주쳐도 "잘 지냈니?" 하며 간단한 인사만 건넬 따름이었다. 소년들은 그것이 내심 불쾌했는데, 피터가 그 점에 대해 아무런 문제도 삼지 않아 더욱 서운했다.

실은 웬디도 소년들의 서운한 마음을 십분 이해했다. 하지만 가정주부로서 누구보다 충실하기를 바랐던 웬디는 아빠에 대한 어떤 불평에도 맞장구를 치지 않았다. 자신이 엄마라면 피터는 아빠였던 셈이니까.

"아빠가 잘 알아서 해결하시겠지."

웬디는 속마음을 드러내는 대신 이렇게 아이들을 타일렀다. 그런데 웬디라고 해서 못마땅한 점이 없는 것은 아니었다. 웬디는 인디언들이 자기를 "아줌마!"라고 부르는 것이 영 짜증스러웠다.

하여튼, 이제 마침내 그 날 밤에 관한 이야기를 할 때가 되었다. 아이들은 훗날 그 날 밤을 일컬어 '밤 중의 밤'이라고 불렀다. 단언컨대, 그 때 빠져들었던 모험과 그로 인해 빚어진 결과가 가히 최고라고 할 만했기 때문이다. 그 날 낮은 폭풍 전야처럼 여느 날과 다름없이 평온했다. 저녁이 되자 인디언들은 담요를 뒤집어쓴 채 땅속 집 위에서 보초를 섰고, 아이들은 집 안에서 저녁식사를 했다. 마침 피터는 몇 시인지 시간을 알아보기 위해 밖에 나가 있었다. 네버랜드에서 정확한 시간을 알 수 있는 방법은 하나밖에 없었다. 우선 시계를 삼킨 악어를 찾아낸 다음, 시계종이 울릴 때까지 그 옆에서 기다려야만 했다.

그 날의 저녁식사 메뉴는 가짜 차였다. 아이들은 식탁에 둘러앉아 벌컥벌컥 차를 마셔대는 시늉을 했다. 그리고는 어찌나 시끄럽게 떠들어대는지 곁에 있는 웬디의 귀가 따갑게 느껴질 정도였다. 엄마 웬디는 그처럼 떠들썩한 아이들의 수다를 기꺼이 들어주었다. 하지만 투틀즈가 남의 물건을 슬쩍 낚아채고 나서 다른 사람이 팔꿈치를 미는 바람에 그렇게 되었다며 핑계를 대는 것은 참을 수 없었다. 땅속 집에는 식사 시간에 서로 몸싸움을 벌여서는 안 된다는 엄격한 규칙이 있었기 때문이다. 만약 식사 중에 문제가 생기면 가만히 오른손을 들고 나서 "지금 저한테 이런저런 불만이 있습니다."라고 엄마에게 공손히 말해야 했다. 하지만 아이들은 그와 같은 규칙을 종종 까먹거나, 툭하면 손을 들어 식사 자리가 시장통처럼 변하기 일쑤였다.

"조용! 모두 조용히!"

웬디는 야단법석을 떠는 아이들에게 엄하게 주의를 주었다. 무려 20번쯤 그 소리를 반복한 뒤에야 집 안은 가까스로 조용해졌다.

"슬라이틀리, 차는 다 마셨니?"

웬디가 물었다.

"아니요, 아직 조금 남았어요."

슬라이틀리는 짐짓 상상의 찻잔을 들여다보며 대답했다. 그 때 닙스가 갑자기 끼어들었다.

"그렇지 않아요. 슬라이틀리는 찻잔에 입도 대지 않았는걸요."

그것은 친구를 난처하게 만드는 고자질과 다를 바 없었다. 슬라이틀리도 가만있지 않았다.

"저는 닙스에게 불만이 있어요."

그러나 그와 동시에 존이 번쩍 오른손을 들었다.

"무슨 일이니, 존? 말해보렴."

웬디가 존을 바라보며 물었다.

"피터의 의자에 앉아도 될까요? 마침 자리가 비어 있으니까 말이에요."

"뭐, 아빠의 의자에 앉겠다고? 존, 그건 절대로 안 돼!"

웬디가 버럭 화를 냈다.

"피터는 진짜 우리 아빠가 아니잖아요. 내가 알려주기 전에는 아빠가 어떤 역할을 하는지도 몰랐다고요."

존은 쉽게 물러설 생각이 없어 보였다. 그런 행동은 무작정 불평을 늘어놓는 것과 다를 바 없었다. 그 때 쌍둥이가 나섰다.

"우리는 존에게 불만이 있습니다."

그 말을 들은 존의 낯빛이 붉어졌다.

이번에는 투틀즈가 다짜고짜 손을 들었다. 투틀즈는 아이들 중에서 가장 겸손한 성품을 지니고 있었다. 아니, 어느 때 보면 투틀즈 말고는 겸손함을 아는 아이가 하나도 없는 것처럼 보이기도 했다. 그래서 웬디는 투틀즈를 대하면서 자주 상냥한 미소를 지었다.

"저는 아빠가 되지 못할 것 같아요……."

투틀즈가 기어들어가는 목소리로 말했다.

"아니, 왜? 그렇지 않단다, 투틀즈."

웬디가 투틀즈의 말에 손사래를 쳤다.

평소 투틀즈는 여간해서 수다를 떨어대는 법이 없었다. 그런데 일단 말문을 열었다 하면 엉뚱한 방향으로 화제를 돌리는 습관이 있었다. 그의 시선이 마이클에게 향했다.

"아무래도 난 아빠가 될 수 없을 것 같아. 그래서 말인데 마이클, 너 대신 내가 아기가 되면 안 될까?"

"싫어!"

마이클은 단칼에 투틀즈의 제안을 거절했다. 마이클은 일찌감치 아기 침대인 바구니 안에 들어가 있었다.

"내가 아기가 될 수 없다면, 쌍둥이는 어떨까?"

투틀즈는 점점 더 진지해졌다.

"그건 안 돼! 쌍둥이 되기가 얼마나 힘든 줄 알아?"

쌍둥이의 대답도 싸늘했다.

"그럼 나는 결코 중요한 사람이 될 수 없다는 거잖아. 혹시 내가 마술하는 것을 보고 싶지는 않니?"

"아니, 싫어!"

투틀즈의 물음에 이번에는 아이들이 모두 한 목소리로 외쳤다.

"실은…… 나도 그럴 거라고 짐작했어."

투틀즈는 힘없이 중얼거리며 말문을 닫았다. 그러자 기다렸다는 듯 아이들은 시끌벅적 고자질을 쏟아내기 시작했다.

"엄마, 슬라이틀리가 불결하게 식탁에서 기침을 해요."

"쌍둥이가 몰래 애플파이를 먹었어요."

"컬리가 빵하고 버터를 다 가져갔어요."

"닙스는 입 안에 음식을 가득 넣은 채 떠들어대고 있어요."

"저는 쌍둥이한테 불만이 있습니다."

"저는 컬리한테 불만이 있습니다."

"저는 닙스가 하는 짓이 마음에 안 듭니다."

아이들은 잠시도 쉬지 않고 떠들어댔다. 그러자 가만히 듣고 있던 웬디는 자기도 모르게 한숨이 새어나왔다.

"휴우, 애들이 정신을 쏙 빼놓네. 차라리 아이를 키우지 않고 사는 여자들이 부러운걸."

웬디는 아이들에게 이제 그만 식탁을 치우라고 말했다. 그리고 자기는 바느질감을 넣어둔 소쿠리 앞으로 가서 앉았다.

언제나 그렇듯 그 소쿠리 안에는 구멍 난 양말 따위들이 가득 들어 있었다.

그 때 마이클이 투덜대는 소리가 들려왔다.

"누나, 나도 어느덧 아기 바구니에서 잠을 자기 힘들 만큼 컸어."

"그런 말 하지 마. 아기 바구니에는 아기가 있어야 해. 가장 어린 네가 아니면 누가 아기가 되겠니? 아기가 없는 집은 너무 썰렁해 보인단 말이야."

웬디는 고민의 여지도 없다는 투로 딱 잘라 말했다.

웬디가 바느질을 하는 동안 아이들은 곁에서 마음껏 뛰어놀았다. 벽난로에서 비춰지는 은은한 불빛에 행복하게 웃고 떠들며 춤을 추는 아이들의 몸짓이 환하게 일렁거렸다. 그것은 이제 땅속 집에서 전혀 새로울 바 없는 일상적인 풍경이었다. 하지만 그런 모습을 보는 것도 이번이 마지막이었다.

잠시 뒤, 땅 위에서 발소리가 들렸다. 그 인기척을 가장 먼저 알아챈 사람은 웬디였다.

"애들아, 아빠의 발소리가 들리는구나. 모두 문 앞으로 나가 인사하면 좋아하실 거야."

그 시각 땅 위에서는 여느 때와 다름없이 인디언들이 피터 앞에 몸을 낮추고 있었다.

"피터 팬이 가로되, 한눈팔지 말고 보초를 잘 서도록 해."

피터는 인디언들에게 이렇게 거들먹거린 뒤 나무 구멍으로 향했다. 그리고 땅속 집으로 내려오는 순간, 장난기가 발동한 아이들이 피터의 발목을 잡아 아래로 확 끌어당겼다. 그런 일은 이전에도 자주 있었기 때문에 큰 문제가 아니었으나, 앞으로는 다시 보지 못할 장면이었다.

피터의 손에는 아이들을 위해 가져온 나무 열매가 들려 있었다. 그리고 웬디에게는 악어를 만나 알아온 시간을 얘기해 주었다.

"자꾸 군것질거리를 갖다 주면 아이들의 버릇이 나빠져요, 피터."

웬디가 주부처럼 슬며시 잔소리를 했다.

"알았어, 여보."

피터는 심드렁하게 대꾸하며 벽에다 총을 걸어두었다.

"방금 '여보'라고 하는 소리 들었어? 내가 피터한테 그걸 가르쳐줬지."

마이클이 컬리에게 나직이 말했다. 그러자 컬리가 냅다 오른손을 들더니 혼잣말처럼 떠들어댔다.

"저는 마이클에게 불만이 있습니다."

그 때 쌍둥이 중 형이 피터에게 다가갔다.

"아빠, 춤추고 싶어요."

"그래, 네 마음껏 춤을 추거라."

피터는 기분이 좋아 목소리에 생기가 넘쳤다.

"아니요, 아빠도 함께 춤을 춰야 해요."

사실 피터의 춤 솜씨는 아이들 가운데 최고였다. 그렇지만 일부러 난처한 표정을 지으며 거절하는 시늉을 했다.

"나도 같이 춤을 추자고? 에이, 아빠는 나이가 들어서 뼈가 우두둑거릴 거야."

피터가 손사래까지 쳤지만, 아이들은 쉽게 물러서지 않았다.

"괜찮아요. 그리고 엄마도 함께 춤을 춰요."

"뭐라고? 엄마는 집안일이 산더미 같은데 한가하게 춤은 무슨 춤."

웬디 역시 선뜻 아이들의 제안을 받아들이지 않았다.

"엄마, 그래도 오늘은 토요일 밤이잖아요."

슬라이틀리가 웬디 곁에서 다시 한 번 넌지시 춤을 권했다.

그런데 그 날은 딱 꼬집어 토요일 밤이라고 하기 어려웠다. 어쩌면 맞을 수도 있지만, 오래 전부터 날짜를 헤아리지 않았기 때문에 정확하지 않았던 것이다. 다만 아이들은 뭔가 특별한 일을 하고 싶을 때마다 토요일 밤이라며 생색을 내고는 했다.

"맞아, 토요일 밤에는 춤을 좀 춰도 괜찮아. 그렇지요, 피터?"

웬디는 아까보다 한결 너그러워졌다.

"우리처럼 나이 먹은 사람들이 춤은 무슨 춤이야."

피터가 고개를 가로저었다.

"뭐, 어때요? 우리 식구끼리 노는 건데."

"맞아요, 아빠."

아이들이 일제히 웬디를 거들고 나섰다. 그제야 피터도 못 이기는 척 춤추는 것을 허락했다. 단, 그 전에 모두 잠옷으로 갈아입어야 한다는 조건이 있었다.

"여보!"

피터는 아이들이 잠시 물러나자 벽난로 앞에서 불을 쬐었다. 그러다가 문득 뒤꿈치에 구멍이 난 양말을 깁고 있던 웬디를 불렀다. 피터의 말이 이어졌다.

"하루 종일 힘들었던 일과를 마치고 난롯가에 앉아 쉬면서 어린 자식들의 재롱을 지켜보는 것만큼 행복한 일이 또 있을까?"

"그럼요, 이런 게 진정한 행복이죠. 그렇고말고요."

웬디도 피터에 말에 백 퍼센트 공감했다. 두 사람은 계속 다정다감하게 이야기를 나누었다.

"피터, 컬리의 코는 당신을 닮았어요."

"마이클은 당신을 쏙 빼닮았잖아."

웬디는 피터에게 다가가 어깨에 손을 얹었다.

"피터, 이렇게 눈코 뜰 새 없이 바쁘게 아이들을 키우다 보니 꽃다웠던 나의 시절이 다 지나가버렸어요. 당신은 내가 한결같은 모습이기를 바랄 테지요?"

"그럼, 웬디. 당연하지"

피터는 분명히 아내의 변화를 원하지 않았다. 그런데 문득 피터가 자는지 깨어 있는지 모를 사람처럼 어정쩡하게 눈을 깜빡이며 웬디를 바라보았다.

"무슨 일 있어요, 피터?"

웬디가 물었다.

"갑자기 어떤 생각이 떠올랐어. 이건 모두 가짜야. 그저 흉내를 내고 있을 뿐이라고. 내가 저 아이들의 아빠라는 건 진짜가 아니야. 그렇지?"

피터는 목소리를 높여가며 이야기했다. 그 순간 웬디의 표정이 새침하게 변했다.

"응, 맞아."

웬디의 말투도 차가워졌다.

"그래, 내가 저 아이들의 진짜 아빠라면 지금보다 훨씬 늙어야 할 거야."

피터는 말을 이으며 살짝 미안해하는 기색이 엿보였다. 웬디가 현실로 돌아와 피터를 설득했다.

"그렇지만 저 애들은 우리 자식이야. 너하고 나의 아이들이라고, 피터.”

“하지만 분명히 진짜는 아니잖아, 웬디?”

피터가 눈치를 살피듯 조심스럽게 물었다.

“물론 네가 원하지 않는다면 그렇지.”

웬디가 싸늘하게 대꾸했다. 피터는 안도의 한숨을 내쉬었고, 웬디의 귀에 그 소리가 들렸다. 웬디가 전에 없이 진지하게 물었다.

“피터, 넌 나에 대해 어떤 감정을 갖고 있니? 확실하게 말해줘.”

“그야…… 착한 아들이 엄마한테 갖는 그런 감정이지, 뭐.”

“내가 그럴 줄 알았어.”

웬디는 이렇게 말하고 방 한쪽 구석으로 가서 쪼그려 앉았다. 피터가 괜히 머리를 긁적였다.

“정말 이해가 안 돼, 웬디. 타이거 릴리도 너랑 다르지 않았어. 걔도 나한테 뭔가 중요한 사람이 되고 싶다는 이야기를 했지. 그런데 내 엄마는 되고 싶지 않다더라고.”

피터는 도무지 갈피를 못 잡겠다는 듯 고개를 갸우뚱거렸다.

“그래, 어련하겠어. 어떻게 엄마일 수 있겠니!”

웬 일인지 웬디가 목청을 높이며 힘주어 대꾸했다. 여기서 우리는 웬디가 왜 인디언들에게 좋지 않은 선입견을 갖게 됐는지 짐작할 수 있을 것이다.

"엄마가 아니라면, 대체 뭐가 되고 싶은 건데?"

"그건 숙녀 입으로 얘기할 수 없어."

"쳇, 맘대로 해! 팅커 벨이라면 말해주겠지."

피터는 슬그머니 짜증이 났다.

"아마도 그럴 거야. 팅커 벨이라면 부끄러운 줄도 모르고 수다를 떨어댈 테지. 버림받은 꼬맹이 주제에 말이야."

웬디는 비아냥거리듯 말했다.

그 때 팅커 벨은 자기 침실에서 둘의 대화를 엿듣고 있었다. 어지간하면 가만히 있으려고 했는데, 자신을 조롱하는 듯한 웬디의 말에 더는 참지 못하고 요정들의 언어로 소리를 질러댔다.

"팅크는 버림받은 것을 기쁘게 받아들이고 있다는데."

피터가 웬디에게 요정들의 언어를 통역해주었다. 문득 피터에게 어떤 생각이 떠올랐다.

"맞아, 팅크는 나에게 엄마가 되어주고 싶어 할지 몰라."

그러나 팅커 벨은 그 이야기를 듣자마자 냉큼 소리를 내질렀다.

"이런, 바보 멍청이!"

그 말만큼은 웬디도 통역 없이 알아들을 수 있었다. 팅커 벨이 벌써 몇 번이나 그와 같이 말하는 것을 들어왔기 때문이다.

"그건 나도 같은 생각이야!"

무슨 까닭인지 이번에는 웬디가 팅커 벨의 말에 동감을 표시하며 매섭게 쏘아붙였다. 착한 웬디가 그처럼 발끈하는 경우는 매우 드물었다. 그것은 그만큼 속상할 때가 많았다는 증거였다. 하지만 웬디는 그 날 밤 어떤 일이 벌어질지 알지 못했다. 만약 앞일을 대강 짐작이라도 했더라면 그렇게 쏘아붙이지는 않았을 것이다.

그 날 밤에 일어날 사건을 미리 알지 못한 것은 웬디만이 아니었다. 차라리 모르는 편이 나았다고 말할 수도 있다. 덕분에 아이들은 한 시간 동안 더 즐겁게 놀 수 있었으니까. 더구나 그것은 섬에서 보낸 마지막 한 시간이었다. 거듭 말하건대 한 시간, 그 안의 60분을 즐겁게 보냈다는 것은 다행스러운 일이었다. 아이들은 잠옷으로 갈아입은 뒤 신바람나게 노래를 부르고 춤을 추었다. 아이들의 노래는 오금이 저릴 만큼 무서운 내용이었으나, 한편으로는 무척 재미있기도 했다. 아이들은 자기 그림자를 보고 괜히 놀라는 시늉을 하며 즐거워하기도 했다. 그런데 그것이 머지않아 닥칠 사건을 예견했던 것일까? 곧 아이들은 시늉이 아니라 실제로 등골이 오싹해질 일에 맞닥뜨려야 했다. 어디선가 어두운 그림자가 스멀스멀 아이들을 향해 다가오고 있었다.

아무튼 운명의 시간이 다가오기 전까지 아이들은 시끌벅적 요란하게 까불어댔다. 침대 위를 오르락내리락하면서 몸을 흔들어대는 것은 예사였다. 때로는 베개를 장난감삼아 들고 다녔는데, 그러면 춤이 아니라 베개 싸움이 벌어지기 일쑤였다. 잠깐 지친 몸을 쉬느라 얌전히 있다가도 이내 누군가 또 다시 베개를 집어던지며 야단법석을 떨었다. 마치 다시는 만나지 못할 사이처럼 아이들은 신나게 놀고 또 놀았다. 누구도 좀처럼 자리를 털고 일어서지 못했다. 그런 분위기는 잠들기 전 웬디가 이야기를 들려줄 무렵까지 달라지지 않았다. 그날 밤은 누가 시킨 것도 아닌데 아이들끼리 진작 두런두런 이야기를 나누기 시작하더니, 슬라이틀리마저 자기가 이야기를 해주겠다고 나섰다. 하지만 슬라이틀리의 이야기는 시작부터 지루하기 짝이 없어 스스로 먼저 질려버리고 말았다. 슬라이틀리가 실망감을 감추지 못하며 씁쓸하게 말했다.

"내가 생각해도 시작부터 참 따분해. 그냥 여기가 끝이라고 할게."

그러자 아이들은 드디어 웬디의 이야기를 듣기 위해 침대에 누웠다. 그 날 밤 웬디가 들려준 것은 아이들이 가장 좋아하는 이야기였으나, 피터만은 끔찍하게 싫어했다. 따라서 웬디가 그 이야기를 해줄 때면 피터는 귀를 틀어막거나 아예 방에서 나가버렸다. 이번에도 피터가 두 가지 행동 중 하나를 선택했다면, 아마도 아이들 모두 아직 네버랜드에 살고 있을

지 모른다. 그런데 뜻밖에도 그 날 밤 피터는 자신의 의자에
앉아 있었다.

자, 과연 피터와 아이들에게는 어떤 일이 일어났던 것일
까?

웬디가 들려준 이야기

"모두 잘 들으렴."

웬디가 이야기를 들려주기 시작했다. 마이클은 웬디의 발치에서, 일곱 명의 소년들은 침대에서 너나없이 이야기에 빠져들었다.

"옛날에 한 신사가 있었어요."

"난 숙녀가 나오면 더 좋겠는데."

컬리가 다짜고짜 이야기에 끼어들었다.

"난 흰 쥐가 나오는 게 좋아."

닙스도 가만있지 않았다. 웬디가 빙그레 미소지으며 아이들을 타일렀다.

"모두 조용! 곧 숙녀도 나온단다. 그리고…….""

"정말 숙녀가 나와요? 설마 숙녀가 죽는 건 아니겠죠?"

웬디의 주의에도 아랑곳없이 쌍둥이 중 형이 큰 소리로 물었다.

"그래, 죽지 않는단다."

웬디가 다정하게 대답했다.

"와, 그렇다면 안심이에요. 죽지 않는다니까 너도 기쁘지, 존?"

투틀즈도 얌전히 있지 못하고 입을 열었다.

"응, 나도 기뻐."

"너도 기쁘지, 닙스?"

"뭐, 나도 그런 편이야."

"쌍둥이도 기쁠 테지?"

"그럼, 그럼. 우리는 많이 기뻐."

아이들은 갑자기 수다를 떨어대느라 바빴다. 그 모습을 보며 웬디는 자기도 모르게 "휴!" 하고 한숨을 내쉬었다. 피터가 보다 못해 버럭 고함을 질렀다.

"조용히 해! 모두 입 다물지 못하겠어?"

앞서 말했듯, 피터는 웬디가 이번에 들려주려는 이야기를 좋아하지 않았다. 하지만 웬디가 이야기를 하지 못하게 된 상황을 그냥 두고 볼 수는 없었다.

피터의 도움 덕분에 웬디는 가까스로 이야기를 다시 시작했다.

"신사의 이름은 달링 씨고, 숙녀의 이름은 달링 부인이었어요."

"그 사람들, 나는 잘 알아."

웬디가 한숨을 내쉰 지 얼마나 됐다고, 존이 다시 끼어들었다. 존은 다른 아이들에게 잘난 척을 하고 싶었다.

"나도 아는 사람들 같은데."

마이클이 고개를 갸웃거리며 말했다. 웬디가 크게 신경쓰지 않고 계속 이야기를 이어갔다.

"두 사람은 결혼한 부부 사이였어요. 자, 그럼 머지않아 두 사람한테 뭐가 생겼을까요?"

"흰 쥐요!"

닙스가 의기양양하게 대답했다.

"땡! 틀렸어요."

"너무 어려운 문제예요, 엄마."

그 이야기의 내용을 전부 알고 있는 투틀즈가 투정을 부리듯 말했다.

"투틀즈, 닙스, 잘 들으렴. 달링 부부에게는 세 명의 자식들이 생겼단다."

웬디가 정답을 말해주었다.

"자식이 뭐예요?"

쌍둥이가 물었다.

"너희 두 사람도 부모님의 자식이 되는 거지."

"들었어, 존? 나도 자식이래."

쌍둥이 중 형이 어깨를 으쓱하며 말했다.

"자식이란 건 그냥 아이들이나 마찬가지야."

존이 시큰둥하게 대꾸했다.

"이런, 모두 내 이야기를 좀 더 들어보렴."

웬디가 또다시 가볍게 한숨을 내쉬었다. 그렇게 이야기가 계속되었다.

"달링 부부의 세 아이에게는 믿음직한 보모 나나가 있었어요. 그런데 어느 날 달링 씨가 나나한테 화가 나서 마당으로 끌고 가 묶어두었지 뭐예요. 그 바람에 세 아이는 어디론가 멀리 날아가 버리게 되었지요."

"이야, 정말 재밌는걸!"

웬디의 이야기에 흠뻑 빠져든 닙스가 환호성을 질렀다. 웬디는 흐뭇한 미소를 지으며 이야기를 이어갔다.

"세 아이가 날아간 곳은 네버랜드였어요. 그곳에는 '집을 잃어버린 소년들'이 살고 있었지요."

"내가 그럴 줄 알았어. 어떻게 알았는지 몰라도, 틀림없이 방금 전에 그런 생각을 했다니까."

컬리가 잔뜩 들떠서 이야기에 끼어들었다.

"웬디 엄마, '집을 잃어버린 소년들' 중에 투틀즈라는 아이도 있나요?"

투틀즈가 눈빛을 반짝거리며 물었다.

"그럼, 있고말고."

웬디가 친절하게 대답했다.

"야호! 내가 엄마의 이야기에 등장하는구나. 들었지, 닙스?"

"쉿! 이제 조용."

웬디가 아이들을 다독이며 다시 이야기를 시작했다.

"자, 이쯤에서 자식들이 모두 사라져버린 뒤 달링 부부의 마음이 어땠을지 생각해보도록 해요."

"아!"

아이들은 너나없이 탄식했다. 하지만 아이들은 부모의 마음을 조금도 헤아릴 수 없었다.

"텅 빈 침대를 떠올려보아요."

"아, 어쩌면 좋아!"

"너무 슬퍼요."

쌍둥이 중 형이 말했다. 그러나 전혀 안타까운 표정이 아니었다.

"아무래도 이 이야기는 행복하게 끝날 것 같지 않아. 넌 어떻게 생각하니, 닙스?"

쌍둥이 중 동생이 말했다.

"나도 걱정스런 마음에 가슴이 두근거리는걸."

님스가 떨리는 목소리로 대꾸했다. 웬디가 다시 입을 열었
다.

"괜찮아요, 엄마의 사랑이 얼마나 대단한지 안다면 전혀 두
려워할 것이 없으니까요."

그 때 피터가 얼굴을 찡그렸다. 이제 웬디의 이야기는 피터
가 듣기 싫어하는 대목으로 흘러가고 있었다.

"난 엄마의 사랑이 좋아. 너도 그렇지, 님스?"

투틀즈가 베개로 님스를 밀치며 말했다.

"응, 나도 좋아."

님스 역시 베개로 되받아치며 대답했다.

"물론 우리의 여주인공은 알고 있었어요. 언제든 자식들이
돌아올 수 있도록 엄마가 항상 창문을 열어둔 채 기다리고 있
을 거란 사실을 말이에요. 그런 까닭에 세 아이는 오랫동안
집을 떠나 있으면서도 아무 걱정 없이 즐겁게 놀 수 있었지
요."

웬디는 이야기를 하면서 더없이 만족스러운 표정이었다.

"그 아이들은 언제 집으로 돌아가나요?"

소년들의 눈길이 일제히 웬디의 입으로 향했다.

"자, 그럼 이제 미래를 들여다보도록 할까요?"

웬디가 새삼 마음을 다잡듯 자세를 고쳐 앉으며 말했다. 그
러자 아이들도 이리저리 몸을 뒤척이며 귀를 쫑긋 세웠다. 그

래야만 미래를 정확히 알 수 있다고 믿는 것 같았다.

"그로부터 세월이 많이 흘렀어요. 어느 날 런던 역에 한 숙녀가 내렸지요. 그녀는 나이를 짐작하기 어려웠지만 매우 우아해 보였어요."

"웬디 엄마. 그 숙녀가 누구예요?"

닙스가 궁금해서 못 견디겠다는 듯 물었다. 그 숙녀가 누구인지 짐작조차 못하는 것 같았다.

"글쎄요, 누구였을까요? 과연 여러분이 생각하는 그 사람일까요? 그런 것 같기도 하고 아닌 것 같기도 한데……. 맞아요, 그 숙녀는 바로 웬디였어요!"

"와!"

"그럼 웬디의 뒤를 따라 역에 내려선 두 남자는 누구일까요? 어느덧 의젓한 어른이 되어 씩씩하게 걸어가는 두 남자는……. 그래요, 그들은 다름 아닌 존과 마이클이에요!"

"와!"

아이들은 거듭 탄성을 내질렀고, 웬디의 이야기는 거침없이 이어졌다.

"웬디가 손가락으로 위쪽을 가리키며 말했어요. '저길 좀 봐, 사랑하는 동생들아. 지금도 창문이 열려 있구나. 우리가 엄마의 사랑을 굳게 믿은 것이 헛되지 않았어.' 그리고 세 사람은 곧장 엄마 아빠한테 날아갔어요. 그 뒤의 행복한 장면을 말로 다 표현할 수는 없겠지요. 그러니 오늘의 이야기는 여기서 막을 내리도록 할게요."

그렇게 이야기는 끝났다. 웬디도, 이야기를 들은 아이들도 모두 만족스러운 시간이었다. 무엇보다 다른 사고 없이 무사히 이야기를 마친 것이 다행이었다. 그런데 아이들은 이야기를 기다리며 잔뜩 들떠 있을 때와 달리 순식간에 웬디에게 향했던 관심을 거두었다. 아이들이란 원래 그런 존재였다. 그럼에도 사랑스러운 것을 보면 참 알다가도 모를 노릇이었다. 언제나 아이들은 자기 기분에 충실해 실컷 놀다가도 매정하게 달아나고는 했다. 그리고는 뭔가 필요한 것이 생기면 다시 돌아와 당당히 요구했다. 아이들은 엄마가 기꺼이 받아줄 것을 본능적으로 알고 있는 것 같았다. 흔히 세상의 아이들은 엄마의 사랑이 절대 변하지 않을 것이라고 믿어 의심치 않는다. 그런 까닭에 때로는 엄마의 애타는 마음을 모른 척하는 것이 아닐까?

그런데 오직 한 명, 엄마에 대한 생각이 다른 아이가 있었다. 웬디의 이야기가 끝나자, 그 아이는 한숨을 푹 내쉬었다.

"왜 그래, 피터?"

웬디는 피터가 갑자기 아픈 줄 알고 깜짝 놀랐다. 그래서 얼른 피터의 배를 걱정스럽게 만져보았다.

"혹시 여기가 아프니? 어디에 문제가 있는 거야, 피터?"

"지금 난 몸이 아픈 게 아니야."

피터의 목소리가 전에 없이 가라앉았다.

"몸이 아픈 게 아니라면, 대체 무슨 일인데?"

"웬디, 넌 엄마들에 대해 잘못 알고 있어."

피터가 왠지 불안한 표정으로 말했다. 뭔가 심상찮은 낌새를 알아차린 아이들이 피터 곁으로 모여들었다. 피터는 그동안 숨겨왔던 사실을 털어놓기 시작했다.

"나도 오래 전에는 너처럼 생각했어. 엄마가 날 위해 항상 창문을 열어둘 거라고 말이야. 그래서 달이 여러 번 뜨고 질 때까지 아무 걱정 없이 밖에서 놀다가 집으로 돌아갔지. 하지만 웬걸, 창문이 굳게 닫혀 있지 뭐야. 엄마가 나를 새까맣게 잊어버렸던 거지. 어디 그뿐인 줄 알아? 내 침대에는 벌써 다른 사내아이가 잠을 자고 있었어."

피터의 이야기가 사실인지는 알 도리가 없다. 어쨌거나 피터는 그렇게 믿고 있었다. 그 이야기를 들은 아이들은 두려움을 느꼈다.

"엄마들이 정말 그럴 수 있어?"

"응."

피터에게 이야기의 내용을 다시 한 번 확인한 아이들은 이만저만 실망이 아니었다. 그것이 엄마들의 진짜 모습이라면 절대로 가까이하고 싶지 않았다.

무릇 모든 일은 정신을 집중해 요모조모 곰곰이 따져보아야 한다. 하지만 아이들은 누구보다 빨리 포기해야 할 순간을 알아챘다.

"누나, 얼른 집으로 돌아가자."

존과 마이클이 한목소리로 소리쳤다.

"그래, 그렇게 하자꾸나."

웬디는 이렇게 말하며 동생들을 안아주었다.

"설마 오늘 밤에 떠나는 건 아니겠지?"

'집을 잃어버린 소년들'이 당혹해하며 물었다. 그들은 엄마가 없어도 잘 지낼 수 있다고 생각했다. 또한 아이들에게 엄마가 없으면 안 된다고 믿는 사람들이 엄마들뿐이라는 사실도 새삼 깨닫고 있었다.

"당장 돌아가야겠어."

웬디가 칼로 무를 자르듯 단호하게 말했다. 문득 끔찍한 생각이 떠올랐기 때문이다.

"아, 어쩌면 엄마는 우리가 죽었다고 생각할지 몰라."

웬디는 너무나 두려워져 피터의 기분을 살필 여유가 없었다. 아니, 피터의 심정을 헤아리기는커녕 날카롭게 쏘아붙이기까지 했다.

"피터, 우리에게 필요한 것 좀 챙겨줘!"

"응, 그러지 뭐."

피터는 마치 곁에 있는 나무열매를 건네 달라는 부탁을 받은 것처럼 순순히 대답했다.

전혀 뜻밖이었다. 두 사람 사이에는 헤어지게 되어 아쉽다는 작별 인사조차 오가지 않았다. 피터는 웬디가 이별을 서운해 하지 않자, 자기도 다르지 않다는 것을 보여주고 싶었다. 피터의 성격에 비춰보면 그러고도 남을 일이었다.

피터는 당연히 기분이 몹시 나빴다. 툭하면 잘 나가던 일을 틀어지게 만드는 어른들이 너무나 미웠다. 자꾸만 화가 치밀자, 피터는 자신의 나무 구멍 안으로 들어가 1초에 다섯 번씩 빠르게 가쁜 숨을 내쉬었다. 네버랜드에는 아이가 한 번 숨을 쉴 때마다 어른들이 한 명씩 죽는다는 마법 같은 이야기가 전해져 내려오고 있었다. 피터는 복수심에 불타올라 어른들을 모두 사라지게 하고 싶었다.

피터는 인디언들에게 이런저런 지시를 내리고 나서 땅속 집으로 돌아왔다. 그런데 그가 잠시 집을 비운 사이 그냥 보아 넘길 수 없는 일이 벌어지고 있었다. '집을 잃어버린 소년들'이 웬디를 위협했던 것이다. 소년들은 웬디를 잃는다는 생각에 공포에 사로잡혀 그처럼 무례한 짓을 하고 있었다.

"이렇게 떠날 거면 뭐 하러 왔어?"

소년들이 웬디를 윽박질렀다.

"너희를 보내줄 수 없어."

“그래, 감옥에 가둬두고 감시할 거야.”

“쇠사슬로 몸을 꽁꽁 묶어두는 것도 괜찮겠지.”

소년들은 앞다투어 버럭버럭 소리를 내질렀다. 웬디는 긴박한 순간에 누구에게 도움을 청하면 좋을지 단박에 알아차렸다.

“투틀즈, 나 좀 도와줘.”

웬디가 다급하게 외쳤다.

그런데 가만 보면 선뜻 이해되지 않는 일이었다. 왜 하필이면 가장 흐리멍덩해 보이는 투틀즈에게 구조 요청을 한단 말인가.

하지만 그와 같은 선입견을 깨고 예상 밖의 상황이 벌어졌다. 투틀즈가 위엄 있게 앞으로 나서더니 거침없이 자신의 생각을 이야기했다. 그 순간만큼은 어디에서도 흐리멍덩한 모습을 찾아볼 수 없었다.

“난 별볼일없는 투틀즈야. 그래, 아무도 나 같은 건 신경쓰지 않지. 하지만 분명히 말해두건대, 누구든 웬디에게 영국 신사답지 않은 짓을 한다면 피를 보게 될 거야!”

투틀즈는 이렇게 말하며 냅다 단검을 꺼내들었다. 그 모습을 직접 보았다면, 누구라도 멋있다고 감탄하며 엄지손가락을 치켜세웠을 것이다. 다른 소년들은 쭈뼛거리며 뒤로 물러설 수밖에 없었다. 바로 그 순간 집에 돌아온 피터가 눈에 들어왔다. 그러나 소년들은 피터가 도와주지 않을 것이라는 사실을 직감했다. 피터는 네버랜드에 머물고 싶어 하지 않는 여자아이에게 더 이상 매달리고 싶지 않았다.

"웬디, 내가 방금 전에 인디언들한테 숲길을 안내해달라고 부탁해뒀어. 하늘을 계속 날아가려면 힘들 테니까 말이야."

피터가 성큼성큼 집 안을 오가며 말했다.

"그게 정말이야? 고마워, 피터."

"일단 숲을 벗어나면 그 다음에는 팅커 벨이 바다를 건너게 도와줄 거야. 닙스, 어서 팅커 벨을 깨워."

피터의 짧고 날카로운 목소리가 주위에 울려 퍼졌다. 그것은 명령을 내리기 좋아하는 사람 특유의 말투였다.

닙스는 팅커 벨의 침실로 다가가 노크를 했다. 첫 번째 노크에는 아무런 기척이 없었고, 두 번째 노크를 한 뒤에야 안에서 대답이 들려왔다. 사실 팅커 벨은 진작 침대에 앉아 밖에서 오가는 이야기에 귀를 기울이고 있었다.

"누구야? 누군데 감히 날 부르냐고? 썩 물러나지 못해!"

팅커 벨이 짜증스럽게 소리쳤다.

"그만 일어나, 팅크. 웬디 엄마가 떠난다니까 네가 길 안내를 맡아줘."

팅커 벨은 웬디가 떠난다는 말을 듣고 뛸 듯이 기뻤다. 그럼에도 웬디에게 길 안내를 해주고 싶은 마음은 조금도 없었다. 팅커 벨은 아까보다 더 짜증스럽게 소리를 내지르고 나서 조용히 잠자리에 드는 시늉을 했다.

"팅크가 싫대."

닙스는 팅커 벨의 예기치 않은 반응에 어쩔 줄 몰라 했다. 그러자 피터가 직접 팅커 벨의 침실 쪽으로 성큼 다가갔다.

"팅크, 당장 일어나서 옷을 챙겨 입고 나와. 그렇지 않으면 커튼을 확 젖혀버릴 거야. 모두에게 잠옷 입은 모습을 보여주고 싶지는 않겠지?"

피터의 말이 끝나자마자, 팅커 벨은 재빨리 침실에서 빠져나와 바닥으로 내려섰다.

"나 여기 있어. 내가 잠자리에 들었다고 누가 그래?"

팅커 벨은 짐짓 억울하다는 표정으로 말했다.

그 때 소년들은 두 동생과 함께 떠날 채비를 마친 웬디를 하염없이 바라보고 있었다. 아이들은 하나같이 시무룩했다. 단지 웬디가 떠나기 때문에 그런 것은 아니었다. 소년들은 자신들이 초대받지 못한 멋진 곳으로 웬디가 간다는 사실이 못내 부러웠다. 언제나 그렇지만, 소년들은 새롭고 신비한 모험에 호기심이 많았다.

그런데 웬디는 작별이 아쉬워 소년들이 시무룩한 줄 알았다. 그렇게 생각이 미치자 웬디는 가슴이 몹시 아팠다.

"얘들아, 모두 나랑 같이 갈래? 내가 잘 이야기하면, 엄마 아빠가 너희를 자식으로 받아주실 거야."

웬디는 특히 피터가 자신의 초대에 응해주기를 바랐다. 그 속마음을 모르는 소년들은 저마다 자기한테 하는 말이라고만 생각해 뛸 듯이 기뻐했다.

"하지만 우리가 모두 가면 너무 부담스러워하시지 않을까?"

닙스가 기쁨에 겨워 폴짝폴짝 뛰다 말고 물었다.

"아니야, 그렇지 않아."

웬디는 손사래를 치며 서둘러 생각을 정리했다.

"거실에 침대 몇 개만 더 가져다놓으면 함께 지내는 데 아무 문제 없을 거야. 매달 첫째 주 목요일에 거실에서 모임이 있기는 한데, 그 때는 칸막이를 쳐서 가리면 되지 뭐."

웬디의 말을 들은 소년들은 더욱 기분이 좋아졌다.

"피터 대장, 우리 모두 웬디 엄마를 따라가도 되지?"

소년들이 간절한 눈빛으로 애원했다. 그들은 자신들이 웬디를 따라가면 피터도 당연히 함께할 것이라고 생각했다. 하지만 실은 피터가 그러거나 말거나 상관없었다. 아이들이란 새로운 모험의 초대를 받으면 그동안 소중하게 여겨왔던 사람마저 기꺼이 망각할 준비가 되어 있는 존재였다.

"좋아, 그렇게 해."

피터가 쓴웃음을 지으며 대답했다. 소년들은 기다렸다는

듯 앞다투어 짐을 챙기러 달려갔다.

잠시 뒤, 모든 준비가 끝났다고 생각한 웬디가 피터에게 다가갔다.

"피터, 출발하기 전에 너한테 약을 줄 테니까 먹도록 해."

웬디는 모든 일이 자기 뜻대로 되었다고 믿어 얼굴빛이 밝았다. 평소 웬디는 아이들에게 약을 주는 것을 굉장히 좋아했다. 너무 지나치다 싶을 정도였는데, 그나마 진짜 약이 아니고 물이라서 다행이었다. 비록 물이기는 해도 호리병에 담아 정성껏 흔든 다음에 물방울 수를 헤아리며 줬기 때문에 아이들은 꼭 진짜 약을 먹는 것 같은 느낌이 들었다. 웬디는 항상 정확한 양을 먹어야 약효가 잘 발휘된다고 말했다.

그런데 이번에 웬디는 피터에게 약을 주지 못했다. 호리병을 흔들어 약을 따르려는 순간 피터의 표정을 보고 가슴이 철렁했기 때문이다.

"피터, 왜 그래? 가만 보니, 너는 아직 짐을 안 챙겼구나."

웬디의 얼굴에 언뜻 불안한 빛이 스쳐 지나갔다.

"난 같이 안 갈 거야, 웬디."

피터는 일부러 시큰둥하게 말했다.

"아니, 너도 나랑 함께 가야 돼."

"싫어, 싫다고."

피터는 웬디가 떠나도 아무렇지 않다는 것을 보여주기 위해 일부러 피리를 꺼내 불며 방 안을 이리저리 들쑤시고 다녔다. 웬디도 그런 피터를 쫓아다니느라 한바탕 볼썽사나운 소란이 벌어졌다.

"우리 같이 가자. 그러면 네 엄마도 찾을 수 있어."

웬디는 피터의 마음을 돌리기 위해 갖은 애를 썼다.

하지만 그 말은 별 효과를 보지 못했다. 설령 피터에게 진짜로 엄마가 있었다고 해도, 이제는 더 이상 그립지 않았기 때문이다. 피터는 엄마가 없어도 잘 지낼 수 있다고 믿었다. 엄마에 대해 아무리 곰곰이 생각해봐도 부정적인 면만 떠오를 뿐이었다.

"네가 아무리 그래봤자 소용없어, 웬디. 아마도 엄마는 내가 지금보다 훨씬 성장한 모습을 기대할 거야. 그런 일은 상상만 해도 끔찍해. 난 언제까지나 어린아이로 남아 즐겁게 살고 싶거든."

피터의 말투는 타협의 여지가 없어 보였다.

"그렇지만 피터……."

"싫어. 안 간다니까."

웬디는 어쩔 수 없이 다른 아이들에게 그 사실을 알려야 했다.

"피터는 우리랑 함께 가지 않겠대."

이럴 수가, 피터가 같이 가지 않는다니! 아이들은 저마다

보따리를 묶은 나무막대를 어깨에 짊어진 채 멍하니 피터를 바라보았다. 사실 소년들은 피터가 왜 그러는지 별로 궁금하지 않았다. 혹시라도 피터가 마음을 바꿔 자신들마저 웬디를 따라가지 못하게 하면 어떡하나 걱정될 따름이었다.

하지만 그것은 지나친 염려였다. 피터가 자존심 때문에라도 그렇게 쉽게 말을 바꿀 리는 없었다.

"너희들이 진짜 엄마를 찾게 된다면, 그 엄마가 꼭 마음에 들기를 바랄게."

피터가 소년들을 바라보며 조롱하듯 말했다. 언뜻 억박지르는 듯한 분위기도 풍겼다. 그 말 한마디에 소년들은 어쩔 줄 몰라 하는 기색이 엿보였다. 그들 사이에 '그래도 끝내 가겠다고 하면 안 되는 건가?' 하는 눈짓이 바쁘게 오갔다.

"자, 그럼 이만 작별해야지. 더 이상 소란 떨지 말고, 엉엉 울 필요도 없어. 잘 가, 웬디!"

피터가 일부러 목소리를 경쾌하게 높이며 손을 내밀었다. 그것은 뭔가 할 일이 있으니까 어서 떠나달라는 의미로 받아들여질 수도 있었다.

웬디는 잠깐 망설이다가 피터가 내미는 손을 잡아 악수를 했다. 대신 골무를 내줄까도 생각했지만, 아무래도 피터가 좋아하지 않을 것 같았다.

"제때 속옷 갈아입는 것 잊지 말아."

웬디는 평소 피터와 소년들이 속옷을 갈아입는 문제에 대해 자주 간섭했다. 그렇다고 그것이 당장 중요한 문제는 아니었는데, 괜히 피터 곁에서 걸음을 떼지 못했다.

"알았어."

피터가 귀찮다는 듯 대꾸했다.

"약도 잘 챙겨 먹고."

"응, 알았어."

웬디는 더 이상 할 말이 떠오르지 않았다. 둘 사이에 어색한 침묵이 흘렀다. 그렇지만 피터는 결코 남들 앞에서 나약한 모습을 보일 성격이 아니었다.

"팅커 벨, 준비됐지?"

피터가 크게 소리쳤다.

"응, 피터!"

"그럼 빨리 앞장서서 떠나도록 해."

팅커 벨은 피터의 말이 떨어지자마자 가장 가까운 나무 구멍을 향해 쏜살같이 날아갔다. 그런데 아무도 뒤를 따르지 않았다. 이게 어떻게 된 일일까?

그 시각 땅 위에서는 한바탕 난리가 벌어져 끔찍한 소리가 들려왔다. 때마침 해적들이 인디언들에게 잔혹하기 짝이 없는 공격을 퍼부었던 것이다. 방금 전만 해도 평온하던 땅속 집의 바깥 세상은 순식간에 무기들이 부딪히는 소리와 고통에 겨운 비명소리로 가득했다. 뜻밖에 심각한 사태가 닥친 것을 알게 된 땅속 집의 분위기는 얼음장처럼 냉랭해졌다. 아이들은 모두 입을 쩍 벌린 채 할 말을 잊었다. 웬디가 그 자리에 털썩 주저앉아 피터를 향해 두 팔을 뻗었다. 그것은 간절히 도움을 청하는 자세였다. 다른 아이들도 보이지 않는 무엇에 떠밀리듯 피터에게 손을 내밀었다. 부디 자신들을 버리지 말아달고 애원하는 것 같았다. 피터는 얼른 잔인한 해적 바비큐를 무찔렀을 때 썼던 칼을 움켜쥐었다. 피터의 두 눈에는 기꺼이 전투에 나서겠다는 열의가 활활 불타올랐다.

기습 공격

해적들의 공격은 기습적으로 이루어졌다. 후크가 자신의 파렴치한 성격을 증명하듯 비겁한 방법으로 공격을 감행했던 것이다. 하기야 백인이 정정당당하게 인디언에게 맞서는 것은 매우 어려운 일이다.

인디언들은 전투에 관한 불문율이 하나 있다. 그것은 언제나 자신들이 먼저 공격을 시작한다는 것이다. 인디언들은 영리하게도 백인들의 사기가 가장 떨어지는 동트기 직전에 공격을 개시하고는 한다. 반면에 백인들은 골이 깊은 언덕배기 위에 얼기설기 울타리를 둘러 방어막을 친다. 대개 등 뒤쪽으로 시냇물이 흐르는 언덕을 선호하는데, 그 까닭은 물에서 멀리 떨어지면 목숨을 부지하기 어렵다는 믿음을 갖고 있기 때문이다. 백인들은 그렇게 진지를 구축하고 조용히 인디언들의 공격을 기다린다. 그 때 전투 경험이 부족한 병사들은 총을 꽉 움켜쥐거나 나뭇가지를 밟아대며 안절부절못하지만, 노련한 병사들은 동틀 기미가 보이기 전까지 편안히 잠을 잔다.

인디언 부대의 정찰대는 칠흑같이 어두운 밤에 활동을 시작한다. 그들은 뱀처럼 스르르 풀잎 밟는 소리조차 내지 않으며 풀숲을 지나다닌다. 그뿐 아니라 그들이 지나간 자리는 두더지가 숨어든 모래밭처럼 아무런 흔적도 남지 않는다. 인디언들이 공격을 준비하고 있지만, 주위는 쥐 죽은 듯 고요하다. 이따금 인디언들끼리 신호삼아 흉내내는 코요테의 외로운 울음소리만 들릴 뿐이다. 어느 때는 인디언들이 주고받는 코요테 소리가 진짜보다 더 그럴듯하게 들리기도 한다. 그렇게 시간이 흐를수록 인디언들과 백인들 사이에 긴장감은 더욱 팽팽해진다. 아까 이야기했던 전투 경험이 부족한 백인 병사들은 그와 같은 시간을 견디는 것이 너무나 두렵다. 그러나 노련한 병사들에게는 음산한 정적이든, 심상찮은 코요테 소리든 깊은 밤이 온 것을 확인시켜주는 신호일 따름이다.

후크는 전쟁이 보통 그런 식으로 시작된다는 것을 잘 알고 있었다. 그러므로 절차를 깡그리 무시해놓고 몰라서 그랬다는 핑계는 통하지 않는다. 피카니니 인디언 부족은 후크에게도 최소한의 매너는 있을 것이라고 기대했다. 그리고 비록 그런 믿음이 깨졌지만, 후크처럼 비열한 행동을 하지는 않았다.

그들은 부족의 명예를 더럽히는 것을 매우 싫어했다.

　그 날 밤, 인디언들은 해적들이 다가오는 것을 단박에 알아챘다. 그들에게는 백인들이 때로는 경탄하고, 때로는 두려워하는 예리한 직감력이 있었다. 그래서 해적 한 명이 마른 나뭇가지를 밟아 우지끈 소리를 내는 순간, 놀랄 만큼 빠르게 코요테 울음소리가 울려 퍼졌다. 사슴가죽으로 만들어 앞쪽에 굽을 붙인 신발을 신은 인디언 전사들은 해적들이 섬에 상륙한 지점부터 소년들의 땅속 집 사이를 샅샅이 살펴보았다. 근처에 시냇물이 흐르는 언덕은 하나뿐이었다. 따라서 후크에게는 달리 선택의 여지가 없을 것이 분명했다. 해적들은 그곳에 자리를 잡을 수밖에 없었다. 그렇듯 인디언들은 해적들의 움직임을 세밀하게 꿰뚫고 있었다. 후크가 파렴치하게 기습 공격을 준비하는 사이, 인디언 전사들은 몸에 담요를 두르고 땅속 집 위 풀숲에 몸을 숨겼다. 그들은 하나같이 인디언 전사다운 냉철함을 잃지 않은 채 자신들에게 다가올 운명의 순간을 기다리고 있었다.

　인디언들은 동틀 무렵 후크에게 안겨줄 격렬한 고통을 머릿속에 그리며 침착하게 시간을 보냈다. 그런데 갑자기 후크와 해적들이 들이닥쳤던 것이다. 인디언들이 정신을 못 차리는 틈을 놓치지 않고 잔인한 살육이 시작되었다. 그곳에서 운 좋게 살아남은 인디언 부대의 한 정찰대원에 따르면, 후크는 시냇물이 흐르는 언덕배기를 지나면서도 발걸음을 멈추지 않았다고 한다. 잔꾀가 이만저만 아닌 후크는 애당초 거기에 진지를 구축하고 인디언들이 공격해올 때까지 기다릴 생각이 전혀 없었다. 그 해적 우두머리는 일반적인 전투의 법칙을 완전히 무시했고, 무작정 부딪혀 맹공격을 퍼붓겠다는 단순한 전략을 세워두고 있었다. 그러니 용맹하기로 소문난 인디언 전사들도 당황해 어쩔 줄 몰라 하며 허둥댔던 것이다. 그와 같은 기습 공격은 인디언들이 난생 처음 맞닥뜨린 작전이었다. 그들은 속수무책으로 당하다가 가까스로 전열을 정비한 뒤에도 자신들의 모습을 훤히 드러낸 채 해적들의 꽁무니를 쫓아다닐 수밖에 없었다.

인디언 무리에는 당연히 타이거 릴리도 있었다. 그녀의 주변에는 강인한 전사 열두 명이 그림자처럼 따라다녔는데, 그들 역시 해적들의 기습 공격을 목격하고 깜짝 놀랐다. 그 때까지 꿈꿔오던 자신들의 승리 방정식에 먹구름이 끼는 순간이었다. 그럼에도, 아무튼 눈앞에는 말뚝에 매달 해적들이 잔뜩 있었다. 어떻게 생각해보면 용맹한 인디언들에게 행복한 사냥터가 펼쳐진 것이나 다름없었다. 그 때라도 인디언들이 서둘러 전열을 갖추었다면 해적들이 쉽게 공격하기는 어려웠을 것이다. 그들은 그걸 알면서도 자랑스러운 부족의 전통을 깨뜨리고 싶지 않았다. 인디언들에게는 백인들 앞에서 놀라는 모습을 보여주는 것이 절대 금지되어 있었다. 따라서 기습 공격을 해오는 해적들을 보고 화들짝 놀랐으면서도 수선을 떨 수가 없었다. 누가 보면 친구라도 초대한 듯, 인디언들은 해적들이 가까이 다가오는데도 서두르는 기색이 전혀 보이지 않았다. 그들은 그와 같은 전통을 충실히 따른 뒤에야 무기를 잡고 함성을 내질렀다. 하지만 이미 때는 늦었다.

그 날 밤 인디언들과 해적들의 전투는 대학살이라고 표현 하는 편이 적절할지 모른다. 그토록 참혹했던 살육의 장면을 일일이 묘사하는 것은 여기서 할 일이 아니리라. 어쨌거나 그 날 밤 피카니니 부족의 인디언들이 숱하게 죽은 것은 명백한 사실이었다. 그렇다고 인디언들이 일방적으로 당하기만 한 것은 아니었다. 피카니니의 용맹한 전사 '마른 늑대'는 카리브 해 근방을 들쑤시고 다니며 못된 짓을 일삼던 알프 메이슨의 숨통을 끊어놓았다. 그뿐 아니라 지오, 스커리, 차스, 털리, 그리고 프랑스 알자스 출신의 포게티가 다시는 해적질을 못 하게 되었다. 그 중에서도 털리는 강인한 인디언 전사 '흑표 범'의 돌도끼에 맞아 목숨을 잃었다. '흑표범'은 타이거 릴리 를 비롯해 몇몇 전사들과 함께 해적들 사이를 이리저리 헤집 고 다니며 마지막까지 살아남았다.

그 전투에서 후크가 선택한 비겁한 전술에 대해 구체적으 로 어떤 비판을 할 수 있을까? 그것은 역사가들이 판단할 문제이다. 다만 후크가 동틀 때까지 언덕배기에서 인디언들을 기다렸다면 처참한 패배를 당했을 것이 틀림없다. 그러므로 후크의 비겁한 전술을 제대로 평가하려면 그런 사실도 잊어서는 안 된다. 어떻게 보면, 후크가 예상 밖의 전술을 사용한 것은 비난의 대상이 아닐지 모른다. 어쩌면 그가 상대에게 새로운 전술을 쓸 계획이라는 귀띔만 해주었더라도 아무런 시빗거리가 되지 않았을 것이다. 하지만 그럴 경우 기습 공격은 이루어질 수 없었다. 따라서 어느 한쪽 면만 보고 무조건 후크를 비난하는 것은 다시 한 번 생각해볼 여지가 있다는 말이다. 인디언들의 불문율에 비추어보면 분명 파렴치한 행동이었지만, 그처럼 기발한 전술을 짜낸 것은 후크의 대단한 지략이라고 평가할 수 있다. 또한 너무나 잔혹해 썩 내키지는 않아도, 자신의 전술을 한 치의 어긋남 없이 실천한 것은 분명 인정해줄 만한 일이었다.

그 날 밤 전투에서 승리한 뒤, 후크는 어떤 기분이었을까? 선장의 쇠갈고리가 미치지 않는 곳에 모여 앉아 거친 숨을 몰아쉬며 칼에 묻은 피를 닦아내던 해적들도 그 점이 궁금했다. 해적들은 전투의 긴장감이 완전히 가시지 않은 듯 족제비처럼 가늘게 눈을 뜬 채 결코 평범하다고 할 수 없는 자신들의 우두머리를 바라보았다. 사실 후크는 마음속으로 환호성을 지르고 있었을 것이다. 하지만 겉으로는 그런 내색을 전혀 하지 않았다. 어느 면에서는 이전보다 더 음산하고 속내를 헤아릴 수 없는 수수께끼 같은 이미지를 내보이고 있었다. 그는 단지 부하들과 몸만 멀찍이 떨어져 있는 것이 아니었다. 후크의 정신세계는 여느 해적들이 감히 흉내내기 어려울 만큼 특별했다.

그런데 그 날 밤의 전투는 막을 내릴 것이 아니었다. 후크가 진짜 물리치고 싶은 대상은 따로 있었다. 인디언들은 꿀을 얻기 위해 연기를 피워 쫓아버려야 할 벌떼에 지나지 않았다. 드디어 이제 꿀을 채취해야 할 순간이 다가왔다. 꿀이란 말하나 마나 피터 팬과 웬디, 그리고 '집을 잃어버린 소년들'이었다. 그 가운데 가장 달콤한 꿀은 뭐니 뭐니 해도 피터였다.

후크가 피터 같은 어린아이 하나를 두고 왜 그렇게 증오심을 갖는지 궁금해 하는 사람들이 있을 것이다. 물론 피터는 후크의 오른손을 악어에게 던져준 장본인이다. 그 뒤로 악어가 자꾸 쫓아다니는 바람에 목숨이 위태로웠던 적도 있었다. 하지만 그렇다고 해도 후크가 끊임없이 무자비한 복수심에 불타오르는 것은 선뜻 이해되지 않았다. 도대체 근본적인 이유가 무엇이란 말인가? 어디 한번 곰곰이 생각해보자. 아, 피터에게는 후크를 분통터지게 만드는 뭔가가 있었다. 피터의 거칠 것 없는 용기가 치를 떨게 하거나, 매력적인 외모가 질투심을 불러일으켜서 그런 것은 아니었다. 솔직히 다들 짐작하지 않는가? 괜히 빙빙 돌려 말하지 않겠다. 후크는 피터의 건방지고 잘난 척하기 좋아하는 태도 때문에 몸서리치도록 증오심을 가졌던 것이다. 그처럼 눈에 거슬리는 피터의 태도 는 늘 후크의 신경을 곤두서게 만들었다. 얼마나 피터가 미웠 으면 건방지게 구는 모습을 상상만 해도 쇠갈고리가 부들부 들 떨리고 모기가 물어대는 양 밤마다 잠을 설치기 일쑤였다. 결국 피터가 살아 있는 한 후크는 우리 안에 갇힌 사자 신세 와 다름없었다. 참새가 곁에 다가와 짜증스럽게 장난을 쳐대 도 우리 밖으로 훌쩍 날아가 버리면 어떻게 할 도리가 없었다 는 말이다. 맹수의 체면이 영 말이 아니었다.

이제 어떻게 꿀을 따느냐 하는 것이 눈앞에 닥친 문제였다. 후크는 나무 구멍 아래로 부하들을 내려 보내야겠다고 생각 했다. 후크의 매서운 눈초리가 가장 마른 해적을 찾아 날카롭 게 번뜩였다. 해적들은 자기가 선택될까봐 몸을 잔뜩 웅크린 채 시선을 피했다. 그들은 인정사정없는 선장이 누구든 나무 구멍 속으로 밀어 넣을 것이라는 사실을 잘 알고 있었다.

한편 그 시각 아이들은 무엇을 하고 있었을까? 해적들과 인디언들이 막 전투를 벌여 무기들이 서로 부딪히고 비명소 리가 울려 퍼지던 순간으로 돌아가 보자. 그 때 아이들은 입 을 쩍 벌린 채 구조 요청을 하듯 피터를 향해 손을 내밀고 있 었다. 그러나 이제는 아이들이 벌어진 입을 다물고 손도 자연스럽게 아래로 내린 상태였다. 땅 위에서 일어났던 대혼란은 한순간에 휩쓸고 지나간 태풍 같았다. 우르르 돌풍이 일었다가 언제 그랬느냐는 듯 잠잠해져버렸다. 그럼에도 아이들은 그 전투가 자신들의 운명을 결정짓게 되리라는 것을 알고 있었다.

"어느 쪽이 이겼을까?" 해적들이 나무 구멍에 귀를 갖다 대자, 아이들의 말소리가 들려왔다. 그 중에는 피터의 목소리도 섞여 있었다. 피터는 해적들이 자기의 말을 엿듣는 줄 꿈에도 몰랐다.

"인디언들이 이겼다면 곧 북을 두들겨댈 거야. 그게 승전보를 울리는 그들의 방식이거든."

하지만 땅 위의 상황은 피터의 기대와 달랐다. 인디언들이 무수히 목숨을 잃었을 뿐만 아니라 북마저 빼앗겼는데, 그것을 스미가 깔고 앉아 있었다.

"히히, 괜한 기대하지 마. 다시는 북소리를 듣지 못할 테니까."

스미가 나직이 속삭이듯 말했다. 절대 아무 소리도 내지 말라는 후크의 명령이 내려졌기 때문이다. 그런데 잠시 뒤, 후크가 북을 두드리라며 손짓을 하자 스미는 깜짝 놀랐다. 왜 그런 명령을 하는지 처음에는 선뜻 이해되지 않았으나, 얼마 후 사악하기 짝이 없는 의도를 알아차리고 소름이 끼칠 정도로 감탄했다. 단순한 성격의 스미가 보기에 그 때만큼 선장이 존경스러웠던 적이 없었다.

스미는 후크의 명령에 따라 북을 두 번 둥둥 울렸다. 그리고는 땅속 집에서 어떤 말이 들려올까 귀를 기울여보았다.

"북소리야. 인디언들이 이겼어!"

피터가 너무 크게 환호성을 내지르는 바람에 해적들이 모두 그 소리를 듣게 되었다. 바깥 상황을 알 리 없는 소년들은 덩달아 신바람을 냈다. 아이들은 너나없이 기쁨의 탄성을 내질렀는데, 해적들에게는 그것이 달콤한 음악소리처럼 들렸다.

더 이상 망설일 것 없이 아이들은 피터에게 다시 작별 인사를 건넸다. 해적들은 피터와 아이들이 왜 헤어지는지 몰라 잠시 어리둥절했다. 하지만 이유야 어떻든 아이들이 곧 나무 구멍 밖으로 나올 것이라는 생각에 정신이 번쩍 났다. 그들은 서로의 얼굴을 마주보며 히죽거리더니 잔뜩 기분이 설레는 양 저마다 두 손을 비벼댔다. 후크는 지체 없이 표정과 손짓을 이용해 부하들에게 명령을 내렸다. 그에 따라 해적 한 명이 나무 구멍 하나씩을 맡아 지켜 섰고, 나머지 해적들은 2미터 뒤에서 한 줄로 전열을 갖추었다.

요정을 믿니?

　모두가 꺼리는 일은 차라리 먼저 맞닥뜨리는 편이 나을 때가 있다. 나무 구멍에서 가장 먼저 모습을 드러낸 아이는 컬리였다. 그 아이는 바깥으로 나오자마자 세코의 억센 손아귀에 붙들려 스미에게 던져졌다. 그것으로 끝이 아니었다. 스미는 다시 스타키에게, 스타키는 빌 주크스에게, 빌 주크스는 누들러에게 컬리를 내던졌다. 짐짝 취급을 당한 컬리의 최종 목적지는 이름이 여러 개라는 흑인 해적의 발치였다. 컬리에 이어 다른 아이들도 나무 구멍 밖으로 머리를 내밀자마자 무자비한 해적들의 손길에 무처럼 뽑혀 이리저리 내던져졌다.

　그런데 포악하기 짝이 없는 해적들이 마지막으로 나온 웬디에게는 다른 대접을 했다. 먼저 후크가 우두머리 자격으로 웬디 앞에 나서서 모자를 벗어들고는 정중히 인사를 건넸다. 그리고 팔을 뻗어 웬디의 손을 가볍게 잡더니 먼저 나온 아이들이 묶여 있는 곳으로 데려다주었다. 후크의 태도가 어찌나 신사다운지, 웬디는 자기도 모르게 마음을 홀딱 빼앗겨 비명을 지를 생각조차 하지 않았다. 그러고 보면 웬디도 영락없는 어린 여자아이에 지나지 않았던 것이다.

웬디가 한순간이나마 후크에게 마음을 빼앗겼다고 말하는 것이 고자질처럼 들릴지도 모르겠다. 그럼에도 그와 같은 사실을 굳이 밝히는 데는 그만한 이유가 있다. 후크를 멋있게 본 웬디의 실수가 머지않아 뜻밖의 결과를 불러왔기 때문이다. 만약 후크가 내미는 손을 웬디가 뿌리쳤다면 어떻게 됐을까? 이제 와서 하는 이야기지만, 웬디가 그렇게 행동했다면 더할 나위 없이 좋았을 것이다. 물론 그 경우 웬디는 다른 아이들처럼 이리저리 내던져졌을 테고, 아이들이 묶여 있는 곳으로 후크가 안내하지도 않았을 것이다. 후크가 그곳에 가지 않았더라면 슬라이틀리의 비밀도 알 턱이 없었다. 그 비밀을 몰랐더라면 후크가 피터의 목숨을 해치려는 비열한 수작도 부리지 않았을 것이다.

해적들은 아이들이 웅크려 앉아 무릎 사이로 얼굴을 파묻게 시킨 다음 단단히 묶어놓았다. 여차하면 하늘로 날아오를까 봐 주의에 또 주의를 기울였던 것이다. 평소 준비성이 남달랐던 흑인 해적은 아이들을 묶을 때 사용할 밧줄 아홉 개를 미리 똑같은 길이로 잘라두었다. 슬라이틀리의 차례가 되기 전까지는 아무런 문제도 발생하지 않았다. 그런데 슬라이틀리는 앞의 아이들과 달리 덩치가 너무 컸다. 그 아이는 몸을 친친 동여맨 뒤 마지막으로 매듭을 지으려고 하니까 밧줄의 여분이 하나도 남지 않았다. 마치 커다란 소포 꾸러미 같아서 어떻게 해야 좋을지 몰랐다. 벌컥 화가 난 해적들은 진짜 소포 꾸러미라도 되는 양 슬라이틀리를 마구 발로 걷어찼다. 그런데 놀랍게도, 그 광경을 본 후크가 해적들을 제지하는 것이 아닌가. 그의 입꼬리는 잔혹한 승리에 한껏 고무되어 거들먹대듯 씰룩거렸다. 사실 후크는 진작부터 부하들이 슬라이틀리를 묶느라 애쓰는 모습을 지켜보고 있었다. 아마 보통 사람이라면 그 상황에서 밧줄 사이로 살이 자꾸 삐져나오는 것을 보며 쓴웃음을 지었겠지만, 후크는 슬라이틀리의 겉모습 너머를 들여다볼 만큼 영악했다. 그는 눈에 보이는 결과가 아니라 그 이면을 분석하고 있었던 것이다. 얼마 지나지 않아 그의 표정에는 음산한 미소가 떠올랐는데, 자기가 바라던 바를 알아냈다는 의미였다.

슬라이틀리는 후크에게 자신의 비밀이 발각된 것을 알고 낯빛이 새하얗게 질렸다. 그 비밀이란 과연 무엇일까? 원래 땅속 집으로 들어가는 나무 구멍은 어른들이 이용하기에 너무 좁았다. 어지간히 날씬한 체격의 어른이라 하더라도 다른 사람이 힘껏 밀어 넣어주지 않으면 나무 구멍을 통과하기는 어려웠다. 그런데 슬라이틀리는 그 정도로 통통한 몸매를 갖고 어떻게 나무 구멍을 드나들었단 말인가. 그 순간 세상에서 가장 불쌍한 소년이 되어버린 슬라이틀리는 자신의 잘못 때문에 피터에게 닥칠 위험을 떠올리면서 뼈저린 후회를 했다. 슬라이틀리는 더울 때마다 지나치게 많은 양의 물을 들이켜는 것이 습관이 되어 얼마 전부터 살이 부쩍 쪄버렸다. 그렇다면 다이어트를 해서 몸집을 줄였어야 하는데, 슬라이틀리는 그 대신 나무 구멍을 조금씩 깎아내 넓혀놓았던 것이다.

후크는 드디어 피터를 혼내줄 기회가 찾아왔다고 생각하며 의기양양했다. 하지만 엉큼한 마음속에 간직하고 있는 흉악한 꿍꿍이는 눈곱만큼도 내보이지 않았다. 그는 단지 부하들에게 포로로 잡은 아이들을 배로 옮기라는 명령을 내렸을 뿐이다. 그리고 자신은 혼자 있는 시간을 갖기를 원했다.

그런데 해적들은 아이들을 어떻게 배로 데려가야 할지 몰라 머뭇거렸다. 아이들이 몸을 웅크린 채 밧줄에 묶여 있었으므로 언덕 아래쪽을 향해 일제히 굴려도 될 것 같기는 했다. 아이들이 깡통처럼 굴러 떨어지며 받게 될 고통 따위는 아무래도 상관없었다. 하지만 곳곳에 큼지막한 늪이 있어 그 계획은 실행하기 어려웠다. 그 때 다시 한 번 후크가 영악하게 반짝거리는 두뇌를 뽐냈다. 그는 부하들에게 웬디의 작은 집을 들것으로 사용하라고 명령했다. 아이들은 곧 작은 집으로 내던져졌고, 험상궂은 네 명의 해적이 그것을 어깨에 짊어졌다. 나머지 해적들은 거만한 발걸음으로 그 뒤를 따랐다. 해적들의 입에서는 듣기만 해도 소름끼치는 섬뜩한 노래들이 계속 울려 퍼졌다. 언뜻 기괴해 보이는 해적들의 행렬은 거침없이 앞으로 나아갔다. 그 때 아이들이 울음을 터뜨렸는지는 알 수 없다. 왜냐하면 설령 누가 엉엉 소리내어 울었다고 해도 해적들의 우렁찬 노랫소리에 파묻혀버렸을 것이 틀림없기 때문이다. 웬디의 작은 집은 숲길을 가는 도중에 굴뚝으로 흰 연기를 뿜어냈다. 그것은 후크를 향한 일종의 반항이었다.

후크는 멀찍이서 그 장면을 지켜보았다. 그것은 결국 피터에게 나쁜 영향을 끼치게 되었다. 왜냐하면 분노와 증오로 들끓는 후크의 가슴 저 깊은 곳에 혹시 남아 있었을지도 모를 한 움큼의 동정심마저 그 이후 싹 사라져버렸기 때문이다.

어느덧 밤이 더욱 깊었다. 홀로 남은 후크는 슬라이틀리의 나무 구멍 앞으로 살금살금 다가가 자기가 들어갈 수 있는지 살펴보았다. 그 뒤 이런저런 궁리를 하며 곰곰이 생각에 잠겼다. 후크가 그냥 보기만 해도 흉악하기 짝이 없는 모자를 벗어 풀밭 위에 내려놓자, 산들바람이 불어와 머리카락을 흩날렸다. 그의 머릿속은 언제나 비열한 꿍꿍이로 가득했으나, 그의 푸른 눈동자만큼은 빙카꽃처럼 싱그러워 보였다. 후크는 나무 구멍에 귀를 갖다 댄 채 땅속 집에서 들려오는 자그마한 소리 하나도 놓치지 않으려고 했다. 그렇지만 그곳은 땅 위와 마찬가지로 적막할 따름이었다. 마치 허공처럼 땅속에도 텅 빈 공간만 덩그러니 있는 것 같은 느낌이 들었다. 피터는 잠이 든 것일까? 아니면 조용히 단검을 빼들고 나무 구멍 아래에서 후크가 나타나기를 기다리고 있는 것일까?

땅속 집의 상황을 정확히 알려면 직접 내려가 보는 수밖에 없었다. 마침내 후크는 망토를 벗어 살며시 땅바닥에 내려놓았다. 그리고는 피가 맺히도록 단단히 입술을 깨물고 나무 구멍 안으로 발을 들여놓았다. 그는 용맹함을 따질 때 둘째가라면 서러워할 사람이지만, 긴장감 탓에 촛농처럼 뚝뚝 떨어지는 땀방울을 닦으려고 몇 번이나 발걸음을 멈췄다. 무엇이 기다리고 있을지 모를 미지의 세계로 살금살금 걸어 들어가는 그의 뒷모습에는 여전히 증오심이 길게 꼬리를 드리우고 있었다. 후크는 얼마 지나지 않아 나무 구멍의 밑바닥에 다다랐다. 그는 가쁜 숨을 애써 가라앉히며 땅속 집에 첫 발을 내딛었다. 그리고 아슴푸레한 불빛에 눈이 익숙해질 무렵 집 안의 갖가지 물건들이 보이기 시작했다. 그의 탐욕스런 눈빛은 다른 물건들을 뒤로 하고 곧장 커다란 침대로 향했다. 그 침대 위에는 그토록 오랫동안 찾아 헤맸던 피터가 곤히 잠을 자고 있었다.

피터는 땅 위로 올라간 아이들에게 어떤 일이 벌어졌는

지 전혀 알지 못했다. 그래서 한동안 즐겁게 피리를 불었는데, 따지고 보면 그런 행동은 자신이 홀로 남겨져도 아무렇지 않다는 것을 스스로에게 확인시키려는 눈물겨운 노력이었다. 피터는 그런 다음 웬디를 슬프게 하기 위해 약도 먹지 않고 침대에 누웠다. 감기가 들든 말든 상관하지 않는 듯 이불도 덮지 않았는데, 그 역시 웬디를 속상하게 만들려는 속셈이었다. 웬디는 엄마 역할을 할 때 밤중에 일어나 아이들이 이불을 잘 덮고 자는지 꼭 확인하는 습관이 있었다. 지나간 추억이 떠오르자 피터는 눈물이 왈칵 쏟아질 것 같았다. 하지만 즐겁게 지내야 웬디가 약이 오를 것이란 생각에 억지로 크게 소리내어 웃음을 터뜨렸다. 그러다가 스르르 잠이 들어버렸던 것이다.

자주 그런 것은 아니었지만, 피터는 잠을 자면서 종종 꿈을 꾸었다. 그런데 그 꿈은 다른 아이들에 비해 굉장히 고통스러웠다. 피터는 꿈속에서 애달프게 울어대며 몇 시간씩 좀처럼 깨어나지 못했다. 어쩌면 그 꿈들이 피터의 출생에 관한 비밀과 연관된 것은 아닐까? 웬디는 땅속 집에 머무를 때 그런 일이 있으면 피터를 침대 밖으로 데려와 자신의 무릎에 머리를 올리게 하고 정성껏 토닥여주었다. 그것은 괴로워하는 피터를 달래주기 위해 스스로 생각해낸 방법이었다. 그러다가 피터가 어느 정도 안정을 되찾으면 잠에서 깨기 전에 얼른 다시 침대에 눕히고는 했다. 그래야만 피터가 어린아이 취급을 당한 것을 알고 자존심 상해하는 것을 방지할 수 있었기 때문이다. 그런데 아이들이 떠난 날, 피터는 아무런 꿈도 꾸지 않고 곧장 깊은 잠에 빠져들었다. 한쪽 팔은 침대 밖으로 늘어뜨리고, 한쪽 다리는 무릎을 위로 세운 자세였다. 그래도 웃다가 잠들었기 때문인지 입가에는 웃음기가 아직 남아 있었고, 살짝 벌어진 입술 사이로 어여쁜 젖니가 반짝거렸다.

후크가 땅속 집에 들어섰을 때, 한마디로 피터는 무방비 상태였다. 쇠갈고리 선장은 제자리에 우뚝 멈춰선 채 건너편에 누워 있는 상대를 조용히 바라보았다. 혹시라도 그의 시커먼 가슴이 단 한 줌의 동정심으로나마 흔들렸던 것일까? 자세히 알고 보면 후크도 머리끝부터 발끝까지 완전히 사악한 인간은 아니었다. 그가 꽃을 좋아한다는 말이 들리기도 했고, 솜사탕처럼 부드러운 음악을 종종 들으며 악기 연주에도 재능이 있다는 소문까지 전해졌다. 사실 후크는 땅속 집에 발을 내딛자마자 소박하고 평온한 풍경에 마음이 몹시 흔들리는 것을 느꼈다. 만약 단 한 줌의 동정심이 조금만 더 위력을 발휘했다면 그냥 나무 구멍 위로 다시 올라가버렸을지도 모를 일이었다. 하지만 딱 하나 그의 마음에 거듭 어두운 그림자를 드리우는 것이 있었다.

후크의 동정심을 완전히 가로막은 것은 잠들어 있는 피터의 건방진 모습이었다. 슬며시 웃음기를 머금은 채 입을 다물지 않은 얼굴 표정은 말할 것 없고, 아래로 축 늘어뜨린 팔과 무릎을 세운 다리 모양은 후크의 기분을 불쾌하게 만들었다. 후크처럼 그런 모습을 보고 언짢아하는 사람이라면 두 번 다시 보고 싶어 하지 않을 것이 틀림없었다. 일순간 후크의 마음은 단단히 문을 걸어 잠갔다. 만약 그 때 후크의 분노가 폭발해 수백 개의 조각으로 산산조각 났다면, 그 조각들이 하나도 빠짐없이 일제히 피터를 향해 날아가 꽂혔을 것이다.

램프 불빛이 피터가 잠든 침대를 희미하게 비추고 있었다. 그 불빛이 그다지 밝지 않아 후크가 서 있는 자리는 꽤나 어두웠다. 후크는 슬쩍 발걸음을 내딛으려다가 무언가에 쾅 부딪히고 말았다. 장애물의 정체는 슬라이틀리의 나무 구멍에 달린 문이었다. 그런데 이상하게 나무 구멍에 비해 문이 훨씬 작았다. 그러니까 땅속 집에 내려온 후크는 여태껏 문틈으로 방 안 풍경을 살펴본 셈이었다. 후크는 곧장 문고리를 찾아 이리저리 더듬거렸는데, 너무 아래쪽에 달려 있어 손이 쉽게 닿지 않았다. 순간 후크는 화가 치밀었다. 그렇지 않아도 건방지게 보였던 피터의 잠자는 모습이 더욱 신경을 거슬리게 했다. 후크는 더 이상 문고리를 찾는 것을 포기하고 무작정 문을 마구 흔들어댔다. 그리고는 갑자기 몸을 날려 순전히 힘으로 문을 열어젖혔다. 과연 피터는 그토록 참을성 없고 포악한 적의 손아귀에서 벗어날 수 있을까?

후크는 침대 곁으로 다가서다가 선반을 발견했다. 그것은 피터가 손만 뻗으면 닿을 만한 위치에 설치되어 있었다. 후크의 이글거리는 매서운 눈초리는 선반 위에 놓인 피터의 약병을 금방 알아보았다. 후크는 이제 피터의 운명이 자기 손에 달려 있다고 믿었다.

후크는 생포될 때를 대비해 독약을 항상 몸에 지니고 다녔다. 자기가 직접 제조한 독약이었는데, 치명적인 독이 있다는 온갖 식물들을 한데 모아 노란 진액이 우러나도록 펄펄 끓여 만들었다. 그것은 비록 학계에 알려지지 않았지만, 세상에서 가장 강력한 약효를 지닌 독약이라고 할 만했다.

후크는 품안에서 독약을 꺼내 선반에 놓인 피터의 약병에 다섯 방울만 떨어뜨렸다. 그 정도면 충분히 목숨을 빼앗고도 남을 양이었다. 결코 수치심 때문이 아니라 하늘을 날 듯한 기쁨 때문에 그의 손이 저절로 떨렸다. 후크는 독약을 떨어뜨리면서 피터의 얼굴을 애써 외면했다. 그 이유는 동정심이 꿈틀댈 것을 염려해서가 아니라, 오직 약을 쏟지 않기 위해 정신을 집중했던 것이다. 후크는 음모를 실현한 뒤 매우 만족스러운 표정으로 불쌍한 희생양을 가만히 바라보았다. 그리고는 이내 돌아서서 자벌레처럼 꿈틀거리며 나무 구멍 위로 힘겹게 올라갔다. 잠시 뒤 땅으로 올라온 후크의 모습은 악의 정령이 어둠을 헤치고 나와 사악한 정체를 드러낸 것 같았다. 후크는 입을 꾹 다문 채 풀밭에 벗어두었던 모자를 삐딱하게 쓰고 망토를 걸쳤다. 그리고는 어두컴컴한 밤의 눈길로부터 자신을 감추려는 듯 망토 한쪽 자락을 얼굴까지 바짝 끌어올렸다. 아마도 그는 밤보다 어두운 존재가 자기 자신이라는 것을 모르는 것 같았다. 후크는 이러쿵저러쿵 혼잣말을 중얼거리며 숲속으로 스르르 사라져버렸다.

그 시각 피터는 여전히 잠에 빠져 있었다. 얼마 지나지 않아 희미하게 침대를 밝히던 램프마저 불빛이 완전히 사그라졌다. 방 안은 온통 캄캄한 어둠에 잠겼다. 그런데도 피터는 잠에서 깨어나지 않았다. 그 때 멀리 악어 뱃속의 시계 소리는 10시를 알리고 있었다. 도무지 잠을 털고 일어날 기미를 보이지 않던 피터가 가까스로 눈을 뜬 것은 어떤 소리가 방 안에 울려 퍼지고 나서였다. 누군가 피터의 나무 구멍에 달린 문을 조심스럽게 두드려대고 있었다.

문을 두드리는 소리는 작고 신중했다. 그럼에도 조금씩 고요를 깨뜨리는 그 소리는 왠지 불길한 예감을 갖게 했다. 겨우 잠에서 깨어난 피터는 어둠 속을 더듬거려 단검을 찾아 들었다.

"누구야?"

피터가 단검을 힘껏 쥐며 물었다. 문 밖에서는 아무런 대답도 들리지 않았다. 잠시 뒤 또다시 노크 소리가 들려왔다.

"대체 누구야?"

여전히 대답이 없었다.

피터는 순간 온몸이 오싹해졌다. 하지만 그런 느낌이 꼭 나쁜 것만은 아니었다. 피터는 오싹한 전율이 밀려올 때 묘한 쾌감을 만끽했다. 피터가 성큼성큼 자신의 문 앞으로 다가섰다. 슬라이틀리의 문과 달리 피터의 문은 작지도 크지도 않게 딱 들어맞았다. 그래서 피터나 문 밖에 있는 사람이나 서로의 처지를 확인할 수 없었다.

"누군지 밝히지 않으면 문을 안 열어줄 거야."

피터가 꾸짖듯 소리쳤다.

그제야 문 밖에서 정체 모를 누군가가 입을 열었다. 은은한 종소리 같은 사랑스러운 목소리였다.

"문 좀 열어줘, 피터."

팅커 벨이었다. 피터가 문을 열자마자 팅커 벨이 얼른 날아 들어왔다. 그런데 무슨 일인지 팅커 벨은 잔뜩 흥분해 얼굴이 벌겋게 달아올랐고, 옷에도 진흙이 뒤범벅되어 있었다.

"아니, 네 모습이 왜 이래?"

"피터, 넌 상상도 못할 일을 겪었어!"

팅커 벨이 떨리는 목소리로 말했다. 그리고는 자기에게 무슨 일이 있었는지 알아맞힐 기회를 세 번 주겠다고 이야기했다.

"기회는 무슨. 그냥 말하지 못해!"

피터가 버럭 화를 냈다. 팅커 벨은 그 때서야 웬디와 소년들이 해적들에게 붙잡힌 사건을 털어놓았다. 마치 마술사가 입에서 온갖 색깔의 리본을 끝도 없이 뽑아내듯 이러니저러니 아주 긴 이야기였다. 하지만 문법이 전혀 맞지 않는 엉터리 문장투성이였다.

팅커 벨의 말을 다 들은 피터는 가슴이 콩닥콩닥 방망이질을 했다. 아, 웬디가 해적선에 붙잡혀 있다니! 누구보다 착하고 친절한 웬디에게 그런 끔찍한 일이 벌어지다니!

"당장 웬디를 구하러 가야겠어!"

피터는 서둘러 무기를 놓아둔 곳으로 달려갔다. 그 짧은 시간 동안 피터의 머릿속에는 웬디를 기쁘게 해줄 만한 한 가지 일이 떠올랐다. 다름 아닌 약을 먹는 것이었다.

피터가 선반에 놓인 약병을 집어 들자 팅커 벨이 소스라치게 놀라며 비명을 내질렀다.

"안 돼! 멈춰!"

팅커 벨은 땅속 집으로 돌아오면서 우연히 후크를 만났다. 쇠갈고리 선장은 정신없이 숲길을 지나며 혼잣말을 중얼거렸는데, 가만 들어보니 자신이 저지른 짓을 지껄이는 중이었다.

"왜 안 된다는 거야, 팅크?"

피터가 깜짝 놀라며 물었다.

"약병에 독이 들어 있어."

"뭐라고! 도대체 누가 나 몰래 여기에 독을 넣을 수 있단 말이야?"

"후크."

"어이구, 바보야. 후크가 어떻게 여기에 들어올 수 있어?"

팅커 벨은 피터의 물음에 머뭇거리며 아무 말도 하지 못했다. 그건 팅커 벨로서도 설명하기 어려운 문제였다. 슬라이틀리의 나무에 숨겨진 비밀은 팅커 벨도 전혀 몰랐으니까 말이다. 어쨌거나 후크가 혼잣말로 지껄인 이야기는 의심할 여지가 없었다. 피터의 약병에는 분명 독이 들어 있었다.

"좋아, 후크가 어떻게 여기에 들어왔다고 쳐. 그래도 내가 잠들지 않고 눈을 뜨고 있는데 약병에 독을 집어넣을 수는 없어."

피터는 자신만만하게 말했다. 그리고 팅커 벨의 주의를 무시한 채 약병을 집어 들고는 컵에 따르지도 않고 곧장 입으로 가져갔다. 더 이상 이러쿵저러쿵 말할 여유가 없었다. 재빨리 행동으로 보여줘야 할 때였다. 팅커 벨은 번개같이 날아올라 피터의 입술과 약병 사이를 막아서더니 얼른 독약이 섞인 약을 삼켰다.

"팅크, 네가 감히 내 약을 먹다니!"

피터가 화를 냈지만, 팅커 벨은 아무런 대꾸도 하지 않았다. 아니, 입을 뻥긋거릴 새도 없이 공중에서 비틀거리고 있었다.

"갑자기 왜 그래, 팅크?"

피터는 덜컥 겁이 났다.

"독이 들었다고 말했잖아……. 난 이제 죽을 거야."

팅커 벨의 목소리에 힘이 하나도 없었다.

"그럼 내 목숨을 구하려고 네가 대신 약을 먹은 거야, 팅크?"

"응."

"아, 대체 왜 그런 거야? 왜 그랬어, 팅크!"

이제 팅커 벨은 날갯짓을 하기도 버거워 보였다. 팅커 벨은 달리 말을 하는 대신 피터의 어깨에 내려앉아 볼을 살짝 깨물었다. 그리고는 나지막이 속삭였다.

"바보 멍청아."

팅커 벨은 이 말을 마치고 힘겹게 날아올라 비실비실 자신의 침실로 갔다. 온몸의 힘이 다 빠진 듯 바로 침대로 향하더니 그냥 푹 고꾸라지고 말았다.

피터는 북받치는 슬픔으로 매우 힘겨워했다. 팅커 벨의 침실 곁으로 천천히 다가가더니 무릎을 꿇고 앉았다. 그가 침실 안으로 머리를 들이밀자, 얼굴이 한쪽 벽면을 완전히 가려버렸다. 그만큼 팅커 벨의 침실이 작았던 것이다. 안타깝게도,

팅커 벨의 빛이 점점 희미해지고 있었다. 그 빛이 완전히 꺼지고 나면 팅커 벨의 생명도 잦아들 운명이었다. 그 사실을 잘 알고 있는 피터는 주르르 눈물을 흘렸다. 팅커 벨은 위급한 상황에서도 피터가 자기 때문에 눈물을 흘리는 것이 너무나 기뻤다. 그래서 연약한 손가락을 내밀어 피터의 눈물이 그리로 흘러내리게 했다.

팅커 벨은 무슨 말을 하려는지 입을 오물거렸다. 하지만 목소리가 너무 작아져서 알아듣기가 어려웠다. 피터는 팅커 벨 옆으로 좀 더 가까이 얼굴을 들이밀고는 귀를 쫑긋 세웠다. 여전히 목소리에 기운이 없었지만, 팅커 벨은 아이들이 요정의 존재를 믿는다면 자기가 살아날 수 있을 것 같다고 말했다.

피터가 갑자기 두 팔을 벌렸다. 그곳에는 아이들이 없었고 밤도 깊었는데 피터가 왜 그런 행동을 하는지 선뜻 이해되지 않았다. 하지만 해적들에게 붙잡혀간 아이들이 전부는 아니었다. 또 다른 아이들이 생각보다 가까운 곳에 있었다. 잠옷 차림의 여자아이와 남자아이가 있었고, 나무에 걸어둔 바구니 안에는 갓난아기가 꼬물거렸다. 피터는 그 모든 아이들에게 소리쳐 물었다.

"너희들, 요정이 있다고 믿니?"

팅커 벨은 자신의 운명이 걸린 대답을 들으려고 힘겹게 몸을 일으켰다. 언뜻 "나는 요정이 있다고 믿어."라는 말이 들리는 것 같았다. 하지만 이내 몸이 쇠약해져 환청이 들리는 것은 아닐까 하는 의심이 들었다.

"지금 애들이 뭐라고 그랬지?"

팅커 벨이 물었다. 그러나 피터도 아이들이 뭐라고 대답하는지 정확히 듣지 못했다.

"얘들아, 요정의 존재를 믿는다면 손뼉을 크게 쳐줘. 제발 팅크를 이대로 죽게 내버려두지 마."

피터가 아이들을 향해 다시 한 번 큰소리로 물어보았다.

곧 많은 아이들이 손뼉을 치는 소리가 들려왔다. 하지만 손뼉을 치지 않는 아이들도 적지 않았다. 심지어 몇몇 심술궂은 아이들은 조롱하듯 험한 말을 퍼붓기도 했다. 그런데 잠시 뒤, 손뼉 소리가 뚝 끊겼다. 그런 일이 벌어지는 이유는 뻔했다. 아이들의 엄마들이 자기 자식의 방에서 웬 소란이 일어났나 싶어 한달음에 달려왔기 때문이다.

그런데 그 정도로도 팅커 벨이 다시 기운을 되찾는 데는 큰 도움이 되었다. 먼저 팅커 벨의 목소리가 활기를 되찾는가 싶더니, 언제 비실거렸느냐는 듯 침대에서 폴짝 뛰어나왔다. 그리고는 괜히 방 안을 이리저리 날아다녔다. 그 모습이 여느 때보다 더 씩씩해 도도해 보이기까지 했다. 팅커 벨은 요정의 존재를 믿는다고 말해준 아이들을 잠시 떠올렸지만 굳이 고맙다는 인사를 할 생각은 없었다. 하지만 조롱하듯 험한 말을 퍼부은 아이들만큼은 꼭 혼내주고 싶었다.

"자, 이제 웬디를 구하러 가자!"

피터는 다시 무기를 챙겨 들고 나무 구멍 밖으로 서둘러 나왔다. 얼마나 급하게 움직였는지 옷도 제대로 갖춰 입지 않은 모습이었다. 그 시각 땅 위 세상은 구름이 잔뜩 낀 하늘에 달이 떠 있었다. 평소 같으면 피터가 그처럼 어두운 밤에 모험을 떠날 리 없었다. 웬디를 구하는 일이 그만큼 중요하고 다급했던 것이다.

피터는 숲길 이곳저곳을 자세히 살피기 위해 땅에 바짝 붙어 날고 싶었다. 그러나 달빛이 구름에 가렸다가 환하게 비추기를 반복하다 보니, 그렇게 날았다가는 자신의 그림자가 나무들 사이에서 나타났다 사라졌다 수선을 떠는 모양새가 될 것 같았다. 그러면 곤히 잠들어 있는 새들을 깨우게 될 테고, 적들이 수상한 낌새를 알아차릴 가능성이 컸다. 그제야 피터는 새들에게 괴상한 이름을 붙여준 것을 후회했다. 그 바람에 새들이 피터를 멀리해 친해질 기회가 없었기 때문이다.

결국 피터는 인디언들의 방식을 따르기로 마음먹었다. 인디언들은 남몰래 이동할 때 땅바닥에 몸을 바짝 붙인 채 한 발 한 발 조심스럽게 발걸음을 옮겼다. 다행히 피터는 인디언들을 흉내내는 것이 매우 능숙했다. 하지만 아이들이 해적선으로 끌려갔는지 확신할 수 없어 어디로 가야 할지 쉽게 방향을 잡지 못했다. 엎친 데 덮친 격으로 어느새 눈까지 살짝 내려 발자국 하나 보이지 않았다. 섬은 얼마 전에 일어났던 대학살을 지켜보며 소스라치게 놀랐는지 무거운 정적만 감돌았다. 모든 것이 공포에 질려 숨소리조차 내지 못하는 것 같았다.

한때 피터는 타이거 릴리와 팅커 벨로부터 숲속에서 위기 상황에 맞닥뜨리면 어떻게 행동해야 하는지 배운 적이 있었다. 피터는 그 요령을 아이들에게도 전해주었다. 따라서 지금 위험에 처한 아이들이 그것을 잊어버리지 않고 있기를 기대했다. 이를테면 슬라이틀리는 해적들이 방심하는 틈을 타 나무껍질에 어떤 표시를 남겼을 테고, 컬리는 눈에 잘 띄는 씨앗들을 일부러 흘려 두었을 것이다. 또한 웬디라면 중요한 지점에 갖고 있던 손수건을 떨어뜨려놓았을지 모른다. 그러나 그와 같은 흔적들을 발견하려면 아침이 밝아야 했다. 피터는 도저히 그 때까지 기다릴 마음의 여유가 없었다. 하늘은 피터를 운명의 울타리 안으로 끌어들였으나, 아무런 도움도 주지 않으려고 했다.

잠시 뒤, 피터 곁으로 악어가 지나갔다. 그 밖에 살아 움직이는 것은 하나도 보이지 않았다. 이렇다 할 소리조차 들리지 않았다. 그러나 피터는 명심하고 있었다. 언제 어디서나 죽음이 닥칠 수 있다는 사실을. 어쩌면 죽음이 눈앞에 보이는 나무 뒤쪽에 숨어 있을지 몰랐고, 여태껏 슬금슬금 자신을 뒤따라오고 있는지도 모를 일이었다.

"이번에는 분명 나와 후크, 둘 중 한 사람만 살아남을 거야."

피터는 마음속으로 무서운 맹세를 했다.

피터가 다시 뱀처럼 스르르 앞으로 나아갔다. 그러다가 달빛이 환하게 모습을 드러내면 벌떡 일어나 쏜살같이 허공을 날았다. 그 때 피터는 한 손을 입술에 갖다 댔고, 다른 한 손은 단검을 잡아 언제라도 빼들 수 있는 준비 태세를 갖추었다. 순간 피터의 가슴속에 더없는 행복감이 밀려왔다.

해적선
졸리 로저 호

'해적의 강' 어귀에 있는 '키드의 만'에 한 줄기 가느다란 초록빛이 내리비쳤다. 그 빛에 모습을 드러낸 것은 수심이 얕은 곳에 정박해놓은 쌍돛대 범선 졸리 로저 호였다. 배는 전체적으로 매우 날렵해 보였는데, 선체 바깥쪽은 각종 해조류가 잔뜩 붙어 있어 너저분했다. 갑판 위도 그에 못지않아 이런저런 깃털들이 어지럽게 엉겨붙어 있어 지저분하기 짝이 없었다. 졸리 로저 호는 사람으로 치면 식인종과 같은 이미지라, 누가 함부로 침입할까봐 망을 볼 필요가 없었다. 그 이름만 듣고도 감히 얼씬거리기조차 두려워했으니까 말이다.

그 날 밤, 그 해적선은 짙은 어둠에 감싸여 있었다. 배 안은 워낙 조용한 터라 어둠을 뚫고 해안까지 들릴 소리는 하나도 없었다. 이따금 스미가 작동시키는 재봉틀이 웅웅거리는 소음을 낸 것을 빼면 해적선에 어울릴 법한 고성 따위는 전혀 들리지 않았다. 스미는 항상 부지런하고 기꺼이 명령에 복종했다. 그는 아무리 봐도 평범하기 그지없어 때로는 측은한 마음이 들 정도였다. 왜 스미가 그토록 측은해 보였는지 정확한 이유를 말하기는 어렵다. 굳이 그 까닭을 이야기하자면, 스미 스스로 자신이 남들에게 측은해 보인다는 사실을 전혀 짐작조차 못하기 때문이라고 할 수 있을까? 스미를 바라보는 사람들은 설령 아무리 강인한 성격을 가졌다 하더라도 얼른 시선을 돌려버리기 일쑤였다. 후크조차 스미 탓에 감정을 자극받아 왈칵 눈물을 흘린 적이 한두 번이 아니었다. 물론 다른 때도 마찬가지였지만, 스미는 자기가 그런 상황을 불러온 줄 꿈에도 알지 못했다.

밤이 깊을수록 스산한 기운이 맴돌았다. 잠시 뒤, 해적 몇이 갑판에 나타나더니 난간에 몸을 기댄 채 술을 들이켰다. 가만 보니 그 곁에는 또 다른 해적들이 술통 옆에 아무렇게나 기대어 앉아 주사위와 카드로 게임을 하고 있었다. 그뿐 아니었다. 후크의 명령에 따라 웬디의 작은 집을 짊어지고 온 네 명의 해적들은 몹시 지쳤는지 갑판 위에 엎드려 곯아떨어져 있었다. 그들은 잠을 자면서도 후크의 쇠갈고리가 나타나면 이리저리 용케 피해 다녔다. 후크는 아무 때나 습관처럼 쇠갈고리를 휘둘러대고는 했는데, 넋 놓고 있다가는 자칫 상처를 입기 십상이었다.

그 시각 후크는 골똘히 생각에 잠긴 채 갑판을 서성거렸다. 도무지 시커먼 속을 헤아릴 수 없는 남자, 그가 바로 제임스 후크였다. 사실 그 무렵은 후크가 승리의 쾌감을 만끽할 때였다. 그렇지 않은가. 철천지원수 같은 피터는 독약을 먹어 죽었을 테고, 다른 아이들은 모두 생포해 왔으니까 말이다. 이제 그 아이들을 끌고 와 뱃전에 덧대놓은 널빤지 위를 걷게 해 물에 빠뜨려 죽일 일만 남은 터였다. 따지고 보면 이번 일은 바비큐를 굴복시킨 이래 가장 잔혹한 명성을 떨칠 만한 크나큰 위업이었다. 그러니 후크가 지금 한없이 거만하게 굴며 안하무인의 자세로 갑판을 거닌다고 해도 눈꼴시게 여길 상황은 아니었다. 인간이란 본디 툭하면 제 잘난 맛에 빠져 사는 한심한 존재가 아닌가.

　그런데 갑판을 서성대는 후크의 걸음걸이에서는 승리의 쾌감이 조금도 느껴지지 않았다. 평소와 다름없이 음산한 분위기를 자아내며 발길이 닿는 대로 걸음을 내딛을 뿐이었다. 아니, 오히려 그의 마음은 깊은 슬픔에 잠겨 있었다. 하기야 후크가 그런 심정에 빠져드는 것은 드물지 않은 일이었다. 그는 적막한 밤 갑판을 거닐며 이런저런 생각에 잠길 적마다 외로움을 느끼면서 슬픔에 젖어들고는 했다. 그에게 외로움은 시도 때도 없이 불시에 찾아왔다. 특히 수수께끼 같은 이 남자는 부하들과 함께 있을 때 더욱 외로움을 느꼈다. 아무리 같이 해적질을 하는 부하들이라도 수준이 너무 달랐기 때문이다.

사실 '후크'라는 이름은 본명이 아니었다. 만약 지금이라도 그의 정체를 밝힌다면 세상이 떠들썩해질 것이 틀림없다. 이미 눈치 빠른 사람은 짐작했겠지만, 후크는 한때 명문 사립학교에서 공부했다. 따라서 그 학교의 근엄한 전통이 마치 몸에 딱 달라붙는 옷처럼 아직도 후크의 품성 곳곳에 배어 있었다. 옷 이야기로 비유한 김에 한마디 더 하자면, 그 사립학교는 학생들의 복장에 대해 매우 까다롭게 간섭했다. 그런 교육에 익숙해진 탓인지 후크는 다른 해적들과 전투를 벌여 승리하더라도 상대의 배에 오를 때는 제대로 옷을 갖춰 입어야 한다고 생각했다. 행여 부하들이 전투를 하던 복장 그대로 상대의 배에 오르려고 하면 드러내놓고 마땅치 않은 표정을 짓고는 했다. 명문 사립학교의 전통은 그의 걸음걸이에도 영향을 끼쳤다. 후크가 구부정한 자세로 걸음을 걷는 습관 역시 그 학교의 가르침에서 비롯되었던 것이다. 후크는 무엇보다 고매한 품격을 중요하게 여겼는데, 그것도 명문 사립학교에 다닌 덕분에 갖게 된 가치관이었다.

고매한 품격! 그동안 후크가 타락한 삶을 살아왔던 것은 엄연한 사실이다. 그럼에도 후크는 사람이 살아가는 데 무엇보다 품격이 중요하다는 것을 잘 알고 있었다. 한 번도 그런 생각을 잊은 적이 없었다.

후크는 자신의 마음 깊은 곳에서 들려오는 소리를 들었다. 녹슨 철문이 '삐거덕!' 소리를 내며 열리는 소리였다. 그러자 철문 안에서 다시 '탕! 탕! 탕!' 하며 망치를 두드리는 듯한 소리가 들려왔다. 긴 잠에 빠진 사람을 흔들어 깨우는 것 같은 그 소리가 엄숙하게 물었다.

"너는 오늘 고매한 품격을 잊지 않았느냐?"

"그럼, 그 반짝이는 보석은 내 거야. 나는 다른 사람들과 함께 있을 때 체면과 위엄을 잊은 적이 없어. 늘 남들보다 뛰어났다고."

후크가 쌀쌀맞게 소리쳤다.

"남들보다 뛰어나기만 하면 고매한 품격이 있는 건가?"

엄숙한 소리가 다시 물었다. 그것은 다름 아닌 후크가 다녔던 사립학교에서 들려오는 소리였다.

"난 잔인한 해적 바비큐가 유일하게 두려워한 사람이야. 플린트의 오금을 저리게 했던 그 바비큐 말이야."

"바비큐, 플린트……. 그 자들은 대체 어느 집안 출신이지?"

사립학교에서 들려오는 엄숙한 소리는 어떤 으름장에도 흔들리지 않았다.

후크는 마음이 어지러웠다. 무엇보다 자신을 괴롭게 하는 것은 고매한 품격에 대해 생각하는 것이야말로 고매한 품격에 어울리지 않는다는 자책이었다. 후크는 가슴이 몹시 아팠다. 마음의 칼날이 온몸을 저미는 것 같았다. 그것은 자기의 손을 대신하는 쇠갈고리보다 훨씬 날카롭고 예리했다. 마음의 칼날이 치명적인 상처를 입히는 동안 후크의 음산한 얼굴에서는 식은땀이 비 오듯 쏟아져 윗옷을 타고 흘러내렸다. 소매로 땀을 닦고 또 닦았지만 도저히 감당할 수 없을 정도였다.

아무리 잔혹한 해적일지언정, 그런 상황에 처한 후크를 비난하기는 어려웠다. 문득 후크는 자신의 삶이 얼마 남지 않은 것 같은 불길한 예감에 휩싸였다. 피터의 무서운 맹세가 마침내 졸리 로저 호에 다다른 것일까. 후크는 더 늦기 전에 유서를 써둬야겠다는 참담한 욕망을 느꼈다.

"후크의 야망이 조금만 작았더라면 좋았을걸."

갑자기 후크의 입에서 큰 소리가 터져 나왔다. 그는 비참한 생각에 잠길 때마다 자신을 타인처럼 대하는 버릇이 있었다. 그의 외침이 이어졌다.

"아이들은 나를 모두 싫어해!"

후크가 내뱉었다고는 믿기 어려운 말이었다. 그 때까지 후크는 한 번도 그와 같은 문제로 괴로워한 적이 없었다. 어쩌면 그 말은 스미가 돌리고 있던 재봉틀 소리 때문에 얼떨결에 터져 나왔는지 모를 일이었다. 후크는 어느 결에 스미 곁으로 다가와 재봉질하는 모습을 빤히 쳐다보았다. 그의 입에서는 알아들을 수 없는 말이 계속 새어나오고 있었다. 스미는 한창 감침질을 하느라 정신이 없어 보였다. 그는 늘 그랬듯 아이들이 자신을 무서워한다고 믿었다.

하지만 어떤 아이가 스미를 무서워한단 말인가. 그 날 밤 해적선에 올라타 있던 아이들 중 스미를 두려워하는 사람은 한 명도 없었다. 겁을 내고 무서워하기는커녕 좋아한다고 표현해도 크게 틀린 말이 아니었다. 스미는 아이들에게 자주 엄포를 놓았지만 차마 주먹질을 하지는 못했다. 기껏해야 손바닥으로 툭툭 때릴 때가 가끔 있을 뿐이었다. 그러다 보니 아이들은 스미에게 달라붙어 이런저런 요구를 하기 일쑤였다. 심지어 마이클은 스미가 쓰고 있는 안경을 벗기는 장난을 치기까지 했다.

누구나 측은해할 만한 스미에게 아이들이 무서워하지 않는다고, 어느 면에서는 좋아하기까지 한다고 얘기해주면 어떨까? 후크는 그런 충동을 느껴 입이 근질거렸지만, 너무 잔인한 짓 같아 꾹 참았다. 그 대신 한 가지 궁금증을 풀어보기로 했다. '아이들은 왜 스미를 좋아하는 걸까?' 후크는 탐정이라도 되는 양 이 질문을 곱씹어보았다. '혹시 아이들 눈에는 스미가 사랑스러워 보이는 것일까? 그렇다면 그 이유가 무엇일까?' 후크의 생각은 꼬리에 꼬리를 물고 이어졌다. 그 때 갑자기 그의 머릿속에 끔찍한 해답이 떠올랐다.

"혹시…… 고매한 품격 때문인가?"

만약 그렇다면 갑판장 스미의 품격은 가히 최고라고 할 만했다. 자기는 그런 줄도 모르면서 남들이 알아주는 고매한 품격을 갖추고 있으니까 말이다. 후크는 문득 명문 사립학교 이튼칼리지의 사교 클럽 가입 조건이 떠올랐다. 그 조건이란, 고매한 품격을 갖췄으면서도 자기는 그런 사실을 모르고 있다는 것을 증명할 수 있어야 했다.

그 순간, 후크는 화가 치밀어 올랐다. 그는 다짜고짜 쇠갈고리를 치켜들어 스미의 정수리를 겨누었다. 그래도 다행히 내려치지는 않았는데, 또 다른 생각이 그를 막아선 덕분이었다.

'아, 어떤 사람이 고매한 품격을 가졌다는 이유로 쇠갈고리를 휘두를 수는 없어. 그런 짓이야말로 고매한 품격과 정반대되는 거야.'

후크는 비참한 마음에 어깨가 축 처졌다. 그리고는 곧 가지 꺾인 꽃처럼 앞으로 고꾸라지고 말았다.

그 무렵 후크의 부하들은 선장이 보이지 않자 규율이 형편없이 흐트러졌다. 너나없이 흥에 겨워 몸을 흔들어대면서 한바탕 난리를 피웠다. 그런 야단법석 덕분이라고 해야 할까,

후크는 오래 가지 않아 정신을 번쩍 차렸다. 그는 찬물이라도 한 바가지 뒤집어쓴 듯 바닥에서 벌떡 일어나 이전의 모습을 되찾았다. 방금 전까지 보였던 나약함은 흔적도 없이 사라져 버렸다.

"모두 조용히 하지 못해! 이런 덜 떨어진 놈들, 닻으로 엉덩이 좀 맞아볼 테냐?"

후크가 해적선이 쩌렁쩌렁 울리도록 소리를 내질렀다. 순식간에 주위가 쥐 죽은 듯 고요해졌다.

"너희들, 꼬맹이들이 날아가 버리지 못하게 쇠사슬로 잘 묶어뒀겠지?"

"네!"

"그럼 어서 가서 녀석들을 끌고 오도록."

잠시 뒤, 쇠사슬에 묶여 창고에 있던 아이들이 줄줄이 끌려나와 후크 앞에 일렬로 세워졌다. 단 한 사람, 웬디만 보이지 않았다. 그런데 웬 일인지 후크는 한동안 아이들의 존재를 모른 척했다. 그저 몸을 축 늘어뜨린 채 천박한 노래를 흥얼거릴 따름이었다. 그의 손에는 카드가 들려 있었다. 담배까지 한 대 입에 물고 있었는데, 숨을 들이마실 적마다 불그스름한 불빛이 얼굴에 어른거렸다.

후크가 마침내 말문을 열었다.

"모두 잘 지냈나? 너희들 여섯 명은 오늘 밤 뱃전에 덧대놓은 널빤지 위를 걷게 될 거다. 한데 마침 선실에서 잔심부름을 해줄 꼬맹이가 두 명 필요하게 됐지 뭐야. 누가 우리를 도와 그 일을 할 테냐?"

순간 아이들은 방금 전 창고에서 웬디가 했던 말을 떠올렸다. 웬디는 아이들이 끌려 나올 때 후크를 자극하지 않도록 조심하라며 주의를 줬다. 그래서였을까. 후크의 이야기를 들은 투틀즈가 한껏 공손하게 앞으로 나섰다. 투틀즈는 결코 후크 같은 악당 밑에서 해적들을 돕는 일을 하고 싶지 않았다. 그래서 아이는 그 자리에 없는 사람을 들먹여 핑계를 대는 것이 현명하다고 판단했다. 그다지 총명하지 못한 투틀즈조차 언제나 아이들의 방패막이가 되어주는 것은 엄마라는 사실을 잘 알고 있었다. 아니, 세상의 모든 아이들이 그와 같은 엄마의 사랑을 모르지 않았다. 그런 까닭에 아이들은 평소 엄마를 깔보면서도 자기가 필요할 때는 언제든 서슴없이 이용해 먹으려고 들었다.

투틀즈가 진지한 표정으로 핑계를 대기 시작했다.

"선장님, 저희 엄마는 제가 해적이 되는 것을 바라시지 않는답니다. 틀림없어요."

그러면서 투틀즈는 슬라이틀리 쪽으로 고개를 돌려 물었다.

"너의 엄마는 아들이 해적이 되는 것을 원하실까?"

투틀즈는 한숨까지 내쉬는 시늉을 하다가, 후크 몰래 슬라이틀리에게 의미심장한 눈짓을 보냈다. 슬라이틀리는 용케 투틀즈의 생각을 알아챘다.

"아니, 우리 엄마도 싫어하실 거야."

슬라이틀리는 고개까지 절레절레 흔들었다. 자기는 해적이 되고 싶은데 엄마의 반대 때문에 어쩔 수 없다는 말투였다.

"그럼 쌍둥이 엄마는 자식들이 해적이 되길 바라실까?"

이번에는 투틀즈가 쌍둥이 형제에게 질문을 던졌다.

"아니, 우리 엄마도 다르지 않을 거야. 해적이 되지 말라고 하실걸."

"좋아, 그렇다면 닙스 엄마는……."

투틀즈의 질문이 다시 닙스에게 향하려고 하자, 후크의 얼굴이 심각하게 일그러졌다.

"그만 닥치지 못해! 입 다물라고!"

후크의 고함이 갑판에 쩌렁쩌렁 울려 퍼졌다. 그의 부하들 중 하나가 투틀즈의 목덜미를 낚아채 원래 앉아 있던 자리로 끌고 갔다.

잠시 뒤, 겨우 화를 가라앉힌 후크가 손가락으로 존을 가리켰다.

"거기, 꼬맹이!"

존은 처음에 자기를 지목하는지 몰라 주위를 두리번거렸다.

"그래, 너 말이야. 너는 제법 배짱이 있어 보이는군. 어때, 해적이 되고 싶다는 생각을 해본 적이 없나?"

존은 후크의 말에 정곡을 찔린 것 같아 뜨끔했다. 실은 이전에 수학 숙제를 하다 말고 해적이 되는 상상을 몇 번 해본 적이 있었다. 존은 후크가 여러 아이들 가운데 특별히 자기를 선택한 것 같아 살짝 감동이 밀려왔다.

"뭐, 당장 해적이 된다기보다……. 어쨌든 '피투성이 손을 가진 잭'이라고 불리면 좋겠다는 생각을 해본 적은 있어요."

존은 잠시 머뭇거리다가 속마음을 털어놓았다.

"멋진 이름이군. 네가 해적이 되어 내 부하로 들어온다면 그렇게 불러주도록 하지."

그제야 후크의 얼굴빛이 밝아졌다.

"넌 어떻게 생각하니, 마이클?"

존이 동생에게 물었다.

"제가 해적이 되면 어떤 이름으로 불러주실 건가요?"

마이클은 형의 질문에 대답하는 대신 후크에게 질문했다.

"'검은 수염 조'라고 하면 되겠군."

후크의 대답이 마이클은 썩 마음에 드는 눈치였다.

"어떻게 생각해, 형? 내가 해적이 되도 괜찮겠어?"

존이 동생의 의견을 물었던 것처럼, 마이클 역시 형이 자신의 운명을 결정해주기를 바랐다.

"한 가지 여쭤볼 게 있어요. 우리가 해적이 된다고 해도 국왕 폐하의 충성스런 백성인 것에는 변함이 없나요?"

존이 후크에게 물었다. 그러자 순식간에 후크의 표정이 굳으며 퉁명스런 답변이 들려왔다.

"아니, 절대 그렇지 않아. 해적이 되면 반드시 '국왕은 물러가라!'라고 소리쳐야 해."

"정말요? 그렇다면 해적이 되라는 제의를 거절하겠어요!"

존은 후크의 말이 끝나기 무섭게 앞에 놓인 술통을 쿵 내리치며 소리쳤다. 사실 존은 평소 불의를 못 참는 성격과는 거리가 멀었다. 그럼에도 그 순간만큼은 세상 누구보다 당당하고 정의로워 보였다.

"저도 해적이 되지 않을래요."

마이클도 형을 따라 똑 부러지게 말했다.

"대영 제국이여, 영원하라!"

그 때까지 잠자코 앉아 존과 마이클을 지켜보던 컬리가 갑자기 큰 소리로 외쳤다. 해적들은 더 이상 참지 못하고 아이들의 입을 틀어막았다. 후크도 얼굴이 다시 일그러지더니 분노가 폭발했다.

"이런 어리석은 것들, 빨리 죽고 싶어 환장을 했구나! 얼른 녀석들의 엄마를 끌고 와라. 널빤지도 준비하고."

해적들은 냉큼 후크의 명령을 따랐다. 아직 어린 소년들은 빌 주크스와 세코가 널빤지를 가져오자 얼굴이 새하얗게 질렸다. 하지만 그런 다급한 상황에서도 해적들에게 끌려 나오는 웬디를 보고는 짐짓 씩씩해 보이려고 노력했다.

평소 웬디는 해적들을 경멸해왔다. 얼마나 깔보고 업신여겼는지 말로 다 설명하기 어려울 정도였다. 때때로 소년들은 해적들의 겉모습만 보고 매력을 느끼고는 했다. 그러나 웬디의 눈에는 자기들이 타고 다니는 배 하나도 깔끔하게 청소하지 않는 게으르고 지저분하기 짝이 없는 악당으로 보일 따름이었다. 후크의 해적선도 다르지 않아 창문이란 창문은 죄 시커멓게 때가 절어 있었다. 오죽하면 웬디는 그 창문들마다 '더러운 돼지'라고 일일이 손글씨를 써넣고 싶은 충동을 느꼈다. 실제로 몇 개의 창문에는 해적들 몰래 그와 같은 낙서를 해두기도 했다. 그러나 당장은 해적들을 경멸할 시간조차 없었다. 웬디의 머릿속은 오직 아이들에 대한 걱정뿐이었다.

"아이고, 우리 예쁜 꼬마 아가씨가 오셨군. 이제 곧 아이들이 널빤지 위를 걷는 모습을 보게 될 테니 기대해도 좋아."

후크가 전에 없이 느끼한 목소리로 말했다.

후크는 고매한 품격을 중요시 여기는 만큼 꽤나 깔끔한 신사였다. 하지만 만날 싸움이나 일삼다 보니 옷깃이 구겨지고 옷주름마다 묵은 때가 잔뜩 끼어 있기 일쑤였다. 후크는 문득 웬디가 자신의 옷을 빤히 쳐다보고 있는 것을 느꼈다. 그는 허둥지둥 구겨지고 더러워진 부분을 감추려고 애썼지만 이미 때가 늦고 말았다.

"아이들이 모두 죽게 되나요?"

웬디가 경멸하는 표정으로 물었다. 후크는 그 분위기에 압도당해 하마터면 까무러칠 뻔했다.

"그럼, 그렇게 되고말고."

후크는 가까스로 정신을 차리고 싸늘하게 대꾸했다. 그의 말이 이어졌다.

"꼬맹이들 모두 조용히 해. 잘난 엄마께서 마지막 말씀을 남기신다니까 귀담아 들도록."

후크는 비아냥거리는 투로 말했다. 그럼에도 웬디는 자애롭고 위엄 있는 태도를 잃지 않았다.

"사랑하는 애들아, 이게 내가 너희들한테 전하는 마지막 이야기란다. 아마도 너희들의 진짜 엄마들이 하고 싶은 말이기도 할 거야. 나도 그렇고 진짜 엄마들도 그렇고, 이제 바라는 것은 하나밖에 없어. 너희들이 영국 신사처럼 죽음을 맞이하기를 소망할 뿐이야."

웬디는 매우 진지했다. 아이들은 물론이고 해적들까지 웬디의 이야기를 들으며 숙연해졌다. 더없이 감동스런 한 편의 호소문 같았기 때문이다. 그 때 투틀즈가 가슴이 북받치는 듯 울먹였다.

"난 엄마가 바라는 대로 할 테야. 닙스, 넌 어떻게 할래?"

"나도 마찬가지야. 엄마가 바라는 대로 해야지. 쌍둥이, 너희는?"

"두말 하면 잔소리지. 우리도 엄마가 바라는 대로 할 거야. 존, 너는……."

그 순간, 후크의 얼굴이 또다시 일그러졌다. 그가 목청껏 명령을 내렸다.

"당장 여자애를 돛대에 묶어라!"

웬디를 돛대에 매달겠다고 나선 것은 스미였다. 그는 밧줄을 감는 척하며 웬디에게 속삭였다.

"나한테 엄마가 돼주겠다고 약속하지 않을래? 그러면 내가 널 구해줄게."

하지만 웬디는 그 제안을 받아들이지 않았다. 아무리 다급한 상황이라 하더라도 차마 그럴 수는 없었다.

"네 엄마가 되느니 차라리 아이가 한 명도 없는 편이 낫겠어."

웬디는 고민할 가치도 없다는 투로 대꾸했다.

그런데 안타깝게도 아이들은 누구 하나 돛대에 묶이는 웬디를 쳐다보지 않았다. 그 때 아이들의 시선은 일제히 널빤지에 쏠려 있었다. 머지않아 널빤지 위에서 몇 걸음만 옮기면 모두 죽음의 나락으로 떨어질 운명이었다. 영국 신사처럼 죽음을 맞이한다는 것이 도대체 어떤 의미란 말인가. 아이들은 너나없이 넋이 쏙 빠져 있었다. 그냥 하릴없이 멍한 눈빛을 내보이며 부들부들 떨기만 했다.

후크는 겁에 질린 아이들을 바라보며 기분 나쁜 미소를 지어 보였다. 그리고는 슬며시 웬디가 있는 곳으로 걸음을 옮겼다. 후크는 웬디의 얼굴을 아이들 쪽으로 돌려 널빤지 위를 걷는 모습을 보게 할 작정이었다. 그렇게 된다면 웬디는 얼마나 괴롭겠는가. 하지만 웬디의 울부짖는 소리를 듣고 싶었던 후크의 의도는 실현되지 못했다. 그는 웬디에게 미처 다가서기도 전에 전혀 다른 소리를 들어야 했다.

째깍째깍, 째깍째깍! 그랬다, 그것은 악어의 뱃속에서 들려오는 시계소리였다.

해적선에 모여 있던 해적들과 소년들, 그리고 웬디까지 모두 그 소리를 들었다. 그들은 거의 동시에 한쪽 방향으로 고개를 돌렸다. 수많은 시선이 한꺼번에 쏠린 방향은 시계소리가 들려오는 곳이 아니라 후크가 서 있는 쪽이었다. 그들은 한 사람도 빠짐없이 곧 후크에게 어떤 일이 닥칠 것이라고 예감했다. 그 일과 직접 관련된 사람은 오직 후크뿐일 것이 틀림없었다. 웬디와 소년들은 방금 전까지 심각한 연극의 주목받는 배우들이었으나, 이제는 한 발 물러선 관객의 입장이 되어 있었다.

후크는 전혀 다른 모습으로 변해 갔다. 그는 모든 관절이 꺾인 듯 한순간에 바닥으로 널브러졌다. 아이들은 그런 변화를 지켜보는 것만으로도 무척 흥미진진했다.

악어의 시계소리는 점점 가까워져 오고 있었다. 천천히, 쉼없이, 그 소리의 주인공은 아직 모습을 드러내지 않았으나 분명 운명의 시간이 닥쳐오고 있었다. 잠시 뒤, 뱃전에 뭔가가 부딪히는 기척이 들렸다.

"드디어 악어가 배로 올라오나봐!"

아이들이 수군거렸다. 모두의 머릿속에는 무시무시한 악어의 형상이 떠올랐다.

흔히 그와 같은 상황에서 악어에 관한 끔찍한 기억이 있는 사람이라면 공포에 떨며 정신을 잃기 십상이었다. 더구나 이미 화들짝 놀라 홀로 바닥에 널브러진 사람이라면 두 눈을 질끈 감는 것밖에 달리 어쩔 도리가 없었다. 하지만 후크는 달랐다. 그의 영악한 두뇌는 그처럼 절박한 순간에도 분주한 움직임을 멈추지 않았다. 후크는 잠시 머뭇거리는가 싶더니, 이내 자신의 두뇌가 시키는 대로 엉금엉금 갑판을 기어가기 시작했다. 그것은 시계소리로부터 멀어지려는 필사적인 저항이었다. 그러자 해적들은 우두머리가 지나갈 수 있도록 공손히 길을 열어주었다. 후크는 갑판 난간에 맞닥뜨려 더 이상 움직이지 못하게 되고 나서야 힘겹게 몸을 일으켜 입을 열었다.

"어서 나를 숨기도록 해라!"

후크가 탁한 목소리로 재촉했다.

선장의 명령이 떨어지자마자, 부하들은 그를 빙 둘러 에워쌌다. 그리고는 악어의 기척이 들렸던 곳과 전혀 다른 쪽으로 시선을 돌렸다. 그들은 모두 악어와 눈길이 마주치는 것을 바라지 않았다. 당연히 악어와 맞서 싸울 생각은 눈곱만큼도 없었다. 숙명이란 것이 있다면, 모두 순응하기로 마음먹은 것 같았다.

그 때 아이들이 해적들의 감시가 소홀해진 틈을 타 몸에 묶여 있던 쇠사슬을 풀었다. 그리고 호기심 가득한 눈빛을 반짝거리며 악어가 올라오고 있다고 생각한 뱃전으로 향했다. 아이들은 해적들과 달리 악어가 어떤 모습인지 몹시 궁금했던 것이다. 그런데 '밤 중의 밤'에 일어난 모든 일들 가운데 그야말로 최고의 선물이 아이들을 기다리고 있을 줄 누가 알았겠는가. 해적선으로 다가온 시계소리의 정체는 악어가 아니라 피터였다. 피터가 아이들을 도와주기 위해 몰래 찾아왔던 것이다.

피터는 얼른 손가락으로 입을 가리며 아이들이 환호성을 지르지 못하게 했다. 그리고는 시치미를 뚝 뗀 채 계속해서 째깍째깍 시계소리를 냈다.

마지막 결투

우리의 삶은 이따금 쉽게 이해되지 않는 상황에 마주칠 때가 있다. 이를테면 자기 주위에 범상치 않은 일이 분명 일어났는데, 한동안 그 사실을 알아차리지 못하는 경우가 있다. 어떤 사람의 고백에 따르면, 어느 날 한쪽 귀가 갑자기 안 들렸는데도 30분 동안이나 감쪽같이 몰랐다고 한다. 그런 일이 드물지 않게 실제로 벌어지는 것이다.

그 날 밤, 피터도 그와 비슷한 경험을 하게 되었다. 우리가 마지막으로 본 피터의 모습을 기억하는가? 그 때 피터는 한쪽 손을 입술에 대고 다른 한쪽 손은 언제든 단검을 빼들 수 있는 자세를 취하며 허공을 날고 있었다. 피터는 그렇게 길을 가다가 악어를 만났는데, 처음에는 특별한 변화를 알아차리지 못했다. 그런데 얼마쯤 길을 더 가고 나서야 문득 시계소리가 들리지 않았다는 것을 알아챘다. 그리고도 처음에는 그냥 대수롭지 않게 여겼으나, 이내 악어의 시계가 멈춰버렸다는 것을 깨달았다.

당시 피터는 가장 친한 친구를 잃어버린 상태였다. 그러므로 악어의 기분 따위를 살필 여력은 전혀 없었다. 다만 시계가 멈춰버린 악어의 불행 아닌 불행을 어떻게 이용해 먹을 수 있을까 생각해볼 따름이었다. 피터는 한동안 고민을 거듭해 자신이 직접 시계소리를 내면 여러 가지로 이익이 될 것이라는 결론을 내렸다. 일단은 들짐승들이 자신을 악어라고 착각해 귀찮게 하지 않을 것 같았다. 피터는 당장 악어의 시계소리를 흉내내 보았다. 누가 듣더라도 깜빡 속을 만큼 감쪽같았다. 그런데 피터가 시계소리를 내면서 예상치 못했던 뜻밖의 일이 벌어졌다. 다름 아니라 시계소리를 들은 악어가 피터를 계속 쫓아오기 시작했던 것이다. 악어가 잃어버린 시계를 되찾겠다는 생각에 따라오는 것인지, 아니면 그저 다시 듣게 된 시계소리가 헤어진 옛 친구인 양 반가워 따라오는 것인지는 알 수 없었다. 어차피 악어는 단순하기 짝이 없어 어느 한 가지 생각에 매달리면 물불을 가리지 않는 동물이라, 그런 행동에 별다른 의미를 둘 필요는 전혀 없었다.

얼마 뒤, 피터는 이렇다 할 문제 없이 해안가에 다다랐다. 피터는 육지와 바다도 구분하지 못하는 것처럼 아무런 망설임 없이 물속으로 첨벙 뛰어들었다. 사실 어떤 동물들은 육지와 바다를 자유자재로 드나들지만, 그와 같은 재주를 지닌 사람은 찾아보기 어려웠다. 피터는 바닷물을 가르며 헤엄을 치면서 오직 한 가지 생각만 떠올렸다.

'이제 마지막 결전이 남았군. 나와 후크, 둘 중 누가 최후까지 살아남을까?'

피터는 그 상황에도 계속 째깍째깍 시계소리를 냈다. 오랫동안 그런 행동을 자연스럽게 하다 보니, 이제는 자기가 시계소리를 내고 있다는 것조차 의식하지 못할 정도였다. 만약 시계소리를 억지로 내고 있었다면 해적선에 다가서기 전에는 그만두었을지 모른다. 결과적으로 시계소리를 내면서 해적선에 오른 것이 기가 막힌 효과를 가져왔지만, 그것은 피터가 무의식적으로 한 행동이었을 뿐이다. 피터 스스로 짜낸 기발한 작전이 결코 아니었다.

처음에 피터는 생쥐처럼 은밀하게 뱃전을 타고 해적선에 오를 계획이었다. 그러므로 그는 배에 오르자마자 뜻밖의 장면을 목격하고 살짝 당황할 수밖에 없었다. 진짜 악어가 나타난 줄 알고 후크가 부하들 사이에 숨어 벌벌 떨고 있을 것이라고는 상상도 못했기 때문이다.

그래, 악어야! 피터는 새삼 악어를 떠올렸다. 그러자 어디선가 째깍째깍 시계소리가 들려오는 것 같았다. 피터는 혹시나 싶어 얼른 뒤를 돌아다보았다. 하지만 이내 시계소리를 낸 주인공이 자기 자신이라는 것을 깨달았다. 피터는 금세 갑판 위의 상황을 꿰뚫어보았다.

"난 정말 똑똑해!"

피터는 우쭐해져 어깨를 으쓱했다. 그러면서도 아이들에게 박수 따위는 필요 없다며 수신호를 보냈다.

그 때였다. 조타수 에드 테인트가 선실에서 나와 갑판으로 걸어오는 것이 보였다. 여러분은 그 일이 얼마나 전광석화같이 마무리되는지 시간을 재어보았다면 깜짝 놀랐을 것이 틀림없다. 피터는 갑자기 등장한 조타수를 발견하자마자 조용히 곁으로 다가가 정확히, 그리고 깊숙하게 단검을 찔렀다. 그 순간 존은 얼떨결에 희생자가 된 해적의 신음소리가 들리지 않도록 재빨리 입을 틀어막았다. 그에 뒤질세라 네 명의 소년이 앞으로 나서며 쓰러지는 해적을 붙잡았다. 그대로 두었다가는 자칫 '쾅!' 하는 요란한 소리가 갑판에 울려 퍼질 것 같았기 때문이다. 피터는 또다시 수신호를 보내 해적의 시신을 바다에 던져버리도록 했다. 칠흑같이 어두운 밤바다에서 '첨벙!' 하는 소리가 한 번 들리는가 싶더니 금세 고요해졌다. 어떤가, 정말 짧은 시간에 그토록 엄청난 일이 일사천리로 마무리되지 않았는가.

"하나요!"

슬라이틀리가 해치운 해적의 숫자를 나직이 읊조렸다.

피터는 발소리를 죽이며 선실로 숨어들었다. 해적들이 조금은 용기가 났는지 하나둘 주위를 둘러보기 시작했기 때문이다. 해적들은 저마다 자기 곁의 동료가 내는 불안한 숨소리를 들으며 언짢아했다. 그러다가 문득 시계소리가 들리지 않는 것을 알아챘다.

"선장님, 악어가 갔나 봐요. 조용해졌는걸요."

스미가 더러워진 안경을 닦으며 말했다.

그제야 후크는 옷깃에 파묻고 있던 얼굴을 빠끔히 내밀었다. 그는 시계소리의 희미한 메아리까지도 놓치지 않겠다는 듯 귀를 쫑긋 세웠다. 스미의 말마따나 자신을 두려움에 떨게 했던 소리는 더 이상 들리지 않았다. 후크는 방금 전의 부끄러웠던 모습을 잊으려는 양 일부러 고개까지 꼿꼿이 세우며 몸을 일으켰다.

"자, 그럼 우리의 흥미진진한 널빤지 쪽으로 가보도록 하지."

후크는 괜히 헛기침을 해대며 큰 소리로 외쳤다. 그는 자신의 나약한 모습을 목격했을 아이들이 더욱 싫어졌다. 그가 난데없이 악당들의 노래를 흥얼거리기 시작했다.

얼씨구절씨구, 널빤지가 손짓하네.
네 놈들은 그 위에서 덩실덩실 춤춰야지.

이제나저제나, 널빤지가 기우뚱하기만 기다려.

저기 저 바다에서 물귀신이 입을 쩍 벌리네.

후크는 쇠갈고리를 내저으며 춤까지 췄다. 가만 보니 곧 널빤지 위를 걷게 될 아이들을 흉내내는 모양새였다. 그는 아이들이 더욱 공포에 떨 수만 있다면 체면 따위는 아랑곳하지 않았다. 후크가 노래를 마치고 나서 기분 나쁜 미소를 지으며 아이들을 조롱했다.

"너희들, 고양이 채찍이라고 들어봤어? 널빤지에 올라가기 전에 그 발톱 맛 좀 보여줄까?"

그 말에 아이들은 무릎을 꿇은 채 잔뜩 겁을 집어먹었다. 아이들은 피터가 선실로 숨어든 뒤 아무 일 없었던 것처럼 쇠사슬을 다시 몸에 두르고 있었다.

"싫어요, 고양이 발톱이 얼마나 날카로운데요. 제발 그러지 마세요!"

아이들이 고개를 절레절레 흔들며 애원했다. 그 모습을 보고 해적들이 피식거렸다. 아이들을 너그럽게 대할 후크가 아니었다.

"주크스, 당장 선실로 가서 고양이 채찍을 가져와."

아, 선실이라니! 아이들은 후크의 입에서 선실이라는 단어가 튀어나오자 덜컥 피터가 걱정됐다.

"네, 선장님!"

빌 주크스는 씩씩하게 대답하고 선실로 달려갔다. 아이들의 시선이 일제히 그의 뒤통수로 쏠렸다. 피터를 염려하는 마음이 얼마나 컸는지, 후크가 다시 악당들의 노래를 부르기 시작한 것도 모를 지경이었다. 이번에는 부하들까지 나서서 노래를 합창했다.

에야디야 에헤라디야, 고양이 채찍이 발톱을 세우네.
너희들은 모르지, 고양이의 발톱이 얼마나 날카로운 줄.
그 채찍이 너희들의 등을 할퀴면…….

하지만 노래의 마지막 소절은 아무도 들을 수 없었다. 갑자기 선실에서 날카로운 비명소리가 들려와 노래가 뚝 끊겼기 때문이다. 해적선 이곳저곳을 헤집고 다니던 비명소리는 얼마 지나지 않아 잦아들고 말았다. 그리고 이내 "꼬끼오!" 하는 소리가 들려왔다. 아이들은 그 소리의 정체에 대해 잘 알고 있었지만, 해적들은 영문을 몰라 등골이 더욱 오싹해졌다.

"저건 도대체 무슨 소리야?"

후크가 깜짝 놀라며 물었다.

"둘이요!"

슬라이틀리가 다른 아이들을 바라보며 나직이 속삭였다.

이탈리아인 세코가 잠시 머뭇거리는가 싶더니 재빨리 선실로 향했다. 그리고 잠시 뒤, 그가 핼쑥해진 몰골로 두 다리를 허정거리며 나타났다.

"빌 주크스는 어떻게 됐어? 왜 너 혼자 돌아온 거야?"

후크가 세코에게 따지듯 물었다.

"녀석이 죽었어요, 선장님. 칼에 찔려서 말이에요."

세코는 넋이 나간 얼굴로 힘없이 말했다.

"뭐, 빌 주크스가 칼에 찔려 죽었다고!"

해적들은 뜻밖의 소식을 듣고 크게 당황했다.

"선실 안은 마치 깊은 동굴처럼 캄캄하더라고요. 한데 거기에 정체 모를 뭔가가 있지 뭐예요. 정말이에요, 틀림없다니까요. 아까 '꼬끼오!' 소리를 낸 것이 바로 그 놈이었다고요."

세코가 횡설수설 떠들어댔다.

그 말을 들은 아이들의 얼굴이 환해졌다. 그와 달리 해적들은 너나없이 잔뜩 겁에 질린 표정이었다. 후크가 아이들과 부하들을 번갈아 바라보다 다시 명령을 내렸다.

"세코, 당장 선실로 가서 그 무례한 녀석을 잡아오도록!"

후크는 화가 치밀어 얼굴이 붉으락푸르락해졌다. 그러나 용맹하기로 따지면 해적들 가운데 최고라고 할 만한 세코가 쥐며느리처럼 몸을 웅크리며 손사래를 쳤다.

"그럴 순 없어요. 도저히 못하겠어요, 선장님."

그러자 후크가 쇠갈고리를 치켜들며 부하를 협박했다.

"세코, 내 명령을 거부하다니 여기서 죽고 싶으냐?"

이러지도 저러지도 못하던 세코는 결국 두 팔을 축 늘어뜨린 채 선실로 걸어갔다. 그런 상황에 노래를 부를 사람은 하나도 없었다. 해적들은 물론이고 아이들까지 선실에서 어떤 소리가 들려올까 온 신경을 곤두세운 채 귀를 기울였다. 곧 세코의 비명소리에 이어 "꼬끼오!" 하는 소리가 갑판 위로 울려 퍼졌다.

"셋이요!"

이번에도 슬라이틀리가 나직이 속삭였다. 달리 입을 여는 사람은 아무도 없었다. 잠깐 멍하니 정신을 놓고 있던 후크가 또다시 소리를 내질렀다.

"형편없는 놈들! 누구든 어서 선실로 가서 비겁한 침입자를 붙잡아 와라. 누가 나설 것이냐?"

후크는 흥분해 어쩔 줄 몰라 했다. 그 때 분위기 파악을 못하고 한 해적이 나섰다.

"선장님, 세코가 나올지 모르니까 좀 더 기다려보는 편이 낫지 않을까요?"

그 해적은 스타키였다. 다른 몇몇 해적들도 눈치를 살피며 슬며시 맞장구를 쳤다. 그 모습을 본 후크는 기분이 몹시 상했다.

"네가 선실에 다녀오겠다는 말이구나, 스타키."

후크가 넌지시 스타키를 을러댔다.

"아니에요. 제 말뜻은 그게 아니잖아요, 선장님!"

스타키가 황당해하며 고개를 가로저었다.

"내 쇠갈고리가 분명히 들었다는데?"

후크의 억지는 계속됐다. 그는 스타키에게 바짝 다가서더니 음산한 얼굴까지 들이밀며 말을 이었다.

"내 쇠갈고리를 모독하는 건 바람직한 일이 아니야. 어떻게 하겠나, 스타키?"

후크의 목에서는 그르렁거리며 가래 끓는 소리가 났다.

"선실에 들어가느니 차라리 목을 매는 게 낫겠어요."

스타키는 위협을 무릅쓰고 후크의 명령을 따르지 않았다. 다시 몇몇 해적들이 슬며시 맞장구를 쳤다.

"지금 반란이라도 일으키겠다는 건가? 스타키. 네가 주동자야?"

후크는 섬뜩한 미소를 지어 보이며 능글맞게 물었다.

"그럴 리가 있나요. 용서해주십시오, 선장님!"

스타키가 온 몸을 벌벌 떨며 눈물을 쏟았다.

"스타키, 울지 마. 우리 오랜만에 악수나 할까?"

후크는 웃고 있었지만, 왠지 살기가 번뜩였다. 스타키는 그가 내민 쇠갈고리를 선뜻 잡지 못하고 슬금슬금 뒷걸음질을 쳤다. 다른 해적들은 심상찮은 분위기를 느껴 이제 누구 하나 스타키와 눈을 마주치지 않으려고 했다. 후크가 뒤로 물러선 스타키에게 성큼성큼 다가갔다. 그의 눈에서 시뻘건 빛이 일렁였다. 스타키는 궁지에 몰린 생쥐마냥 겁에 질린 표정을 짓더니 날카로운 비명을 내지르며 갑판에 설치해놓은 대포 위로 뛰어올랐다. 그리고 후크가 좀 더 다가서려고 하자 다짜고짜 바다로 몸을 던졌다.

"넷이요!"

슬라이틀리가 나직이 속삭였다.

"자, 반란의 주동자로 나설 분 또 안 계신가?"

후크가 부하들을 향해 공손히 물었다. 물론 말만 그렇게 했을 뿐이지, 그는 쇠갈고리를 흔들어 보이며 위협을 멈추지 않았다.

해적들은 모두 얼어붙은 듯 제자리에서 꼼짝할 줄 몰랐다. 후크의 끈질긴 회유와 협박에도 선실로 가겠다는 부하는 한 명도 없었다. 후크가 잠시 고민에 잠기는가 싶더니 엄숙한 표정으로 입을 열었다.

"좋아, 그럼 내가 직접 가서 놈을 잡아오도록 하지."

후크는 한 손에 등불을 챙겨들고 쇠갈고리를 휙휙 휘둘러 보였다. 그리고는 날쌔게 선실로 들어갔다. 그 모습을 가만히 지켜본 슬라이틀리는 빨리 '다섯이요!'라는 말을 하게 되기를 바라며 마른침을 꼴깍 삼켰다.

잠시 뒤, 선실 쪽에서 인기척이 들렸다. 후크가 선실에서 나온 것인데, 그 사이 무슨 일이 있었는지 다리를 비틀거릴 뿐만 아니라 한 손에 챙겨들었던 등불도 보이지 않았다.

"뭔가가 등불을 꺼버렸어."

후크의 목소리가 바르르 떨렸다.

"음, 뭔가가……."

멀린스가 후크의 말을 되새겼다.

"세코는 어떻게 됐나요?"

누들러가 물었다.

"빌 주크스와 같은 신세가 됐더군."

후크는 길게 말하지 않았다. 그는 다시 선실에 들어가는 것을 꺼렸다. 그런 선장을 바라보며 부하들은 더욱 불안감을 느꼈다. 몇몇 해적들은 스타키가 당하는 것을 본 지 얼마나 됐다고 이러쿵저러쿵 구시렁거리며 불만을 드러냈다. 흔히 해적들은 미신을 많이 믿는 것으로 알려져 있는데, 블랙 머피의 형제로 알려진 쿡슨도 마찬가지였다.

"배에 저주가 내렸다는 것을 입증할 가장 확실한 징조가 뭔지 알아? 본래 알려진 인원보다 정체를 알 수 없는 사람이 한 명 더 타고 있는 거야."

쿡슨의 이야기에 멀린스가 거들고 나섰다.

"나도 그런 말을 들은 적이 있어. 그 자는 해적선을 즐겨 탄다더군. 한데 놈에게 꼬리가 있던가요, 선장님?"

멀린스의 질문에 후크가 대답을 하기도 전에, 또 다른 해적이 끼어들었다.

"나도 그 자에 관한 비밀을 하나 알고 있어. 놈은 자기가 숨어든 배에서 가장 사악한 사람의 모습을 하고 돌아다닌다더군."

주위가 어두운 탓에 그 말을 누가 했는지는 밝혀지지 않았다. 다만 그의 눈길이 후크를 째려보고 있었던 것만은 틀림없는 사실이었다.

"놈에게도 쇠갈고리가 있던가요, 선장님?"

멀린스의 질문에 대한 대답도 없었는데, 쿡슨이 건방지게 물었다. 그 순간 해적들이 허둥대며 큰 소리로 외쳤다.

"어떡해! 이 배에 저주가 내렸어!"

아이들은 어쩔 줄 몰라 하는 해적들을 바라보며 환호성을 질렀다. 그러자 한동안 자기가 생포한 포로들을 까맣게 입고 있던 후크가 고개를 홱 돌렸다. 그는 아이들을 보고 음흉한 표정을 짓더니 부하들에게 말했다.

"내게 좋은 생각이 떠올랐어. 저 아이들을 선실 안으로 몰아넣는 거야. 그러면 '꼬끼오!' 소리를 낸 놈과 아이들이 한바탕 싸움을 벌이겠지. 결과는 어떻든 상관없어. 꼬맹이들이 놈을 죽인다면 더할 나위 없이 잘된 일이고, 놈이 꼬맹이들을 모두 죽인다면 우리가 할 일이 줄어드는 셈이니까 말이야."

방금 전까지 해적들은 후크에 대한 실망감이 이만저만 아니었다. 하지만 그의 새로운 계획을 듣고 마지막일지도 모를 존경심을 갖게 되었다. 부하들은 냉큼 선장의 지시를 따랐다. 아이들은 일부러 겁에 질려 발버둥치는 시늉을 하며 선실로 끌려갔다. 해적들은 아이들을 선실에 밀어 넣고 문까지 잠가 버렸다.

"이거 정말 기대되는군. 선실에서 어떤 소리가 나는지 들어 보자."

후크와 해적들은 선실 쪽으로 귀를 기울였다. 하지만 누구 하나 선실 문을 똑바로 쳐다보지는 못했다. 그곳을 거리낌 없이 바라볼 수 있는 사람은 단 한 명, 줄곧 돛대에 묶여 이런저런 상황을 지켜보던 웬디뿐이었다. 웬디는 선실 문을 뚫어져라 응시했다. 웬디가 기다리는 것은 '꼬끼오!' 소리나 비명소리가 아니었다. 오직 피터 팬이 나타나기를 간절히 소망할 따름이었다.

웬디에게 기다림의 시간은 많이 필요하지 않았다. 피터가 선실에서 아이들의 수갑을 풀어줄 열쇠를 금방 찾았기 때문이다. 아이들의 몸에 묶인 쇠사슬을 푸는 것은 어려운 일이 아니었지만, 손목에 채워진 수갑을 열려면 열쇠가 꼭 필요했다. 애당초 피터는 해적들의 사물함에서 열쇠를 찾아보기 위해 선실에 들어갔던 것이다. 오랜만에 자유를 되찾은 아이들은 저마다 손에 무기를 찾아 들고 살그머니 선실 뒤쪽으로 빠져나왔다. 피터는 아이들에게 잠시 숨어 있으라는 수신호를 보낸 뒤 돛대에 묶여 있던 웬디를 풀어주었다. 이제 남은 일은 하늘로 함께 날아오르는 것뿐이었다. 그런데 한 가지 풀지 못한 과제가 남아 있었다. 그것은 '나와 후크, 둘 중 누가 최후까지 살아남을까?' 하는 문제였다. 피터는 웬디에게도 아이들과 함께 잠시 숨어 있으라고 속삭였다. 그리고는 웬디가 입고 있던 외투를 걸친 채 돛대에 기대어 섰다. 피터는 잠시 뜸을 들인 뒤, 숨을 한번 깊이 들이마신 다음 "꼬끼오!" 하고 소리를 내질렀다.

해적들은 그 소리를 듣고 두려움에 휩싸였다. 그것은 다름 아닌, 아이들이 정체불명의 상대에게 몰살을 당했다는 의미였다. 후크는 아이들이 죽임을 당할 경우 할 일이 하나 줄어든다고 말했지만, 해적들이 생각하는 현실은 그것이 아니었다. 자신들도 언제 목숨을 빼앗길지 모르는 공포 그 자체였던 것이다. 후크가 서둘러 부하들에게 용기를 북돋우려고 했지만 뜻대로 되지 않았다. 오히려 해적들이 선장에게 적개심을 드러내는 부작용이 나타나기도 했다. 그들은 후크가 잠시라도 방심하면 사납게 달려들 기세였다. 후크도 그런 분위기를 금세 눈치챘다.

"이봐, 다들 진정하라고. 내 생각에는 이 배에 요나 같은 인간이 타고 있는 것이 틀림없어. 그 자만 없애면 모든 불행이 사라질 거야."

후크는 위기가 닥칠수록 기지를 발휘하는 인간이었다. 그는 어떻게든 부하들을 구워삶아볼 작정이었다.

"요나 같은 인간이라고요? 맞아요, 아마도 그 자는 쇠갈고리 손을 가진 남자로 변신해 있겠지요."

해적들은 후크에 대한 적개심을 쉽게 거둬들이지 않았다. 그들은 한목소리로 선장을 향해 비아냥거렸다.

"이봐, 다들 왜 그래? 요나는 계집아이라고. 예로부터 여자가 탄 해적선은 재수가 없었어. 그러니 저기 돛대에 묶어놓은 여자아이만 없애면 모든 일이 일사천리로 풀릴 거야."

후크의 말에 몇몇 해적들이 플린트를 떠올렸다. 언젠가 그 역시 후크와 비슷한 이야기를 한 적이 있었기 때문이다.

"좋아요, 그럼 어디 한번 선장님 말대로 해보지요."

여전히 해적들은 후크를 못 미더워하는 눈치였다. 그럼에도 밑져야 본전이라는 생각에 후크가 시키는 대로 해보기로 마음먹었다.

"저 여자아이를 바다로 던져라!"

후크의 명령이 떨어지자마자, 해적들이 우르르 돛대로 몰려갔다.

"이제 널 구해줄 사람은 아무도 없어."

멀린스가 가장 먼저 돛대 가까이 다다라 빈정거렸다. 그 때 머리까지 외투를 뒤집어쓴 해적들의 요나가 근엄하게 말했다.

"틀렸어. 웬디를 구해줄 사람이 한 명 있지."

"그게 누군데?"

멀린스가 두 눈을 동그랗게 뜨고 물었다.

"누구긴. 복수의 화신, 피터 팬이지!"

그 대답은 해적들의 발걸음을 일제히 얼어붙게 만들었다. 피터는 잠시의 틈도 주지 않고 외투를 벗어 던졌다. 그제야 해적들은 선실에서 끔찍한 소동을 벌인 주인공이 누구인지 짐작했다. 아니, 피터 팬이 아니라면 그런 짓을 벌일 사람이 또 있겠는가. 후크는 뭔가 말을 꺼내려고 했지만 입술이 굳어 말문이 막힌 것 같은 느낌이 들었다. 후크가 아무리 뱃심이 좋다고 해도 그 순간만큼은 몹시 당황스럽고 참담할 수밖에 없었다.

후크가 몇 번의 시도 끝에 가까스로 입을 뗐다.

"저 녀석을 갈가리 찢어 물고기 밥으로 만들어라!"

그러나 후크의 명령에서는 아무런 힘도 느껴지지 않았다. 해적들도 어떻게 할 바를 모르고 멈칫거렸다.

그 때였다.

"애들아, 지금이 기회야. 놈들을 공격해!"

피터가 숨어 있던 아이들을 향해 소리쳤다. 그의 말이 떨어지기 무섭게 해적선 안은 온갖 무기들이 부딪히는 소리로 시끌벅적해졌다. 아무리 그래도 아이들이 어떻게 포악한 해적들을 상대할 수 있었느냐고? 물론 맞는 말이다. 만약 해적들이 전열을 흐트러뜨리지 않고 단합했다면 아이들은 상대가 되지 않았을 것이다. 하지만 피터의 공격 명령이 떨어졌을 때 해적들은 이리저리 흩어져 오합지졸과 다름없었다. 그들은 오직 자기 자신만 생각하며 마구잡이로 무기를 휘둘러댔다. 그와 달리 아이들은 둘씩, 셋씩 힘을 합쳐 해적들을 공격했다. 해적들은 겨우 방어에만 급급하다가 제 풀에 못 이겨 바다로 뛰어들거나 어두운 구석에 머리를 처박고 벌벌 떨기 일쑤였다. 특히 아이들 중에 슬라이틀리는 기발한 꾀를 내어 해적들을 괴롭혔다. 슬라이틀리는 직접 무기를 들고 싸우는 대신 램프를 들고 다니다가 이곳저곳에 숨어 있는 해적들을 찾아내 얼굴을 비추었다. 그러면 그 해적들이 눈이 부셔 당황하는 사이에 다른 아이들이 몰려가 끝장을 냈다. 슬라이틀리의 역할은 그것만이 아니었다. 해적들의 비명이 정신없이 들리고 무기들이 요란하게 부딪힐 때 슬라이틀리는 "다섯이요!", "여섯이요!", "일곱이요!", "여덟이요!", "아홉이요!" "열이요!", "열하나요!", "열둘이요!" 하며 무덤덤하게 숫자를 헤아렸다. 그것은 말하나 마나 피터와 아이들이 해치운 해적의 수였다.

그로부터 얼마 뒤, 마침내 후크가 아이들에게 완전히 포위당했다. 그 때 다른 해적들의 모습은 보이지 않았다. 후크는 용케 아이들이 휘두르는 칼날을 몇 번이나 막아냈다. 마치 불사신이라도 되는 양 그 많던 부하들도 당해내지 못한 아이들을 혼자 상대해보겠다는 자세였다. 아이들은 가쁜 숨을 몰아쉬며 후크를 압박해 갔다. 하지만 궁지에 몰린 후크는 젖 먹던 힘을 다해 쇠갈고리를 휘둘러댔다. 그러다가 어느 때는 한 소년을 벼락같이 쇠갈고리로 낚아채 방패막이로 삼기까지 했다. 아이들은 좀처럼 제압당하지 않는 마지막 상대를 앞에 두고 쩔쩔맬 수밖에 없었다.

바로 그 때, 방금 전 후크의 마지막 남은 부하 멀린스를 깨끗이 해치운 소년이 다른 아이들에게 다가서며 소리쳤다.

"애들아, 모두 무기를 거둬. 그 악당은 내가 상대할 테니까."

그 소년은 다름 아닌 피터였다. 그렇게 마침내 피터와 후크가 맞닥뜨리게 되었다. 아이들은 뒤로 물러서더니 두 사람을 빙 둘러 에워쌌다.

피터와 후크는 한동안 서로를 날카롭게 노려보기만 했다.

후크가 긴장감 탓에 입술을 살짝 떠는 것을 보고 피터의 얼굴에 의미심장한 미소가 번졌다.

"피터 팬, 이게 다 네 놈 짓이었군그래."

후크가 먼저 입을 열었다.

"그렇다, 제임스 후크. 모두 내가 꾸민 일인 것을 이제야 알아차렸다니 생각보다 어리석구나."

피터는 한 치의 물러섬도 없이 당당히 대꾸했다.

"거참, 건방진 꼬맹이 녀석이로군. 내 손에 죽을 각오는 되어 있겠지?"

후크가 소리쳤다.

"누가 할 소리! 너처럼 사악한 자를 내 칼이 용서하지 않을 거다."

둘 사이에 더 이상의 말은 필요 없었다. 드디어 피터와 후크가 맞붙어 싸우기 시작했다. 두 사람의 칼솜씨는 쉽게 우열을 가리기 어려웠다. 피터는 몸이 재빨라 후크의 매서운 칼날을 요리조리 잘도 피해 다녔다. 그렇다고 피터가 수비 위주의 작전만 펼쳤던 것은 아니다. 피터는 돌연 수비 자세를 바꿔 왼쪽으로 공격하는 자세를 취하다가 순식간에 몸을 돌려 후크의 오른쪽을 찔렀다. 그러나 후크에 비해 팔이 짧아 몸통을 깊이 찌르지는 못했다. 후크 역시 작전 구사 능력과 칼을 다루는 실력은 누구 못지않았으나, 피터에 비해 손목의 움직임이 느린 단점이 있었다. 다만 힘만큼은 월등해 그가 마구 공격을 할 때면 피터가 뒷걸음질을 칠 수밖에 없었다. 따라서 후크는 일단 힘을 앞세워 공격을 한 다음 오래 전 리우데자네이루에서 바비큐에게 배운 기술로 싸움을 마무리하려고 했다. 그것은 급소 찌르기 공격이었는데, 어느덧 후크의 주요 특기로 명성을 떨치게 된 기술이었다. 하지만 가만히 서서 공격을 당하고 있을 피터가 아니었다. 피터의 빠른 몸놀림은 번번이 후크의 칼끝을 빗나가게 만들었다. 후크는 자기 뜻대로 공격이 펼쳐지지 않자 새로운 작전을 짰다. 먼저 상대에게 최대한 가까이 다가선 후, 피터가 칼날만 신경쓰는 틈을 노려 쇠갈고리로 마지막 결정타를 날릴 생각이었다. 그러나 이번에도 후크의 예상은 적중하지 못했다. 피터가 날렵하게 몸을 숙여 쇠갈고리를 피하더니 후크의 옆구리에 깊숙이 칼을 찔러 넣는 데 성공했던 것이다. 여러분은 후크의 피가 이상한 색깔이라는 사실을 기억하고 있을 것이다. 그는 자신의 몸에서 뿜어져 나오는 피를 보고 충격을 받아 손에 들고 있던 칼을 떨어뜨리고 말았다. 이제 후크의 목숨은 피터의 손에 달린 신세였다.

"피터, 뭐 해? 바로 지금이야!"

아이들은 후크의 최후를 기대하며 피터를 재촉했다. 하지만 피터의 생각은 달랐다. 피터는 기품 있는 자세로 상대가 다시 칼을 들 때까지 기다려주었다. 후크는 그 기회를 놓치지 않고 얼른 바닥에 떨어진 칼을 집었지만, 피터의 고매한 품격을 느껴 비참한 기분을 맛보았다. 그 때까지 후크는 자신이 악마 같은 존재와 결투를 벌이고 있다고 믿었다. 그러나 점점 그 믿음이 옳지 않다는 생각이 들었다. 안 그래도 음산한 그의 얼굴에 짙은 그림자가 드리워졌다.

"도대체 너는 누구냐? 진짜 정체가 뭐냔 말이다, 피터 팬!"

후크가 가래를 그렁거리며 물었다.

"나는 젊음이요, 기쁨이다."

피터는 선뜻 이해하기 어려운 말을 계속 지껄여댔다.

"나는 또한 알에서 깨어난 작은 새이기도 하다."

피터의 말은 이렇다 할 뜻이 없는 흰소리였다. 하지만 후크에게 그런 말은 피터가 자신이 누구인지 전혀 알지 못한다는 분명한 증거였다. 그것이 고매한 품격을 나타내는 것이 아니고 무엇이란 말인가.

"덤벼라. 다시 싸우자!"

후크가 허탈한 심정으로 소리쳤다. 그는 될 대로 되라는 식으로 마구 칼을 휘둘렀다. 상대가 어른이든 아이든 자신을 방해하는 것은 모두 두 동강을 낼 듯 무서운 기세였다.

그러나 피터는 이리저리 날아다니며 후크의 공격을 가볍게 피했다. 그 모습이 얼마나 재빠르고 부드러웠는지, 언뜻 후크의 칼날이 일으키는 바람이 피터를 안전한 곳으로 밀어내는 것 같았다. 그렇게 피터는 약올리듯 상대의 칼날을 피해 다니면서도 조금이라도 빈틈이 보이면 공격을 감행했다.

이제 후크는 아무런 희망도 없이 싸우고 있었다. 그토록 분노를 치밀어 오르게 했던 피터의 목숨을 빼앗겠다는 열정도 거의 사그라졌다. 그럼에도 오직 하나, 후크가 간절히 바라는 것이 있었다. 그것은 단 한 번만이라도 피터가 품격에 어긋나는 행동을 하는 모습을 보고 싶다는 바람이었다. 그는 자신이 싸늘한 시신으로 변하기 전에 그 소원이 꼭 이루어지를 갈망했다. 그 때 후크가 무슨 생각을 했는지 갑자기 칼을 거둬들이더니 화약고로 달려가 불을 붙였다.

"됐어, 2분 후면 이 배가 산산조각날 거야."

후크가 한껏 기대에 부푼 목소리로 소리쳤다. 그는 이제 어쩔 수 없이 피터가 숨겨두었던 본색을 드러낼 것이라고 믿었다. 그러나 피터는 당황해하며 허둥지둥 날뛰지 않았다. 피터는 침착하게 화약고로 가서 불붙은 포탄들을 조개껍데기에 받쳐 들고 나와 바다로 던져버렸다.

후크는 피터의 행동을 바라보며 절망했다. 지금 자기는 조금이라도 품격을 보여주고 있을까 의심스러웠다. 비록 자신이 남들로부터 손가락질 받을 길을 걸어오기는 했지만, 마지막 순간이나마 명문 사립학교의 전통에 걸맞은 행동을 했다면 좋았을 것이라고 생각했다. 그렇다고 하더라도 자신의 최후를 보며 동정심을 갖기는커녕 기뻐할 사람들이 훨씬 많겠지만 말이다.

그 때 소년들이 후크의 주위를 빙빙 날아다니며 야유를 퍼부었다. 후크는 한낱 꼬맹이일 뿐이라고 여겼던 아이들의 비웃음을 들으면서 힘없이 칼을 휘둘러댔다. 그의 두 다리가 금방이라도 쓰러질 듯 비틀거렸다. 후크의 눈은 조롱하는 소년들에게 향해 있었으나, 그의 마음은 이미 자신이 옛날에 다녔던 사립학교로 가 있었다. 어린 후크가 학교 운동장을 구부정한 자세로 걷는 환영이 보였다. 그는 친구들 앞에서 상장을 받기도 했고, 담장에 걸터앉아 한가롭게 축구 경기를 구경하기도 했다. 그는 외투부터 조끼, 타이, 양말, 그리고 신발까지 고상한 격식에 어울리는 옷차림을 하고 있었다.

아, 제임스 후크! 돌이켜보면 그에게도 영웅적인 면이 전혀 없지는 않았다. 하지만 어쨌거나 이제 그에게 작별을 고해야 할 시간이 다가왔다. 드디어 그에게 최후의 순간이 찾아왔기 때문이다.

피터가 단검을 들고 천천히 후크에게 다가갔다. 피터의 칼날은 정확히 후크의 급소를 겨누고 있었다. 그것을 본 후크가 바다에 몸을 내던지기 위해 갑판 난간 위로 풀쩍 뛰어올랐다. 그는 바다에서 악어가 자기를 기다리고 있다는 사실을 알지 못했다. 어쩌면 우리는 후크가 의연한 죽음을 맞이할 수 있도록 악어의 시계소리가 멈춰버리게 이야기가 전개되기를 바랐던 것이 아닐까? 그것은 우리가 후크에게 마지막으로 선사하는 자그마한 존경심의 표시라고 해도 틀린 말은 아닐 것이다.

그와 같은 절체절명의 순간에 그래도 후크는 한 가지 소망을 실현했다. 그를 완벽하게 파멸시키지 않았다고 해서 우리가 안타까워할 필요는 없다. 그 정도는 너그럽게 이해할 수 있는 문제니까. 후크는 갑판 난간 위로 올라서자마자 피터가 가까이 다가온 것을 보았다. 그는 저항할 마음을 접고, 말없이 몸짓으로 발을 사용해달라고 부탁했다. 피터는 상대의 마지막 바람을 존중해 칼로 찌르는 대신 발로 뻥 걷어차 버렸다. 그렇게 후크는 간절히 소원하던 것을 얻게 되었다.

"역시 네 품격도 별 수 없군."

후크는 바다로 떨어지면서 희미하게 마지막 미소를 지었다. 그리고 곧 악어의 밥이 되고 말았다. 그 후 누구도 두 번 다시 제임스 후크의 존재를 볼 수 없었다.

"열일곱이요!"

이번에는 슬라이틀리가 노래하듯 흥겹게 숫자를 셌다. 그러나 그의 계산은 정확하지 않았다. 그 날 밤 죽음으로써 죗값을 치른 해적들은 모두 15명이었다. 해적들 가운데 2명은 몰래 배를 빠져나가 해안가에 다다랐는데, 그 주인공은 스타키와 스미였다. 그 가운데 스타키는 머지않아 인디언들에게 붙잡혀 인디언 아기들을 보살피는 보모가 되었다. 비록 나쁜 짓을 일삼았지만 용맹을 떨치던 해적으로서 부끄럽기 짝이 없는 몰락이었다. 그리고 스미는 안경을 쓴 채 세상 이곳저곳을 떠돌아다니며 살았다. 그는 제임스 후크 선장이 자기를 유일하게 두려워했다며 허풍을 떨고 다니면서 근근이 생계를 꾸려가는 비참한 신세였다.

한편, 그 날 밤 웬디는 아이들과 해적들의 싸움에 끼어들지 않았다. 그저 두 눈을 초롱초롱 빛내며 하염없이 피터의 활약을 지켜보았다. 그렇게 마침내 싸움이 끝나자, 비로소 웬디가 앞으로 나섰다. 웬디는 소년들을 누구 하나 차별하지 않고 골고루 칭찬해주었다. 마이클이 자기 힘으로 해적 한 명을 죽인 장소를 누나에게 자랑스럽게 보여주었을 때는 몸서리를 치면서도 환하게 웃어주었다. 그런 다음 웬디는 아이들을 후크가 사용하던 선장실로 데려가더니 벽에 걸린 시계를 가리키며 말했다.

"모두 봤지? 벌써 새벽 한 시 반이야!"

그것은 정말 상상하기 어려운 일이었다. 그처럼 늦은 시각까지 아이들이 잠자리에 들지 않고 깨어 있다는 것은 그야말로 큰일이었다. 아이들은 신바람이 났지만, 웬디는 서둘러 해적들이 사용하던 침대에 누우라고 말했다. 물론 그 때도 한 명의 소년은 예외였다. 그 시각 피터는 한껏 의기양양한 태도로 갑판 위를 돌아다녔다. 하지만 피터 역시 몹시 피곤했던 터라 곧 기다란 대포 옆에 누워 스르르 잠이 들고 말았다. 나중에 웬디가 갑판에 올라와 보니, 피터는 또다시 악몽을 꾸며 눈물을 흘리고 있었다. 웬디는 그런 피터를 가만히 안아주었다.

집으로
돌아가는 길

　이튿날 아침, 종이 두 번 울리자 아이들이 바쁘게 움직이기 시작했다. 드디어 넓은 바다로 항해를 떠나는 날이었다. 갑판장 투틀즈가 밧줄 끝을 한쪽 손에 말아 쥐고 담배를 질겅질겅 씹으며 먼저 나타났다. 너나없이 자기 몸에 맞춰 해적들의 옷을 무릎 아래까지 잘라 입은 다른 아이들도 하나둘 갑판으로 모여들었다. 몇몇 아이들은 그래도 옷이 큰지 자꾸만 바지춤을 추켜올렸다. 아이들의 얼굴은 막 면도를 한 것처럼 수염 한 올 없이 매끈했다.

　그 배의 선장이 누군지는 새삼스럽게 말할 필요가 없을 것이다. 닙스가 일등항해사였고, 존은 이등항해사였다. 말하나 마나 배에는 여자아이도 한 명 타고 있었다. 나머지 아이들은 일반 선원들로, 갑판 아래 선실에서 생활하며 청소를 하거나 돛대를 관리하는 일 등을 도맡았다. 피터는 손잡이가 달려 배의 키를 움직이는 데 쓰는 바퀴 모양의 타륜을 하루 종일 손에서 거의 놓는 법이 없었다. 그러면서도 선원들을 모두 불러 모아 짧게 연설을 하고는 했는데, 주로 용맹한 뱃사람답게 자기가 맡은 임무를 열심히 해달라는 내용이었다. 하지만 가끔은 선원들이 리우데자네이루와 '황금 해안'에서 몹쓸 짓을 일삼는 장본인이라며 자기 눈에 띌 경우 갈기갈기 찢어 죽이겠다고 엄포를 놓기도 했다. 그런 것이야말로 뱃사람다운 말투였기 때문에 선원들은 오히려 환호성을 지르며 즐거워했다.

잠시 뒤, 피터는 선원들에게 군더더기 없이 간략하면서도 강렬한 몇 가지 명령을 내렸다. 그러자 선원들은 한 치의 머뭇거림도 없이 커다란 돛의 방향을 바꿔 뱃머리가 영국 쪽으로 나아가게 했다. 한동안 피터 팬 선장은 항해도를 꼼꼼히 살펴보았다. 지금처럼 순조로운 날씨가 계속 이어진다면 6월 21일쯤에는 아조레스 제도에 다다를 수 있을 것 같았다. 그곳에서부터는 시간을 절약하기 위해 하늘을 날아갈 계획이었다.

그런데 어느 날, 선원들 사이에 자기들이 탄 배를 어떤 모습으로 만들어갈지 실랑이가 벌어졌다. 일부 선원들은 평범한 고기잡이배처럼 꾸미기를 원했지만, 몇몇 선원들은 계속 해적선의 위엄을 잃지 않기를 바랐다. 결국 그 일을 계기로 선원들에게 쪽지를 돌려 저마다의 건의사항을 적을 기회를 갖기로 했다. 하지만 더욱 큰 문제가 따로 있었다. 언젠가부터 선장이 선원들을 노예 부리듯 함부로 대했기 때문에 아무도 자신의 생각을 솔직히 털어놓지 못했던 것이다. 오직 무조건적인 복종만이 후환을 남기지 않았다. 한번은 슬라이틀리가 수심을 재라는 명령을 듣고도 머뭇거리다가 열두 대나 얻어맞는 사건이 벌어지기도 했다.

선원들은 머지않아 피터가 더욱 포악한 선장으로 변해갈 것이라고 생각했다. 당장은 웬디의 의심을 피하느라 그나마 성질을 죽이고 있지만, 새 옷이 완성되기만 하면 언제 그랬느냐는 듯 돌변할 것이라고 확신했다. 그 무렵 웬디는 후크의 옷들 가운데 가장 해적다운 옷을 몇 벌 찾아내 피터의 옷을 만들고 있었다. 마음이 썩 내키지는 않았지만 그 옷들의 품질이 가장 좋았기 때문이다. 나중에 아이들은 새 옷을 입은 피터가 이상한 행동을 했다고 수군거렸다. 그 옷을 처음 입은 날 밤, 피터는 후크가 쓰던 파이프 담뱃대를 입에 물고 한참 동안 선장실에 앉아 있었다. 그 때 그는 한쪽 손을 꽉 움켜쥔 모습이었는데, 얼핏 구부리고 있는 집게손가락이 쇠갈고리처럼 보였다. 여차하면 누군가를 찍어 누를 듯 살기가 번뜩였다는 것이다.

그럼 이쯤에서 배 이야기는 잠시 접어두도록 하자. 오래 전세 아이가 부모를 남겨두고 매정하게 떠나버려 적막하게 변한 쓸쓸한 집으로 눈길을 돌려보자는 것이다. 여태껏 14번지의 집을 전혀 살펴보지 않았다니 무심하기 짝이 없다고 비난받아 마땅하다. 그렇지만 달링 부인은 우리에게 결코 서운한 감정을 갖지 않을 것이다. 만약 우리가 달링 부인을 안쓰럽게 여겨 자꾸만 시선을 돌렸다면 오히려 원망 섞인 소리를 들었을지 모른다. "우리 부부에게 신경쓸 필요 없어요. 여기에 관심을 기울이지 못했다고 미안해하지 말아요. 그럴 시간이 있으면 어서 돌아가서 아이들을 조금이라도 더 지켜봐주세요." 라고 말이다. 사실 아이들은 엄마들이 그런 식으로 나올 것이라는 점을 잘 알고 있다. 그래서 종종 엄마들에게 일부러 걱정을 끼치며 교묘히 기대려고 하는 것이다.

그러니 이제 알겠는가? 지금 우리는 달링 부인을 염려해서 아이들 방으로 눈길을 돌리려는 것이 아니다. 그 방의 주인들이 온갖 위험을 무릅쓰며 돌아오고 있기 때문이다. 따라서 우리는 무엇보다 아이들의 잠자리가 잘 준비되어 있는지, 달링 부부가 저녁 외출을 나가지는 않았는지 따위가 궁금할 따름이다. 우리는 그저 아이들의 심부름꾼 역할이나 할 뿐이라는 얘기다. 그렇지만 아무래도 선뜻 이해하기 어려운 점이 있기는 하다. 그토록 매정하게 집을 떠나버린 아이들을 위해 어째서 엄마 아빠가 잠자리를 잘 준비해둬야 한단 말인가? 또한 그런 상황이라면 엄마 아빠가 밤낮없이 나들이를 다닌다고 해도 아이들에게 미안해할 필요는 전혀 없지 않은가? 아니, 그렇게 해야만 세 아이가 조금이나마 자신들의 잘못을 깨닫고 반성하지 않겠는가? 하지만 엄마와 자식들 사이에 그와 같은 생각은 적절치 않다. 만약 우리가 달링 부인에게 그런 식의 이야기를 한다면, 동의를 얻기는커녕 미움만 잔뜩 사게 될 것이다.

솔직히 나는 이 이야기를 전하면서 쉽게 뿌리치기 힘든 어떤 충동을 느끼고 있다. 그것은 다른 작가들이 흔히 그렇게 하듯, 세 아이가 지금 집으로 돌아오고 있으며 목요일쯤 도착할 예정이라고 달링 부부에게 귀띔해주는 것이다. 하지만 내가 그런 충동에 굴복한다면 세 아이가 부모님을 깜짝 놀라게 해주려는 계획을 세운 것은 헛수고가 된다. 사실 웬디와 존, 마이클은 배를 타고 오면서 한껏 기대에 부풀었다. 자신들이 집에 들어서는 순간의 풍경을 머릿속에 그리며 일찌감치 행복감을 맛보았던 것이다. 엄마는 자식들이 집에 들어서자마자 기쁨의 탄성을 내지르며 울먹일 것이 분명했다. 아빠는 체면 따위 훌훌 벗어던진 채 즐거운 함성을 내지를 것이고, 나는 아이들에게 안기고 싶어 풀쩍풀쩍 공중으로 뛰어오를 것이 틀림없었다. 그러므로 그와 같이 흐뭇한 상황을 실현하려면 내가 충동을 이겨내는 편이 바람직하다. 하기야 내가 세 아이의 등장 소식을 미리 알린다면 재미있는 상황이 벌어지기는 할 것이다. 아이들이 잔뜩 기대에 부풀어 집 안으로 들어섰는데 엄마 아빠가 심드렁한 표정을 짓고 있으면 어떨까? 엄마가 기쁨에 겨워 자식들을 와락 안아주지도 않고, 아빠가 "이제 왔니?" 하며 별일 아니라는 투로 맞아준다면 아이들은 김이 새 실망감을 느낄 수밖에 없다. 하지만 내가 그런 일을 벌인다고 해서 고맙다는 인사를 할 사람이 어디 있겠는가. 엄마들 앞에서 자식에 대한 험담을 늘어놓거나 자식이 서운해 할 일을 벌이면 결코 좋은 소리를 듣지 못한다. 달링 부인역시 내가 미리 비밀을 지껄이면 반가워하기는커녕 자식들이 느낄 소박한 행복감을 빼앗았다며 지청구를 늘어놓을 것이 뻔하다.

한번 상상해보자.

"부인, 기다리고 기다리던 세 아이가 다음 주 목요일쯤 도착할 겁니다."

"왜 그 사실을 제게 미리 알려주시는 거죠? 그러면 아이들을 보고 까무러칠 듯 놀라며 기뻐할 수가 없잖아요."

"부인, 다음 주 목요일까지는 아직 열흘이나 남았어요. 제가 아이들이 온다는 소식을 미리 알려드렸으니까 앞으로 열흘 동안은 슬퍼하실 필요가 없지 않나요?"

"하나만 알고 둘은 모르시는군요. 제가 열흘 동안 슬퍼하지 않는 대가가 얼마나 큰지 생각해보세요. 아이들이 오랜만에 엄마 아빠를 만나 만끽할 십 분간의 황홀한 즐거움을 빼앗 겨야 하잖아요. 우리 부부가 아무리 연기를 한들 정말로 깜짝 놀라서 감격에 겨워하는 것만 하겠어요?"

"제 호의를 꼭 그런 식으로 받아들이셔야 하나요?"

"그럼 어떻게 이해해야 되죠?"

이미 짐작했겠지만, 달링 부인은 특이하다고 할 만한 구석 이 적지 않았다. 나는 원래 부인에 대해 좋은 이야기만 할 작 정이었으나 이제는 생각이 좀 달라졌다. 모든 일을 자식들 입 장에서만 따지는 그녀에게 약간은 질려버렸기 때문이다. 분 명히 말하건대, 달링 부인에게 세 아이에 관해 미리 귀띔해줄 마음은 완전히 접었다. 그러거나 말거나 부인은 아이들을 맞 이할 준비가 완벽히 되어 있으니까 말이다. 침대보와 이불은 항상 깨끗이 펼쳐져 있고, 부부가 함께 집을 비우는 법은 잠 시도 없었다. 물론 창문은 하루 종일 활짝 열어두었다. 우리 가 진정으로 달링 부인을 도와주는 길은 다시 배로 시선을 돌 리는 것뿐이라고 말할 수 있다. 하지만 이왕 세 아이의 집으 로 왔으니 좀 더 지켜보는 것도 나쁘지 않으리라. 어차피 우 리는 구경꾼이니까 말이다. 우리가 꼭 필요하다며 애원할 사 람은 세상 어디에도 없다. 그러니 사람들이 살아가는 모습이 나 관찰하면서 잔소리를 지껄일밖에. 누군가 그 소리에 상처 를 받는다면 더욱 재미있을지도 모르겠다.

세 아이가 매정하게 떠난 뒤, 아이들 방에 한 가지 달라진 점이 있기는 했다. 그것은 오전 9시부터 오후 6시까지 나나의 집이 보이지 않는다는 사실이었다. 아이들이 집을 떠나자 달링 씨는 몹시 괴로워했다. 애당초 자기가 나나를 마당에 묶어둔 것이 잘못이었다고 자책했는데, 심지어 자신이 나나보다 아이들에게 더 필요한 존재였던 적이 단 한순간도 없었다는 푸념까지 늘어놓았다. 앞에서 살펴보았듯이 그는 의외로 성격이 단순했다. 대머리만 아니었다면 얼핏얼핏 아이 같다는 생각이 들 정도였다. 그래서였을까, 달링 씨는 스스로 옳다고 믿는 일에 좀처럼 회의를 느끼는 법이 없었다. 일단 마음을 두면 용맹한 맹수처럼 무작정 밀어붙이는 사람이었다. 세 아이가 떠난 뒤에도 그와 같은 그의 성격은 유감없이 발휘되었다. 그는 아이들이 돌아오지 않자 몇 날 며칠 고민하더니 네 발로 기어 개집으로 들어가는 뜻밖의 결단을 내렸다. 달링 부인이 어서 밖으로 나오라며 간곡히 설득했지만, 한번 결심한 바를 쉽게 되돌릴 사람이 아니었다.

"여기서 안 나갈 거요. 내가 있어야 할 자리는 바로 여기니까."

달링 씨는 크게 뉘우치며 울먹였다. 그는 세 아이가 돌아올 때까지 개집 생활을 그만두지 않겠다고 다짐했다. 그야말로 눈물 없이는 볼 수 없는 슬픈 장면이었다. 그런데 돌이켜보면 항상 그런 식이었다. 달링 씨는 어떤 일을 하든지 모 아니면 도인 경우가 많았다. 지나치게 집착하지 않으면 금세 포기해 버리기 일쑤였다는 말이다.

아무튼 달링 씨가 개집에 들어앉아 세 아이에 관한 이야기를 하는 것을 보면 처량하기 짝이 없었다. 평소 자신만만했던 조지 달링의 모습은 찾아보기 어려웠다. 특히 달링 씨는 나나에 대해 열등감을 느끼며 무조건적인 존경심을 나타냈다. 나나가 원하는 것이라면 뭐든지 그대로 따라줄 정도였다. 단, 나나의 집을 허락도 없이 차지해버린 것은 제외하고 말이다. 달링 부인은 남편의 그런 행동이 안타까웠지만 달리 어떻게 할 방법이 없었다.

선뜻 믿기 어렵겠지만, 달링 씨는 개집에 들어앉은 채 날마다 차에 실려 출퇴근을 했다. 그는 평소 이웃사람들이 자기를 어떻게 볼까 민감하게 생각했는데, 세 아이가 돌아올 때까지 개집 생활을 하겠다는 결심이 굳건했기 때문에 기꺼이 그와 같은 수고를 감당했던 것이다. 사람들은 개집에 들어앉은 그를 볼 때마다 이러쿵저러쿵 수군거렸다. 꼬마들은 달링 씨를 향해 손가락질을 하며 놀려대기도 했는데, 그는 속마음이야 어떻든지 한 번도 화를 내는 법이 없었다. 이따금 아가씨들이 호기심에 개집을 들여다보면 모자를 살짝 벗어 들어 신사다운 예의를 갖추는 것도 잊지 않았다.

달링 씨의 행동은 분명 유별났다. 하지만 아빠로서 자식들을 기다리며 죄책감 때문에 개집 생활을 하는 것은 숭고한 부정으로 비춰지기도 했다. 실제로 그런 사연이 알려지면서 사람들은 점점 감동하기 시작했다. 달링 씨의 개집이 차에 실려 거리를 지나가는 모습이 보일라치면 많은 사람들이 뒤를 따르며 "파이팅!"이라거나 "힘내세요!"라는 응원의 메시지를 외쳤다. 얼마 전만 해도 손가락질을 해대던 꼬마들은 사인을 해달라며 난리법석을 떨었고, 신문사들마다 그와 인터뷰를 하기 위해 줄을 설 정도였다. 어디 그뿐인가. 유명 사교계에서도 그의 참석을 바라는 초청장을 잇달아 보내 왔다. 물론 초청장에는 '꼭 개집 안에 들어앉은 채로 와 주십시오.'라는 문구가 빠지지 않았다.

며칠 뒤, 마침내 여느 때와 다른 목요일이 되었다. 마침 달링 부인은 아이들 방에서 밖에 나간 남편이 돌아오기를 기다리고 있었다. 그녀의 두 눈에는 좀처럼 사라지지 않는 슬픔의 그림자가 어른거렸다. 그녀를 좀 더 가까이에서 한번 살펴볼까? 아, 옛날의 유쾌하고 싱그러웠던 모습이 떠오른다. 어느덧 세월이 꽤 흘렀지만, 아이들이 매정하게 떠나버리지만 않았더라도 그녀는 명랑한 미소만큼은 잃어버리지 않았을 것이다. 아무래도 달링 부인에 대해 나쁜 이야기를 늘어놓기는 쉽지 않다. 사랑하는 아이들을 떠나보낸 엄마의 안타까운 심정을 헤아려줘야 하지 않겠는가. 달링 부인은 의자에 앉은 채 깜빡 잠이 들었다. 가만 보니 그녀의 오른쪽 입가는 어느덧 생기를 잃어 주름살이 생겨났다. 그녀는 잠을 자면서도 자식들 생각에 마음이 아픈지 쉴 새 없이 두 손으로 가슴을 쓸어내렸다. 여러분은 지금까지 피터와 아이들의 이야기를 전해 들으면서 저마다 좋아하는 인물이 하나쯤 생겼을 것이다. 누구는 피터를, 누구는 웬디를 가장 마음에 들어 할 테지만 나는 달링 부인을 모른 척할 수가 없다. 그녀가 행복해지는 일이라면 어떻게든 도움을 주고 싶다. 매정하게 떠나버린 철부지 자식들을 그리워하다가 잠든 그녀에게, 세 아이가 돌아오고 있다고 속삭여주면 어떨까? 아이들이 집으로 돌아오고 있는 것은 틀림없는 사실이었다. 그들은 하늘을 훨훨 날고 있었는데, 이제 집까지 거리는 3킬로미터 남짓 남았을 뿐이다. 그래, 곧 현실이 될 일을 조금 먼저 말해준다고 딱히 문제가 될 것은 없다. 자, 우리 함께 달링 부인의 귀에 대고 속삭여보자!

그런데 우리가 괜한 짓을 한 것일까? 달링 부인은 우리의 속삭임을 듣자마자 세 아이의 이름을 소리쳐 부르며 잠에서 깨어났다. 하지만 방 안에는 아직 나나 말고 아무도 보이지 않았다.

"아, 나나! 방금 아이들이 집으로 돌아오는 꿈을 꿨지 뭐야."

나나는 애처로운 눈빛으로 달링 부인을 바라보았다. 나나는 가만히 앞발을 들어 주인의 무릎에 올려놓는 것밖에 달리 위로의 마음을 전할 방법이 없었다. 잠시 뒤, 달링 씨가 개집과 함께 집에 돌아왔을 때도 부인과 나나는 그 자세로 방 안에 있었다. 달링 씨는 아내에게 키스를 하려고 개집에서 얼굴을 내밀었다. 그는 적잖이 지친 모습이었지만, 표정만큼은 한결 밝아져 있었다.

달링 씨는 리자에게 모자를 건넸다. 그런데 모자를 받아드는 리자의 시선이 영 마뜩찮아 보였다. 아예 바깥주인을 경멸하는 것 같기도 했다. 리자는 스스로 개집에 들어간 달링 씨를 이해하지 못했다. 그럴 만한 상상력을 갖춘 아가씨가 아니었기 때문에 어쩔 수 없는 노릇이었다. 집 밖에서는 달링 씨의 뒤를 따라온 사람들이 여전히 환호성을 질러대고 있었다. 그가 감격한 표정으로 리자를 바라보며 말했다.

"저 소리 좀 들어보렴. 내 마음을 헤아려주다니, 정말 고마운 사람들이란다."

"뭐, 애들 소리만 요란한 걸요."

이제 리자는 대놓고 비아냥거리기까지 했다.

"아니야, 오늘은 어른들도 적지 않았는걸."

달링 씨는 이렇게 대꾸하며 낯빛이 살짝 붉어졌다. 리자가 그의 말을 듣는 둥 마는 둥 딴청을 피웠지만 꾸짖지는 않았다. 그는 어느덧 사회적으로 꽤 성공을 거두었지만 좀처럼 거들먹거리는 법이 없었다. 이전보다 훨씬 겸손해졌다고 하는 편이 옳을 것이다. 달링 씨는 개집 밖으로 고개를 쑥 내민 채 아내와 자신의 성공에 대해 이야기를 나누었다. 달링 부인은 남편에게 사회적으로 성공했다고 해서 거만해지면 안 된다는 충고를 건넸다. 달링 씨는 아내의 손을 꼭 잡아주며 그럴 일은 절대 없을 것이라고 안심시켰다.

"나는 잘난 척하는 것을 좋아하지 않소. 또 개집에서 생활하는 주제에 그럴 자격도 없고."

달링 씨가 차분하게 말했다.

"당신은 여전히 진심으로 후회하고 있죠? 정말 그렇지요?"

달링 부인이 조심스럽게 물었다.

"그럼, 당연히 지금도 뼈저린 후회를 하고 있소. 그러니 개집에 들어앉는 형벌을 달게 받고 있는 것이지."

"맞아요, 형벌. 그런데 설마 그것을 즐기고 있는 것은 아니겠지요, 여보?"

"아니, 어떻게 내게 그런 말을……."

달링 부인은 남편에게 지나친 말을 한 것 같아 얼른 사과했다. 달링 씨는 곧 졸음이 밀려와 개집 안에서 둥그렇게 몸을 웅크렸다. 그 모습이 개집과 제법 잘 어울렸다.

"내가 잠들 때까지 당신이 피아노 연주를 해주지 않겠소?"

달링 부인은 남편의 부탁을 들어주기 위해 피아노가 있는 아이들 방 옆의 놀이방으로 향했다. 그 때 달링 씨가 무심코 한마디 말을 덧붙였다.

"그리고 아이들 방에 있는 창문을 좀 닫아주면 좋겠소. 바람이 너무 서늘해서 말이오."

"아, 여보……. 그 말만은 제발 하지 말아줘요. 창문은 아이들을 위해 항상 열어둬야 한다고요. 늘, 언제나 말이에요!"

순간, 이번에는 자신이 아내에게 사과할 차례라는 것을 달링 씨는 깨달았다. 달링 부인은 이내 놀이방으로 들어가 피아노를 연주했다. 그 소리를 자장가 삼아 달링 씨는 스르르 잠에 빠져들었다. 그 때 웬디와 존, 마이클이 방 안으로 날아 들어왔다.

아니, 그런데 이 노릇을 어떻게 하면 좋은가! 그것은 실제 상황이 아니었다. 물론 우리가 배에서 눈길을 돌리기 전에 세 아이가 세운 계획대로라면 그렇게 돼야 마땅했다. 하지만 그 사이에 어떤 일이 벌어진 것이 틀림없었다. 달링 씨가 잠들자마자 방 안으로 날아든 것은 부부의 세 아이가 아니라 피터 팬과 팅커 벨이었다.

피터의 첫 마디가 모든 분위기를 설명해주었다.

"팅크, 서둘러!"

피터는 계속 팅커 벨에게 속삭였다.

"창문을 닫고 얼른 걸어 잠가. 좋아, 이제 우리는 문으로 빠져나가야 해. 웬디가 돌아와서 창문이 닫힌 것을 보면 크게 실망할 거야. 엄마 아빠가 자기와 동생들을 기다리지 않았다고 생각하겠지. 그럼 나와 같이 다시 집을 떠나려고 할 것이 틀림없어."

이제 우리는 그동안 풀리지 않았던 궁금증 하나를 해결할 실마리를 찾았다. 왜 피터는 해적들을 모두 물리친 다음 아이들의 안내를 팅커 벨에게 맡기지 않았을까? 애당초 계획대로라면 팅커 벨에게 하늘 길 안내를 일임한 뒤 피터 자신은 네버랜드로 돌아가야 했다. 하지만 그것은 겉으로 드러난 약속이었을 뿐, 피터는 처음부터 세 아이의 방까지 와서 창문을 닫아 걸 꿍꿍이를 갖고 있었다.

피터는 자신이 얼마나 나쁜 짓을 하는지 알지 못했다. 춤까지 덩실덩실 추면서 신바람을 내는 것을 보면 손톱만큼의 죄책감도 없는 것 같았다. 피터는 팅커벨이 창문을 닫아거는 것을 지켜보고 나서 피아노 소리가 새어나오는 놀이방을 빠끔히 들여다보았다. 그리고는 팅커 벨에게 나직이 속삭였다.

"저 사람이 웬디 엄마야. 아름다운 여인이긴 하지만, 우리 엄마만큼은 아니야. 또 입에 골무가 가득하기는 하지만, 그 역시 우리 엄마만큼은 아니지."

피터가 난데없이 자신의 엄마를 자랑하며 거들먹거렸다. 물론 피터는 엄마에 대해 아는 것이 전혀 없었다.

그 때 달링 부인은 〈즐거운 나의 집〉이라는 노래를 연주하는 중이었다. 피터는 그 노래를 잘 알지 못했지만 웬디가 돌아오기를 간절히 바라는 뜻이 담겨 있다는 것은 충분히 느낄 수 있었다. 피터가 얄밉게 미소를 짓더니 의기양양하게 혼잣말을 중얼거렸다.

"어떡해요, 웬디를 다시 볼 수 없는데. 우리가 창문을 닫아 버렸거든요."

그런데 부드럽게 이어지던 피아노 소리가 갑자기 뚝 끊겼다. 피터가 가만히 살펴보니까, 달링 부인이 피아노 건반 위에 엎드려 흐느끼고 있었다. 그녀의 두 눈에서 눈물이 주르르 흘러내렸다. 피터는 문득 양심이 찔렸는지 놀이방에서 고개를 홱 돌렸다. 그렇다고 마음까지 달라진 것은 아니었다.

'웬디 엄마의 눈물은 나에게 다시 창문을 열라며 애원하고 있어. 하지만 어림없지. 절대로 그런 일은 없을 거야!'

피터는 이렇게 생각하며 약해지려는 마음을 다잡았다. 그리고 피아노가 있는 놀이방을 다시 들여다보았다. 달링 부인의 눈가에는 여전히 눈물방울이 그렁그렁했다. 언제까지나 새로운 눈물이 계속 샘솟을 것만 같았다.

"정말로 웬디를 끔찍이 사랑하나봐."

피터는 고개를 가로저으며 혼잣말을 내뱉었다. 그런데 순간 가슴속에서 화가 치밀어 오르는 것이 느껴졌다. 자기가 아무리 애를 써도 달링 부인이 세 아이를 결코 잊지 못할 것 같았기 때문이다. 자식을 향한 부인의 사랑은 나눠 가질 수도 없어 보였다.

피터가 마음속으로 생각했다.

'나도 웬디를 좋아해요. 우리 둘 다 웬디를 가질 수는 없을까요?'

하지만 달링 부인은 절대로 웬디를 포기하거나, 나눠가지려 하지 않을 것이 틀림없었다. 피터는 문득 우울감이 밀려왔다. 얼른 달링 부인에게서 시선을 돌리려고 했으나, 마치 부인이 피터를 붙잡고 놓아주지 않는 것 같았다. 피터는 달링 부인에 대한 생각을 지우려고 이리저리 뛰어다니며 몸부림을 쳤다. 일부러 우스꽝스런 표정을 지으며 실없이 웃어대기도 했다. 하지만 아무래도 달링 부인의 보이지 않는 손길을 뿌리칠 수가 없었다. 이미 달링 부인은 피터의 마음속까지 들어와 반성과 배려의 문을 두드려대고 있었다.

"아, 알았어요. 알았다고요."

피터는 마침내 이렇게 말하며 마른침을 꿀꺽 삼켰다. 그리고 힘없이 아이들의 방으로 들어가 닫아걸었던 창문을 다시 활짝 열었다.

"팅크, 이만 가자. 우리에겐 바보 같은 엄마 따위 필요 없어."

피터는 자식을 향한 엄마의 사랑을 떠올리며 허탈한 웃음을 지었다. 그리고는 재빨리 창문 밖으로 날아올랐다.

그로부터 얼마 뒤, 웬디와 두 동생은 자신들을 위해 열어놓은 창문을 보게 되었다. 부모의 허락도 없이 매정하게 집을 떠났던 아이들에게 그것은 분명 분에 넘치는 호의였다. 세 아이는 미안한 기색도 없이 가뿐히 방바닥에 내려앉았다. 어떻게 보면 약간 뻔뻔하기까지 한 모습이었다. 그런데 막내 마이클은 어느새 집에 대한 기억도 상당 부분 잊어버린 듯했다.

"왠지 여기에 와본 적이 있는 것 같아. 그렇지 않아, 형?"

마이클은 고개를 갸웃거리며 존에게 물었다.

"어이구, 그걸 말이라고 하니? 저기 네 침대도 보이잖아. 우리가 잠을 자던 방이라고."

"아, 그렇구나."

그제야 마이클은 그곳이 어디인지 알게 되었다. 하지만 여전히 못내 미심쩍은 눈치였다. 그 때 뭔가를 발견한 존이 두 눈을 동그랗게 뜨고 말했다.

"와, 저길 봐. 개집이야!"

존은 재빨리 개집으로 다가가 안을 들여다보았다.

"그건 나나의 집이야. 우리를 반겨줄 게 틀림없어."

웬디가 말했다.

그런데 존이 갑자기 휘파람을 불며 뜻밖의 이야기를 했다.

"개집 안에 개는 없는걸. 대신 웬 남자가 있어."

그 말을 들은 웬디가 서둘러 개집을 들여다보고는 깜짝 놀라 소리쳤다.

"아빠잖아!"

"뭐, 아빠라고? 나도 볼래."

마이클이 아빠라는 소리에 누나 곁에 바짝 다가와 개집 안으로 고개를 들이밀었다.

"내가 해치운 해적보다 아빠 덩치가 훨씬 작은걸."

마이클은 실망스런 눈치를 감추지 않았다. 달링 씨가 잠들어 있는 것이 다행이라고 할 정도였다. 생각해보라, 오랜 시간 간절히 기다리다 만난 어린 아들의 첫마디가 그런 줄 알았다면 아빠의 마음이 얼마나 아팠겠는가.

웬디와 존은 개집 안에 들어앉은 아빠를 보고 좀처럼 입을 다물지 못했다.

"아빠가 옛날에는 개집에서 잠을 주무시지 않았잖아. 그렇지, 누나?"

존은 행여나 자신의 기억이 잘못되지 않았나 싶어 웬디에게 물어보았다. 그런데 웬디 역시 약간 혼돈스러워 보였다.

"존, 나도 헷갈려. 우리 모두 옛날 일을 많이 잊어버렸는지 몰라."

웬디는 말까지 살짝 더듬거렸다. 그만큼 어안이 벙벙했던 것이다.

갑자기 세 아이는 두려운 기분에 오금이 저렸다. 자신들이 집을 비운 사이에 어떤 심각한 일이 일어났을지 모른다는 생각이 들었기 때문이다. 하기야 실제로 그런 일이 벌어졌다고 해도 매정하게 집을 떠났던 세 아이로서는 투정조차 할 수 없는 처지였다. 존은 괜히 엄마에게 화살을 돌렸다.

"엄마는 우리가 보고 싶지도 않았나봐. 도대체 집을 비우고 어디 가신 거야?"

존이 뽀로통해진 표정으로 말했다. 그 순간, 달링 부인이 다시 피아노를 치기 시작했다.

"아, 엄마 아니야?"

웬디가 놀이방 쪽에서 들려오는 소리에 귀를 기울였다.

"그래, 이건 엄마가 연주하시는 피아노 소리야."

존이 엄마인 것을 확신하며 맞장구를 쳤다.

"뭐야? 그럼 웬디 누나는 진짜 엄마가 아니었던 거야?"

마이클이 졸음이 가득한 눈으로 물었다.

"맙소사! 내가 정말 엄마인 줄 알았던 거야? 그러고 보니 우리가 오랫동안 집을 떠나 있기는 했구나."

웬디는 두 동생을 데리고 무작정 집을 떠났던 것에 대해 처음으로 미안한 생각이 들었다.

"엄마를 깜짝 놀라게 해드리고 싶어. 발소리를 죽인 채 살금살금 뒤로 다가가서 엄마의 눈을 가리면 어떨까?"

존이 장난꾸러기다운 제안을 했다.

하지만 웬디는 곰곰이 고민하다가 다른 아이디어를 내놓았다. 웬디는 엄마가 좀 더 차분히 자신들이 집에 돌아온 사실을 알게 하고 싶었다.

"우리 침대 속으로 몰래 들어가서 조용히 누워 있자. 집을 떠났던 적이 없었던 것처럼 말이야. 엄마가 우연히 방에 들어왔다가 우리를 발견하면 더 기뻐하실 거야."

웬디의 계획은 곧 현실이 되었다. 잠시 뒤 달링 부인이 개집 안의 남편이 잘 자고 있는지 살펴보기 위해 아이들 방으로 들어왔다. 부인은 단박에 가지런히 침대에 누워 있는 아이들의 모습을 보았다. 세 아이는 쌔근쌔근 잠자는 척하며 엄마가 기쁨의 탄성을 내지를 순간만 기다렸다. 그런데 이상하게도 기대하는 소리가 들려오지 않았다. 달링 부인은 분명히 아이들을 봤지만 그것이 실제 상황이라고 선뜻 믿지 못했다. 그동안 꿈속에서 아이들의 모습을 너무나 자주 봐왔기 때문에 그날도 자신이 꿈을 꾸고 있는 것이라고 생각했다.

달링 부인은 개집 안의 남편을 살펴본 뒤 그냥 벽난로 쪽으로 가서 의자에 앉았다. 그녀는 오래 전 그곳에서 아이들을 토닥이며 단잠을 재우기도 했던 추억이 새록새록 떠올랐다. 세 아이는 미처 예상치 못한 상황에 안절부절못했다. 아무래도 엄마의 행동을 이해할 수 없어 묘한 두려움까지 느껴졌다.

"엄마!"

웬디가 큰 소리로 달링 부인을 불렀다.

"어, 웬디구나."

달링 부인은 무덤덤하게 대꾸했다. 자기가 꿈을 꾸고 있다고 생각했기 때문이다. 존도 엄마를 불렀다.

"엄마!"

"그래, 존이로구나."

"엄마!"

마이클도 누나와 형의 뒤를 이어 달링 부인에게 소리쳤다. 마이클은 그제야 엄마를 알아봤다.

달링 부인은 세 아이를 향해 두 팔을 벌렸다. 꿈에서나마 아이들의 체온을 느껴보고 싶었기 때문이다. 그런데 뜻밖의 일이 벌어졌다. 세 아이가 이불을 젖히고 벌떡 일어서더니 엄마의 품으로 와락 뛰어드는 것이 아닌가. 그렇다, 그것은 꿈이 아니었다. 달링 부인은 뒤늦게 모든 일이 현실인 것을 깨닫고 더없이 기뻐하며 세 아이를 쓰다듬었다.

"여보! 얼른 이리 와 봐요, 여보!"

달링 부인은 그 기쁨을 혼자만 누릴 수는 없다고 생각해 큰 소리로 남편을 불렀다. 곧 달링 씨가 개집에서 나와 감격스런 얼굴로 세 아이를 품에 안았다. 마당에 있던 나나도 한달음에 달려왔다. 오랜 시간 헤어졌던 가족이 다시 만나는 것보다 더 아름다운 풍경이 어디 있을까. 그 때 창문 밖에서는 한 사내 아이가 사랑하는 사람들의 재회 장면을 몰래 엿보고 있었다. 그는 여태껏 다른 아이들이 경험해보지 못한 숱한 즐거움을 만끽하며 살아왔다. 하지만 지금 창문 너머에 펼쳐진 낯선 행복은 그가 단 한 번도 맛보지 못했던 것이다. 어쩌면 그가 영영 느껴볼 수 없는 단 하나의 금지된 기쁨일지도 몰랐다.

웬디,
어른이 되다

　세 아이가 아빠랑 엄마를 만나는 동안 다른 소년들은 어떻게 되었을까? 소년들은 웬디가 부모님에게 자신들에 대해 설명할 시간을 주기 위해 집 앞에서 조용히 기다리고 있었다. 그들은 천천히 500까지 숫자를 센 다음 아이들 방으로 올라갔다. 그 때 모두 하늘을 날지 않고 계단을 이용했는데, 그러는 편이 부모님에게 좋은 인상을 줄 것이라고 믿었기 때문이다. 소년들은 달링 부인을 만나자마자 일렬로 늘어서서 공손히 인사를 건넸다. 순간 해적들의 옷을 입은 것이 신경쓰였지만 어쩔 수 없는 노릇이었다. 소년들은 달링 부인을 애처로운 눈빛으로 바라보며 자신들을 자식으로 받아들여달라고 애원했다. 달링 부인은 금세 아이들의 마음을 이해했다. 그런데 소년들은 그처럼 중요한 일을 달링 씨에게는 직접 부탁하지 않았다. 아빠를 소홀히 여기는 실수를 범했던 것이다.

달링 부인은 그 자리에서 소년들의 부탁을 흔쾌히 들어주었다. 하지만 달링 씨는 왠지 마뜩치 않은 표정이었다. 소년들이 생각하기에, 아무래도 6명은 너무 많아 문제가 되는 것 같았다. 달링 씨가 웬디를 향해 말문을 열었다.

"넌 왜 한꺼번에 무리하게 일을 처리하려고 하니?"

그 말은 특히 쌍둥이의 귀에 거슬리게 들렸다. 꼭 자기들을 두고 타박하는 말 같았기 때문이다. 쌍둥이 중에서 좀 더 자존심 센 형이 얼굴을 살짝 붉히며 물었다.

"혹시 저희가 부담돼서 그러시는 건가요? 솔직히 말씀해주세요. 그렇다면 저희는 기꺼이 돌아갈 테니까요."

"아빠!"

쌍둥이의 말에 웬디가 화들짝 놀라 소리쳤다. 그런데도 달링 씨의 표정은 여전히 굳어 있었다. 달링 씨는 내심 속 좁게 행동하는 자신이 부끄러웠지만, 쉽게 얼굴빛을 바꿀 수가 없었다.

"너무 걱정 마세요. 우리는 몸을 반으로 웅크리고 잘 수 있거든요."

닙스가 말했다.

"맞아요, 그리고 아이들의 머리는 제가 잘라주면 돼요."

웬디도 거들고 나섰다.

"여보, 제발!"

달링 부인이 보다 못해 안타까운 마음을 드러냈다. 사랑하는 남편이 괜히 까다롭게 구는 것 같아 민망하기도 했다.

그 순간, 달링 씨가 눈물을 뚝뚝 흘렸다. 사실 그는 세 아이가 돌아온 것뿐만 아니라 더 많은 자식들까지 생기게 되어 기분이 썩 좋았다. 다만 소년들이 자신을 본 체 만 체 하고 달링 부인에게만 허락을 구하는 것이 서운하기 그지없었다. 한마디로 자신을 유령 취급하는 것 같아 불쾌했던 것이다. 달링 씨가 그런 속마음을 털어놓자마자 투틀즈가 손사래를 치며 나섰다.

"전 결코 달링 아저씨를 유령으로 여긴 적이 없어요. 컬리, 혹시 너는 달링 아저씨가 있으나 없으나 아무 상관없는 분이라고 생각하니?"

"그럴 리가. 절대 아니야."

컬리는 투틀즈의 물음에 고개를 가로젓더니 옆에 있던 슬라이틀리를 바라보며 말을 이었다.

"너는 어때? 달링 아저씨를 유령 같은 분이라고 생각하니, 슬라이틀리?"

"아니, 나도 절대 그렇게 생각하지 않아. 쌍둥이, 너희들은 어떤데?"

슬라이틀리 역시 고개를 가로저으며 곁에 있던 쌍둥이에게 질문을 넘겼다.

쌍둥이의 대답은 컬리나 슬라이틀리와 다르지 않았다. 따라서 소년들 중 누구도 달링 씨를 있으나 마나 한 존재로 여기지 않았다는 결론이 내려졌다. 그러자 달링 씨의 얼굴이 언제 눈물까지 뚝뚝 흘렸는가 싶게 환하게 밝아졌다. 그는 싱글벙글 연방 웃어대며 소년들이 모두 들어앉을 수만 있다면 응접실에 잠자리를 만들어보겠다고 말했다.

"우리 모두 응접실에 자리를 잡을 수 있을 거예요."

소년들은 너나없이 달링 씨의 제안을 긍정적으로 받아들였다.

"좋아, 내 생각에 동의해주니 고맙군. 자, 그럼 모두 나를 따르라!"

달링 씨는 신바람이 나서 기운차게 소리쳤다. 그리고는 수다쟁이처럼 아까와 다른 이야기를 늘어놓았다.

"내가 방금 전에 응접실 이야기를 했잖아? 그런데 어쩌지, 우리 집에 응접실이라고 할 만한 데가 있는지 모르겠어. 혹시 실망스러워? 에이, 응접실이 없어도 그냥 있는 셈 치면 되지 뭐. 그게 그거 아니야?"

달링 씨는 여전히 웃음기가 가득한 얼굴로 아이들을 이끌며 앞장서 나아갔다. 얼마나 기분이 좋았는지 "야호!" 소리를 내지르며 춤까지 덩실덩실 추었다. 그의 뒤를 따르는 아이들도 덩달아 유쾌해져 똑같이 "야호!" 소리를 외치며 몸을 들썩였다. 그렇게 그들은 응접실을 찾아다녔는데, 그 일을 성공적으로 마무리했는지는 정확히 기억나지 않는다. 어쨌거나 분명한 것은 그들이 집 안에서 꽤 쓸 만한 자투리 공간을 찾아냈다는 사실이다. 다시 말해 모두 편안히 들어앉을 수 있는 공간을 마련한 셈이었다.

그 시각, 피터는 네버랜드로 떠나기 전에 다시 한 번 웬디를 만나고 싶었다. 그래서 창가로 날아와 일부러 인기척을 냈다. 직접 웬디를 부르면 될 일이었지만, 피터는 돌아가는 길에 시간이 남아 잠시 들른 양 눈치껏 날갯짓을 해 넌지시 창문을 두드리는 소리를 낼 따름이었다. 웬디가 원한다면 창문을 열고 반갑게 자기를 맞이할 것이라고 기대했던 것이다. 그 바람대로 웬디는 곧 창문을 열었다.

"어, 웬디로구나. 나는 이만 돌아갈 테니까 잘 지내."

피터가 시치미를 떼며 말했다.

"정말 이렇게 가려고, 피터?"

"응."

피터의 대답을 들은 웬디의 표정이 못내 서운해 보였다.

"피터, 혹시 우리 엄마 아빠한테 해드리고 싶은 즐거운 이야기 없어?"

"응, 없는데."

"나에 대한 이야기는?"

"그것도 없어."

그 때 달링 부인이 창가로 다가왔다. 부인은 웬디를 다시 만난 뒤, 딸에게서 잠시도 눈을 떼지 않고 있었다. 달링 부인은 남편과 함께 소년들을 모두 자식으로 받아들였다는 이야기를 들려주었다. 그리고는 피터 역시 새로운 아들로 삼고 싶다고 말했다.

"만약 그렇게 된다면, 저를 학교에 보내실 거죠?"

피터가 뭔가 꿍꿍이셈을 갖고 물었다.

"그럼, 당연하지."

"나중에는 회사에도 다녀야 할 테지요?"

"아마도."

"제가 꼭 어른이 되어야만 하나요?"

"그렇다마다. 금방 어른이 될 거야."

달링 부인과 몇 마디 대화를 나누던 피터의 얼굴이 점점 벌겋게 달아올랐다. 그러더니 결국 불끈 화를 내고 말았다.

"싫어요! 전 학교나 회사에 절대 다니고 싶지 않아요. 결코 어른이 되고 싶지 않다고요. 어느 날 아침에 일어나 보니 제 얼굴에 수염이 가득하다고 생각해 봐요. 으악, 상상만 해도 끔찍해요!"

"걱정 마, 피터. 난 수염이 나더라도 변함없이 너를 좋아할 테니까."

웬디가 엄마 대신 나서서 흥분한 피터를 달랬다. 달링 부인
은 말없이 피터를 향해 두 팔을 벌리며 앞으로 한 걸음 다가
섰다. 그러자 피터가 거칠게 손을 내저었다.

"제게 다가오지 마세요. 저리 가시라고요. 아무도 나를 붙
잡아 어른이 되게 할 수는 없어요."

"쯧쯧, 그러지 마렴. 대체 너는 어디서 살려고 그래?"

달링 부인이 측은해하는 눈빛으로 물었다.

"웬디를 위해 지어놓은 집에서 팅크랑 함께 살면 돼요. 요
정들이 힘을 합쳐 그 집을 자기들이 잠자는 나무 꼭대기에 올
려줄 거예요."

"와, 정말 환상적인걸!"

피터의 대답을 들은 웬디가 두 눈을 동그랗게 뜨고 외쳤다.
그러자 언뜻 불안감을 느낀 달링 부인이 웬디의 손을 꽉 붙잡
았다.

"난 요정들이 이미 다 죽은 줄 알았단다."

달링 부인이 애써 침착함을 잃지 않으며 말했다.

"아니에요, 엄마. 요정들도 늘 새롭게 태어나기 때문에 무
수히 많이 있어요."

어느덧 요정 전문가가 다 된 웬디가 피터 대신 달링 부인에
게 설명했다. 웬디의 이야기는 길게 이어졌다.

"아기가 태어나서 처음 웃는 순간 새로운 요정이 하나 태어

나요. 그러니 아기들이 계속 태어나는 한 요정들도 사라질 일이 없는 셈이지요. 흔히 요정들은 나무 꼭대기에 둥지를 틀고 살아요. 자줏빛을 띠는 요정이 남자아이고, 흰빛을 띠는 요정이 여자아이지요. 아직 자기가 남자인지 여자인지도 모르는 어린 요정들은 파란빛을 띠고요."

그 때 가만히 웬디의 이야기를 듣던 피터가 끼어들었다.

"그렇기 때문에 난 하나도 심심하지 않아. 재미있게 지낼 수 있다고."

피터는 이렇게 말하며 한쪽 눈으로 슬쩍 웬디의 눈치를 살폈다.

"하지만 밤에 난롯가에 혼자 앉아 있으면 좀 쓸쓸하기는 할 걸"

웬디가 말했다.

"그건 염려하지 마. 내 곁에는 팅크가 있잖아."

"팅크가 나만큼 재미있는 대화 상대가 될 거 같아? 걔는 집안일도 나만큼 잘하지 못해."

웬디는 팅커 벨을 들먹이는 피터에게 매섭게 쏘아붙였다. 바로 그 때였다.

"이런 치사한 고자질쟁이 같으니라고!"

방 한쪽 구석에서 들려온 고함 소리의 주인공은 팅커 벨이었다. 피터가 모르는 척 다시 말했다.

"그런 건 별로 중요하지 않아, 웬디."

"무슨 소리야! 재미있는 이야기를 들려주고 집안일을 깔끔히 해내는 것은 모두 중요해. 너도 알잖아?"

"좋아, 그렇다면 너도 나랑 같이 돌아가면 되겠네."

"알았어, 피터. 제가 피터랑 함께 가도 될까요, 엄마?"

잠깐 망설이는 듯하던 웬디가 달링 부인에게 물었다.

"안 된다, 웬디. 절대로 안 돼! 널 다시는 보내지 않을 거야!"

달링 부인은 목청 높여 웬디가 떠나는 것을 반대했다.

"하지만 피터에게는 엄마가 필요한걸요."

"너에게도 엄마가 필요하단다, 웬디."

웬디가 거듭 떠나는 것을 허락해달라고 졸랐지만, 달링 부인은 물러서지 않았다. 가만히 모녀의 대화를 듣고 있던 피터가 뾰로통한 표정으로 소리쳤다.

"됐어요. 두 사람 다 이제 그만 해요!"

그러면서 피터는 웬디에게 예의상 한번 같이 떠나자는 말을 했을 뿐이라고 둘러댔다. 하지만 마음이 상해 자기도 모르게 입술이 씰룩거리는 것은 어쩔 도리가 없었다. 그것을 본 달링 부인이 귀가 솔깃할 한 가지 제안을 했다. 그 내용은 해마다 봄이 되어 네버랜드 숲속 대청소를 할 때 웬디를 일주일 동안 피터가 있는 곳으로 보내주겠다는 약속이었다. 웬디는 내심 일주일이라는 시간이 너무 짧다고 생각했다. 또한 목이 빠져라 매년 봄을 기다리는 것도 안달나기 십상인 일이었다. 그런데 뜻밖에도 피터는 달링 부인의 제안을 흔쾌히 받아들였다. 그에게는 시간 개념이 없었던 것이다. 아울러 또 다른 이유를 설명하자면, 피터에게는 우리가 지금까지 알아본 모험 이야기 말고도 더욱 재밌고 스릴 넘치는 사건들이 잇달아 일어나기 때문이었다. 피터는 굳이 봄을 기다리지 않아도 날마다 신나게 지내다보면 어느새 숲속 대청소 날이 다가올 것을 알고 있었다. 그런 차이 탓에 웬디가 피터에게 마지막으로 건넨 말은 다소 민망함이 느껴질 정도였다.

"피터, 봄맞이 대청소를 할 때까지 부디 나를 잊으면 안 돼."

피터는 못내 불안해하는 웬디에게 그런 일은 없을 것이라고 안심시켰다. 그리고 웬디의 집을 떠나기 전에 달링 부인의 작별 키스를 받았다. 그 누구도 쉽게 가질 수 없었던 부인의 키스를 피터는 너무나 간단히 받아냈던 것이다. 더구나 달링 부인은 피터에게 키스를 건넨 뒤 매우 흡족한 미소를 짓기까지 했다.

그로부터 얼마 뒤, 소년들은 모두 학교에 다니게 되었다. 대부분 3반에 배정받았는데, 슬라이틀리만 4반으로 결정되었다가 나중에 5반으로 보내졌다. 그 학교는 1반이 최고 우등반이었다. 그런데 학교에 다닌 지 일주일도 지나지 않아, 소년들은 네버랜드를 떠난 것을 후회하기 시작했다. 학교생활이 예상했던 것과 달라도 너무 달랐기 때문이다. 하지만 다시 돌이키기에는 늦어버린 것을 알았으므로, 소년들은 여느 사람들처럼 평범한 삶을 살아가기 위해 노력했다. 그 덕분에 머지않아 모든 소년들이 학교생활에 익숙해졌다.

소년들에게는 안타까운 변화도 있었다. 그들은 날이 갈수록 하늘을 나는 능력을 빠르게 잃어갔다. 웬디의 집에서 지내게 된 후, 소년들은 한동안 잠을 잘 때 침대 기둥에 발이 묶이는 구속을 당했다. 소년들이 밤마다 잠에서 깨어 하늘을 날아다닐 것을 염려한 나나가 그렇게 했던 것이다. 소년들은 낮에 버스에서 뛰어내리는 놀이를 하며 가끔 날갯짓을 해보이고는 할 따름이었다. 나나가 위험하다며 말렸지만 소년들은 개의치 않았다. 하지만 앞서 말했듯 소년들이 하늘을 나는 능력을 점점 잃어가면서 나나는 침대 기둥에 그들의 발을 묶는 수고를 할 필요가 없어졌다. 또한 소년들도 이제는 버스에서 뛰어내리며 날갯짓을 해봐야 땅바닥에 곤두박질치게 된다는 것을 깨달았다. 따라서 굳이 나나가 말리지 않아도 소년들은 그 놀이를 그만두게 되었다. 그렇게 얼마쯤 시간이 더 지나자, 소년들은 바람에 휙 날아가는 모자를 챙기러 잠깐 하늘을 나는 것조차 어려워졌다. 소년들은 처음에 하늘을 나는 능력을 잃어버린 이유가 단지 연습을 하지 않은 탓이라고 핑계를 댔다. 그러나 머지않아 소년들은 하늘을 날 수 없게 된 것을 운명으로 받아들였다.

그나마 소년들 가운데 하늘을 나는 능력을 완전히 잃어버리지 않은 아이가 있기는 했다. 다름 아닌 마이클이었다. 마이클은 누가 비웃건 말건 자기가 여전히 하늘을 날 수 있다고 주장했다. 그런 믿음이 마이클에게는 긍정적으로 작용해 힘겹게나마 하늘을 나는 것이 가능했다. 그래서 첫 번째 봄이 되어 피터가 웬디를 데리러 왔을 때, 마이클만은 누나를 따라갈 수 있었다. 그 날 웬디는 특별히 네버랜드에 있을 때 만들었던 옷을 꺼내 입고 하늘을 날았다. 그것은 나뭇잎과 나무 열매를 재료로 삼아 제작한 원피스였다. 웬디는 오랜만에 만난 피터가 원피스의 길이가 짧아진 것을 알게 되면 어쩌나 내심 걱정했다. 하지만 피터는 그런 변화를 전혀 눈치채지 못했다.

피터는 웬디와 함께하면서 오로지 자기 얘기만 늘어놓기에 바빴다. 웬디는 며칠 전부터 피터와 재미있는 대화를 나눌 생각에 잔뜩 들떠 있었는데 모두 물거품이 되어버렸다. 피터는 이미 웬디가 여전히 기억하고 있는 옛날의 모험을 거의 잊어버린 상태였다. 그의 머릿속은 새로운 모험에 관한 떨림으로 가득 차 있었다.

"지금 후크 선장이라고 했니? 그게 누군데?"

웬디가 악명 높았던 해적 선장의 이름을 이야기했을 때, 피터는 그가 누구인지 알아차리지 못했다. 그저 호기심에 눈빛만 초롱초롱 빛낼 따름이었다.

"정말 기억 안 나니? 네가 후크를 죽이고 우리를 구해줬잖아."

웬디가 어처구니없어 하며 되물었다.

"그래? 난 일단 죽인 사람은 금방 잊어버려."

피터는 아무 일 아니라는 듯 심드렁하게 대꾸했다.

문득 웬디는 팅커 벨이 자기를 반겨줄까 몹시 걱정되었다. 그래서 팅커 벨이 어떻게 지내는지 넌지시 물었는데, 피터가 예상 밖의 말을 했다.

"팅커 벨? 그건 또 누군데?"

"아, 피터!"

웬디는 황당한 상황에 어이가 없었다. 지난날을 떠올리며 이런저런 설명을 해봤지만, 피터는 여전히 팅커 벨을 기억해 내지 못했다.

"그런 요정은 내 주위에 무척 많아. 팅커 벨은 이미 죽었을지도 모르지."

사실 피터의 말이 맞을 확률은 굉장히 높았다. 요정의 평균 수명이 길지 않았기 때문이다. 하지만 요정들은 정작 자신이 오래 살지 못한다는 생각을 하지 않았다. 사람의 기준으로 보면 짧은 시간이지만, 덩치가 아주 작은 요정들 입장에서는 그만큼의 시간도 꽤 길게 느껴지는 것이 그 이유였다.

웬디가 오랜만에 만난 피터에게 서운한 것은 그뿐 아니었다. 새 봄을 맞기까지 지난 1년 동안, 웬디는 시간이 너무 더디게 흐른다는 생각을 할 때가 많았다. 그런데 피터는 1년 전의 작별을 어제 일처럼 여기는 것 같았다. 그럼에도 웬디는 피터를 그리워해온 마음을 접을 수가 없었다. 비록 무심했지만, 피터는 여전히 매력이 많은 아이였다. 둘은 나무 꼭대기의 작은 집에 도착한 뒤 즐겁게 봄맞이 대청소를 했다.

그 후, 다시 1년의 시간이 흘렀다. 그런데 이번에는 피터가 웬디를 데리러 오지 않았다. 웬디는 네버랜드에서 만들었던 원피스가 이제 더 이상 몸에 맞지 않아 새 옷까지 마련해두고 피터를 기다렸다. 피터는 끝내 모습을 나타내지 않았다.

"피터가 어디 아픈가?"

마이클이 말했다.

"그럴 리 없어. 피터는 절대 아프지 않아. 너도 알잖니, 마이클."

하지만 누나의 말을 듣는 둥 마는 둥 마이클은 웬디 곁으로 바짝 다가와 울먹이기까지 했다.

"어쩌면 피터가 죽은 게 아닐까?"

그 말에 웬디는 머리카락이 쭈뼛 서는 것 같았다. 마이클이 울먹이지 않았더라면 웬디가 왈칵 눈물을 쏟을 뻔했다.

그로부터 또다시 1년이 지났다. 이번에는 피터가 웬디를 데리러 왔다. 그런데 이상하게도 피터는 지난해에 자기가 웬디를 찾아오지 않았다는 사실을 까맣게 몰랐다.

웬디가 소녀였을 적에 피터를 본 것은 그 때가 마지막이었다. 웬디는 그 뒤로도 수년 동안 더 이상 몸이 자라지 않게 하려고 온갖 노력을 기울였다. 어느 해 학교에서 상식 대회에 나가 상을 받았을 때는 괜히 피터에게 미안한 마음이 들기도 했다. 그러나 모두 부질없는 일이었다. 무심한 소년은 두 번 다시 소녀 웬디를 찾아오지 않았다.

그 뒤 적지 않은 세월이 흐르고 나서야 피터가 다시 나타났다. 그 때 웬디는 이미 결혼을 한 여인이었다. 그 무렵 웬디에게 피터는 옛날만큼 소중한 존재가 아니었다. 어린 시절의 장난감을 보관해둔 낡은 상자 속의 먼지처럼 보잘것없는 의미로 변해버렸다는 평가가 적절할 것이다. 바야흐로 웬디는 어른이 되었다. 평소 웬디는 어른이 되는 것을 싫어하지 않았기 때문에 슬퍼할 필요는 없었다. 그녀는 자신의 바람대로 오히려 다른 소녀들보다 한 발 앞서 어른으로 자라났던 것이다.

소년들도 어른이 되기는 마찬가지였다. 뭐, 구구절절 길게 설명할 것도 없다. 닙스와 컬리, 그리고 쌍둥이는 날마다 가

방과 우산을 챙겨들고 작은 회사에 출근했다. 마이클은 기관사가 되었으며, 슬라이틀리는 귀족 가문의 딸과 결혼해 귀족 신분을 얻었다. 혹시 저 멀리 위엄 있는 가발을 쓰고 철문 밖으로 나서는 판사가 보이는가? 그렇다면 그는 투틀즈다. 그리고 거기서 좀 떨어진 곳에 보이는 수염이 덥수룩한 남자는 존이다. 그는 자기 자식들에게 들려줄 옛날이야기 하나 변변히 아는 것이 없는 어른으로 자라났다.

웬디는 결혼식 날 핑크빛 허리띠를 두른 하얀 웨딩드레스를 입었다. 그 때 피터가 교회로 날아와 결혼식에 훼방을 놓지 않은 것은 뜻밖의 일이었다. 좀 더 세월이 흘러, 웬디는 딸아이의 엄마가 되었다. 이 문장은 보통의 검정 잉크가 아니라 황금빛 잉크로 써야 마땅한 것이 아닐까?

웬디가 낳은 여자아이의 이름은 제인이었다. 그 아이는 항상 호기심이 가득한 표정으로 두 눈이 초롱초롱 빛났다. 마치 질문이 하고 싶어 세상에 태어난 것이 아닐까 생각될 만큼 궁금증이 끊이지 않았다. 제인은 말을 배우기 시작하면서 무엇보다 피터 팬에 관한 질문을 가장 많이 쏟아냈다. 웬디는 어린 시절을 보낸 방, 그러니까 피터 팬과 함께 모험의 길로 떠났던 바로 그 방에서 딸아이에게 지난날의 이야기를 모두 들려주었다. 어느덧 그 방은 제인의 차지가 되었다. 달링 씨가 많이 늙어 계단을 오르내리는 것을 힘들어하자, 제인의 아빠이자 웬디의 남편이 그 집을 장인으로부터 사들였던 것이다. 그 무렵 달링 부인은 이미 이 세상 사람이 아니었다.

그 방에는 2개의 침대가 놓여 있었다. 하나는 제인의 것이고, 다른 하나는 보모가 쓰는 침대였다. 방 안에 개집은 보이지 않았다. 나나 역시 달링 부인처럼 세상을 떠났기 때문이다. 나나는 나이를 먹어가면서 성격이 점점 괴팍해져갔다. 아주 늙은 개가 되고 나서는 함께 지내기 어려울 정도였다. 자기가 세상에서 제일가는 보모라며 툭하면 잘난 척을 했고, 다른 보모들을 우습게 여겨 지나친 간섭을 하기 일쑤였다. 그래도 나나는 나쁜 병에 걸리지 않고 꽤 오래 살아 노환으로 자연스러운 죽음을 맞이했다.

제인의 보모는 일주일에 한 번씩 저녁 외출을 나가는 습관이 있었다. 그 때마다 웬디는 직접 제인을 재워줬는데, 딸에게 이야기를 들려주기 딱 좋은 시간이었다. 제인도 일주일에 한 번씩 엄마가 잠자리를 돌봐주는 것이 무척 즐거웠다. 그래서 잠들기 전에 엄마와 함께 머리끝까지 이불을 뒤집어쓰고 시시덕거리고는 했다. 이불을 텐트삼아 그 안에서 엄마와 딸이 두런두런 이야기를 수군거렸던 것이다.

"지금 뭐가 보여요?"

"글쎄, 오늘 밤에는 아무것도 안 보이네."

웬디가 딸의 물음에 뭔가를 찾는 시늉을 하더니 고개를 가로저었다. 그러면서 문득 나나가 곁에 있었다면 그만 떠들라는 잔소리를 들었을 것이라는 생각이 들었다.

"그럴 리가 없어요, 엄마. 분명 보이는 것이 있을 거예요. 혹시 엄마의 어린 시절이 보이지 않나요?"

제인이 실망스런 표정으로 다시 웬디에게 물었다.

"엄마의 어린 시절? 애야, 그건 아주 오래 전 일이란다. 정말이지 세월이 화살처럼 빨리 지나갔구나!"

웬디는 이렇게 대답하며 한숨까지 짧게 내쉬었다.

"세월이 화살처럼 빨리 지나갔다고요? 엄마가 어렸을 적에 빠르게 하늘을 날았던 것같이 말이에요?"

제인은 웬디 못지않게 총명한 아이였다. 어떻게든 엄마가 이야기보따리를 풀어내게 만들려는 솜씨가 보통이 아니었다.

"그래, 네 말을 듣고 보니 옛날 생각이 나는구나. 한데 요즘 엄마는 '내가 진짜 하늘을 날아다닌 적이 있었나?' 하는 의심이 들고는 한단다."

"엄마는 틀림없이 하늘을 날았을 거예요."

"응, 엄마도 그렇게 믿기는 해. 아, 내가 하늘을 날아다녔다니! 새삼 어린 시절이 그립구나."

"지금은 왜 하늘을 못 날아요, 엄마?"

"그건 엄마가 어른이 됐기 때문이야. 어른이 되면 하늘을 나는 법을 잊어버리게 되거든." "어째서 어른이 되면 하늘을 나는 법을 잊어버려요?"

"어른들은 더 이상 순수하지 않은데다, 진정한 자유로움을 잃어버리기 때문이지. 영혼이 순수하고 자유로워야 하늘을 날 수 있단다."

"영혼이 순수하고 자유로운 게 뭔데요? 저도 순수하고 자유로운 영혼을 가졌으면 좋겠어요."

제인의 질문은 꼬리에 꼬리를 물고 이어졌다. 그제야 웬디는 뭔가가 보이기 시작하는 것을 느꼈다.

"맞아, 이 방이야! 이제 이 방이 눈에 보이는구나."

웬디가 말했다.

"그럴 줄 알았어요, 엄마. 그래서요? 계속 얘기해주세요."

드디어 웬디는 피터가 자신의 그림자를 찾으러 오면서 시작됐던 그 날 밤의 대모험을 떠올렸다. 제인이 호기심 어린 눈빛을 반짝이며 엄마의 입을 바라봤다.

"그래, 그랬지. 그 아이는 엉뚱하게도 비누로 그림자를 붙이려고 했어. 그게 제 맘대로 안 되니까 울음을 터뜨리더구나. 그 바람에 엄마가 잠에서 깨어나 그 아이의 그림자를 꿰매 붙여주었지."

웬디는 딸에게 지난 이야기를 전하며 추억에 잠겼다.

"하나 빼먹은 부분이 있잖아요."

제인이 갑자기 끼어들었다. 사실 제인은 그 이야기에 대해 아주 잘 알고 있었다. 어느덧 엄마보다 그 날의 일을 더욱 선명히 떠올릴 수 있게 되었다고 해도 틀린 말이 아니었다.

"피터 팬이 방에 앉아 울고 있을 때 엄마가 뭐라고 하셨잖아요."

제인이 빠진 부분을 정확히 꼬집었다.

"엄마가 깜빡했구나. 그 때 내가 침대에서 일어나 '왜 울고 있니?'라고 물었지."

"딩동댕! 그게 엄마가 빼먹은 이야기였어요."

제인은 무슨 큰일이라도 해결된 듯 안도의 한숨을 푹 내쉬었다. 웬디가 빙그레 웃으며 말을 이었다.

"그런 다음 엄마와 삼촌들은 피터 팬과 함께 네버랜드로 날아갔단다. 요정과 해적, 인디언, 땅속의 집, 인어의 호수, 그리고 어린 웬디를 위한 작은 집이 있는 그 섬으로 말이야."

"이야, 신난다! 엄마는 그 중에서 뭐가 제일 마음에 들었어요?"

"엄마는…… 아마도 땅속 집이었을 거야."

"저도 똑같아요. 피터 팬이 엄마한테 마지막으로 한 말은 뭐였어요?"

"피터는 내게 이렇게 얘기했어. '언제나 나를 기다려줘, 웬디. 그러면 어느 날 밤 내가 외치는 꼬끼오 소리를 듣게 될 거야.'라고 말이야."

"맞아요."

제인이 맞장구를 쳤다.

"그런데 문제가 생겼어. 피터가 나를 까맣게 잊어버렸지 뭐니."

웬디의 얼굴에 아주 잠깐 아쉬운 빛이 스쳐 지나갔다. 하지만 이내 평온을 되찾아 슬며시 미소까지 지어 보였다. 그런 모습은 성숙한 어른이 되었다는 증거였다.

"피터 팬은 '꼬끼오!' 소리를 어떻게 냈어요?"

어느 날 저녁, 제인이 물었다.

"아마 이런 소리였지."

웬디가 냉큼 피터를 흉내내며 말했다.

"아니에요."

제인이 단호하게 손사래를 쳤다.

"피터 팬은 이렇게 소리를 냈어요."

제인은 자신만만하게 "꼬끼오!" 소리를 냈다. 누가 들어도 엄마보다 훨씬 더 그럴싸하다고 할 만했다.

"제인, 넌 어쩜 그 소리에 대해 정확히 알고 있니?"

웬디는 딸아이의 재주에 감탄했다.

"잠을 자다보면 가끔 들리는걸요."

제인이 별 일 아니라는 듯 덤덤히 말했다.

"아, 그렇구나. 많은 여자아이들이 잠을 자면서 그 소리를 들곤 하지. 그래도 깨어 있을 때 피터의 '꼬끼오!' 소리를 들은 여자아이는 엄마밖에 없단다."

"맞아요, 엄마는 행운아가 틀림없어요!"

제인이 웬디의 말을 인정하며 활짝 웃었다.

그로부터 얼마 후 다시 봄날이 되었고, 어느 날 밤 뜻밖의 비극이 찾아왔다. 그 날도 제인은 피터 팬 이야기를 들으며 잠이 들었다. 웬디는 딸이 잠든 것을 확인하고 나서 바느질감을 챙겨 벽난로 가까이 자리를 잡고 앉았다. 집 안에 불을 켜지 않아 그 곳이 가장 밝았기 때문이다. 웬디가 한창 바느질을 하고 있는데, 생각지도 못했던 "꼬끼오!" 소리가 갑자기 들려왔다. 그러더니 이내 옛날처럼 창문이 활짝 열리면서 피터가 방 안으로 사뿐히 내려섰다.

어떻게 그처럼 옛 모습 그대로일 수 있을까? 피터는 변한 것이 하나도 없어 보였다. 웬디는 반짝이는 젖니까지 그대로인 것을 단박에 알아차렸다. 피터는 여전히 소년이었고, 웬디는 어른이었다. 웬디는 몸이 굳어버린 듯 벽난로 앞에서 옴짝달싹못했다. 어떤 죄책감에 사로잡혀 어찌 할 바를 몰라 하는 모습에서 두말 할 나위 없이 어른인 것을 느낄 수 있었다.

"안녕, 웬디?"

피터는 웬디가 달라진 것을 눈치채지 못했다. 그는 늘 자기 생각에만 빠져 있기 일쑤인 터라 여느 때와 다름없이 반갑게 인사를 건넬 따름이었다. 혹시 피터는 웬디가 입고 있는 하얀 드레스를 옛날 옛적의 잠옷으로 착각한 것일까? 피터가 웬디를 처음 보았을 때, 어린 웬디가 입고 있었던 그 잠옷 말이다. 만약 그렇다면 벽난로 근처를 제외하고 집 안 대부분이 어두컴컴한 탓인지 모를 일이었다.

"안녕, 피터?"

웬디는 몸을 최대한 웅크려 덩치가 작아 보이게 했다. 그런 까닭인지 목소리도 들릴 듯 말 듯 움츠러들었다. 웬디는 마음속으로 성숙한 여인의 모습이 잠시나마 자신에게서 사라지기를 바랐다.

"존은 어디 있어?"

침대가 2개뿐인 것을 보고 피터가 물었다.

"존은 이제 여기에 없는걸."

웬디가 두근거리는 가슴을 겨우 진정시키며 대답했다.

"마이클은 자나 봐?"

피터는 무심결에 제인을 흘깃 보고 다시 물었다.

"응."

웬디가 얼떨결에 대답했다. 웬디는 피터뿐만 아니라 제인에게도 미안한 생각이 들었다.

"실은…… 그 애는 마이클이 아니야, 피터."

웬디는 재빨리 자신의 잘못을 뉘우치며 사실대로 말했다.

피터가 또다시 제인을 흘깃 쳐다보고 나서 심드렁하게 물었다.

"그럼 새로운 아이니?"

"응."

"남자애야, 여자애야?"

"여자애야."

웬디는 그쯤 설명하면 피터가 어떤 상황인지 알아차릴 것이라고 믿었다. 그런데 피터는 전혀 눈치를 채지 못했다.

"피터…… 나를 데려가려고 온 거니?"

웬디가 쭈뼛거리며 물었다.

"그럼, 늘 그래 왔잖아."

그러면서 피터는 나무라듯 한마디 말을 덧붙였다.

"너, 혹시 봄맞이 대청소를 할 때라는 걸 잊지는 않았겠지?"

웬디는 어이가 없었다. 이미 여러 해 동안, 피터가 봄맞이 대청소를 하기 위해 자기를 데리러 오지 않았기 때문이다. 하지만 피터에게 그런 말을 해봤자 아무 소용없다는 것을 웬디는 잘 알고 있었다.

"어떡하지, 난 너와 함께 갈 수 없어. 하늘을 나는 법을 잊어버렸거든."

웬디가 짐짓 미안한 표정을 지었다.

"괜찮아. 내가 금방 다시 가르쳐주면 돼."

피터가 대수롭지 않게 말했다.

"아니, 그러지 마. 나한테 요정가루를 뿌려봤자 아무 소용없을 거야."

웬디가 그제야 자리에서 몸을 일으키며 피터의 제안을 뿌리쳤다. 피터는 문득 두려움이 밀려오는 것을 느꼈다.

"대체 무슨 일이야? 왜 그러는 건데?"

피터가 잔뜩 신경을 곤두세우며 물었다.

"내가 불을 켤게. 그러면 무슨 일인지 네 눈으로 직접 보게 될 거야."

피터는 분명 겁에 질려 있었다. 그렇게 피터가 두려움을 느끼는 것은 처음 보는 모습이었다.

"불 켜지 마!"

피터가 날카롭게 소리쳤다.

웬디는 겁에 질린 가여운 소년의 머리카락을 쓰다듬어주었다. 웬디는 이제 더 이상 피터 때문에 가슴 아파하는 어린 소녀가 아니었다. 어느덧 모든 문제 앞에서 미소를 지어 보일 수 있는 성숙한 여인으로 자라났던 것이다. 그럼에도 슬며시 미소를 짓는 웬디의 눈가가 촉촉이 젖어 있었다.

웬디는 곧 피터의 만류를 무릅쓰고 불을 켰다. 결국 피터는 보고 싶지 않은 광경을 자신의 눈으로 직접 확인하고 말았다.

피터는 비명을 내질렀다. 자기보다 키가 큰 우아한 여인이 몸을 굽히며 안아주려고 하자, 피터는 화들짝 놀라 뒤로 물러섰다.

"이게 어떻게 된 거니?"

피터가 차마 믿겨지지 않는다는 표정으로 소리쳤다.

"보다시피 나는 이제 어른이 되었어, 피터. 스무 살도 훌쩍 넘었다고. 이미 오래 전에 어른이 되었단 말이야."

"어른이 되지 않기로 약속했잖아!"

"그래, 하지만 어쩔 수 없었어. 난 결혼도 했어, 피터."

"으악, 그럴 리 없어!"

"틀림없는 사실이야, 피터. 저기 침대에 잠들어 있는 아기가 내 딸이야."

"아니야, 절대 그럴 리 없어! 말도 안 돼!"

하지만 피터는 마음속으로 현실을 받아들이고 있었다. 자기가 부정해도 달라질 것은 없다고 깨달았기 때문이다. 피터는 갑자기 단검을 빼들더니 잠자고 있는 아이 쪽으로 걸음을 옮겼다. 애당초 그럴 생각도 없었겠지만, 다행히 그는 단검을 휘두르지 않았다. 그 대신 바닥에 털썩 주저앉아 흐느껴 울기 시작했다. 그 모습을 본 웬디는 어떻게 행동해야 좋을지 몰라 망설였다. 옛날 같으면 같은 아이 입장에서 기꺼이 피터를 달래줄 수 있었지만, 이제 그녀는 어른이었다. 웬디는 한동안 어쩔 줄 몰라 하다가 후다닥 방을 뛰쳐나갔다.

피터는 좀처럼 울음을 그치지 않았다. 곤히 잠자고 있던 제인이 그 소리를 듣고 깨어났다. 제인은 잠결에 엉금엉금 기어가 침대에 걸터앉더니 금세 피터에게 관심을 보였다.

"너, 왜 울고 있니?"

제인이 물었다.

그제야 피터는 눈물을 훔치며 일어서더니, 제인에게 고개 숙여 인사했다. 제인도 침대에 걸터앉은 채 인사를 건넸다.

"안녕."

"안녕."

"나는 피터 팬이라고 해."

피터가 먼저 이름을 밝혔다.

"그래, 나도 알아."

피터는 내심 제인이 자기를 알고 있는 것이 당연하다고 생각했다.

"난 우리 엄마를 네버랜드에 데려가려고 왔어."

피터는 자기가 그 곳에 온 이유를 설명했다. 제인은 그런 말을 듣고도 전혀 놀라는 기색이 아니었다.

"나도 알고 있어. 네가 오길 기다리고 있었지."

그 때 웬디가 기운 없이 어깨를 축 늘어뜨린 채 방으로 돌아왔다. 때마침 피터는 침대 기둥에 걸터앉아 "꼬끼오!" 소리

를 냈다. 제인은 몹시 즐거워하며 잠옷 차림으로 방 안을 이
리저리 날아다녔다.

"이제부터 저 아이가 내 엄마야!"

피터가 웬디에게 이렇게 말하자, 제인이 나는 것을 멈추고
얼른 방바닥으로 내려왔다. 제인은 피터 옆에 바짝 붙어 서서
독특한 표정을 짓고 있었다. 그것은 피터가 가장 좋아하는 표
정이었다. 특히 여자들이 그런 표정으로 바라보면 피터는 더
없이 만족스러워했다.

"피터한테는 엄마가 필요해요."

제인이 웬디에게 말했다.

"나도 알고 있단다."

웬디가 씁쓸하게 대꾸했다.

그 때였다. 피터가 공중으로 훌쩍 날아오르며 웬디를 향해
외쳤다.

"그럼 잘 있어. 안녕!"

웬디가 갑작스런 피터의 인사를 들으며 얼떨떨해하는 사이
에 제인도 재빨리 공중으로 날아올랐다. 제인의 표정에서 미
안한 기색이라고는 찾아보기 어려웠다. 어느새 제인은 자유
롭게 하늘을 날 수 있었다.

웬디가 당황해하며 창가로 달려가 애원했다.

"안 돼, 따라가면 안 돼!"

"엄마, 봄맞이 대청소만 하고 돌아올게요. 피터가 저한테 해마다 봄맞이 대청소 하는 것을 도와달라고 부탁했단 말이에요."

"아, 그럼 내가 너희들과 함께 갈 수 있다면 좋을 텐데……."

웬디가 한숨을 길게 내쉬었다.

"엄마는 이제 하늘을 날지 못하잖아요."

제인이 말했다.

웬디는 결국 피터와 제인이 함께 떠나는 것을 지켜볼 수밖에 없었다. 웬디는 창가에서 쉽게 발걸음을 돌리지 못했다. 제인과 피터가 작은 점처럼 보이며 완전히 사라질 때까지, 웬디는 꼼짝없이 그 자리에서 두 사람의 뒷모습을 바라보았다.

그 후 많은 세월이 흘렀다. 웬디는 허리가 구부정해지고, 군데군데 머리도 하얗게 변했다. 어느덧 피터가 제인을 데리고 떠났던 그 날의 일은 아득한 옛일이 되어버렸다. 이제 제인은 여느 사람들과 마찬가지로 평범한 어른이 되었다. 그녀 역시 결혼해 딸을 낳더니 마가레트란 이름을 지어주었다. 그리고 해마다 봄맞이 대청소를 할 때가 되면 피터가 찾아와 마가레트를 데려갔다. 말하나 마나, 네버랜드로! 늘 그래왔듯, 피터는 봄이 되어 마가레트를 데리러 오는 것을 깜빡 잊고는 했다. 하지만 일단 네버랜드로 마가레트를 데려가기만 하면 피터는 즐거운 나날을 보냈다. 마가레트가 종종 모험 이야기를 들려주었는데, 그 때마다 피터는 자기가 등장하는 그 이야기에 흠뻑 빠져들고는 했다.

앞으로 더 많은 세월이 흘러 마가레트가 어른이 되면 또다시 딸을 낳을 것이다. 그러면 그 딸도 피터의 엄마가 되어 네버랜드에 가게 된다. 그런 일은 영원히 반복될 것이다. 아이들의 영혼이 순진함과 자유로움을 잃지 않는 한 언제까지나.